十二金錢鏢

(四)步步凶險

白羽 著

白羽近代武俠經典復刻版

目錄

(四)步步凶險

第廿四章　荒村避仇

蕭、楊二人驅車繞林，尋路而逃，且逃且回頭看。遠遠望見賊人又追出來，兩個人將刀鞭照騾背亂打，把轎車趕得飛快。眨眼間已穿過樹林。

前面一帶濃影，是一片一片的竹林荒草，高低起伏不平。蕭、楊二人一見荒草大喜，將轎車一直往草邊低路趕將過去。

蕭承澤情知賊人苦追不捨，忽然心生一計，對楊華說，要趁賊人看不見，教楊華保護著李映霞和使女春紅，跳下轎車，鑽到荒林亂草裡面，躲藏起來。由蕭承澤自己驅著空車單逃，把賊人誘開。

這好像齊景公誆晉之計，倒是個妙著。趁天色未明，足可使得。但由玉旛杆楊華保護二女，少女孤男，玉旛杆有點猶豫不決，打算自己驅車拒敵。

蕭承澤很著急地說道：「楊賢弟，這一夜全仗你的彈弓救命！你的彈丸直打了一夜，還能有多少麼？我們人少，賊人勢眾，一個彈盡力竭……我的好賢弟，你快依著我吧。你又不會趕車，你哪裡行？」

玉旛杆楊華一想，自己的彈弓子，果然還剩下有限的十幾粒。當真把彈丸打盡，自己和蕭承澤必死在群賊亂刀之下，二女也就救不了了，自己又當真不會駕車。事臨危迫，顧不得避嫌，只得應允，道：「可是藏在哪裡呢？又投奔何處呢？蕭大哥，咱們怎麼會面呢？」

蕭承澤著急道：「沒有商量的空了。」把車驅到荒草地邊，教李映霞和使女春紅一齊下了車，匆匆地告訴楊華：「不等天亮，不要出來。就到白天，也要小心。」

李映霞揮淚道：「蕭大哥，這行麼？」

蕭承澤道：「大妹妹放心，這是我楊兄弟，自己過命的哥們，跟我一樣。」只說得幾句話，立刻把轎車趕出了荒林野地。

蕭承澤的打算似乎不錯，卻是時機不巧，剛剛駛出野地，迎面便見一條人影一晃，竟奔轎車撲來。刷地一竄，疾若箭駛，快似飄風，這當然是綠林中人。

蕭承澤愕然，把騾馬連拍了幾刀背，空車軲轆轆地走出不多遠；那個人影一陣狂笑，追了過來，叫道：「相好的，咱們有緣，不見不散。」

蕭承澤一聽這人，又是那個擎天玉虎。擎天玉虎狂笑聲裡，忽將手一揚，發出一件暗器來。

蕭承澤怒罵一句，揮刀竄下車來。這一回擎天玉虎卻想出了毒招。他並不想用暗器傷人，他竟用鋼鏢來打馬。「刷」的一下，這跨轅的騾頭上著了一鏢。這騾頓時負疼狂嘶了一聲，拖車狂竄起來。

擎天玉虎趕上去，一連數鏢，轎車頓時停住。這匹騾馬撲地栽倒，跪起爬倒，慘嘶了幾聲，被車轅架著，竟不能動了。

擎天玉虎狂笑道：「相好的，我看你怎麼走？快把人獻出來吧。」趕過來，一面提防著彈弓，趕緊往車廂一張望，車廂是空的。

擎天玉虎失聲道：「咦，小子倒會弄詭！」話未說完，蕭承澤見一番妙計竟白用了，氣得他揮刀上前，跟擎天玉虎惡鬥起來。

此時玉旛杆楊華保護著二女，鑽入荒草地內，是楊華攙架著使女春紅，春紅攙架著小姐李映霞。

三個人伏著腰，往暗處亂鑽，地上磕磕絆絆，李映霞摔倒好幾回。楊華無可奈何，只得把小姐、丫環，一手架著一個，斜著身子，穿行叢莽。找到一個較好的地方，便囑二女伏在地上歇息，千萬不要出聲，不要亂動，留神頭頂上的叢草，不要使它搖晃。然後玉旛杆退出兩三丈遠，慢慢探出頭來，往外張望。

但此地形勢隱密，前後黑忽忽的，都擋著視線。他竭力窺看了一回，任什麼也看不見。更傾耳細聽，曠野聲稀，一起初聽見輪蹄奔馳，後來忽然聽見一個喊聲，跟著聽牲口一陣悲嘶，輪聲寂然頓止。順風吹來，恍惚聽見東面兵刃叮噹，人聲怒罵。

玉旛杆心中一動，退回來，低頭看了看二女坐在地上，相偎相倚。楊華俯腰低聲說道：「李小姐，你們就這樣待著很穩當。就聽見動靜，你不動別人也看不出來。我得出去張望一下，怕蕭大哥找不著咱們。這工夫聽不見轎車響動了，也許是跑開了。」

李映霞一聽這話，仰面看著玉旛杆頎長的身影，張了張嘴，沒有說出話來。使女春紅忙偷著一推李映霞，低說：「小姐，人家要走，就剩下咱姐倆了！」李映霞對楊華不好稱呼，含糊地說道：「出去行麼？這個，我看……」

楊華道：「不要緊。」轉身要走。

李映霞很著急，忙將使女春紅推了一把，道：「春紅，你請這位大爺別走吧。

走了，萬一賊人尋了來呢？」

春紅忙道：「大爺別走，我們小姐不教你走呢！」說話的聲音不由得大了。

玉旛杆楊華心知二女不願自己離開，忙又俯下腰，兩手拄著自己的膝蓋，低聲說：「小點聲，小點聲！李小姐，你不要害怕，我去看一看，就回來。」

李映霞實在無奈，只好站了起來，低聲囁嚅道：「這位楊大哥，我，我想你別離開吧！你想萬一把賊引來，豈不白藏了？」說話聲音顫顫的，彷彿要哭。

楊華不由心軟下來。這麼兩個弱女子，樣子實在怯怯可憐。但楊華又不放心蕭承澤，只得安慰李映霞道：「快坐下吧，李小姐。轉眼就天亮了，賊人決不敢在白天任意胡為，耗一會是一會。既然你們不放心我離開，我就在這裡好了。只是蕭大哥，這時候到底也不知怎麼樣了？」

玉旛杆抹了抹頭上的汗，兩肋下的衣衫也濕透了。玉旛杆把彈囊摸了摸，數一數囊中的彈丸，果然所剩無多，連十粒也不到，只還有八粒彈丸，幾個鐵蓮子罷了。玉旛杆暗暗皺眉，把鋼鞭拿在手中，仍舊側耳傾聽四面的動靜。

忽然聽東面草叢簌簌地響，李映霞吃驚地扶地起來，撲到楊華面前，抓著胳臂道：「楊大哥，你聽那邊，進來人了！」使女春紅也忙爬起來，也把楊華抓住，失聲叫了一聲：「娘！又追來了！」

這動靜玉旛杆早已聽出來。猝然間，顧不得什麼顧忌，忙把李映霞、春紅按下，急低聲道：「別動，別言語。」左手持鞭，右手捏著一粒鐵蓮子，悄悄地迎過去，蹲下身來。如果是賊，抖手就給他一下，然後再往外跑，好把賊引開。一剎那頃，野草亂搖亂動，腳步聲越來越近，夾雜著喘息聲和低低嘶叫聲，道：「楊，楊！」

玉旛杆楊華放了心，知是蕭承澤溜了回來。忙站起來，迎過去，應聲叫道：「蕭，蕭，我們在這裡呢。」

兩人尋聲湊到一處，楊華剛要詢問，不想蕭承澤很是倉皇，把楊華一扯，急說道：「賊人沒尋到這裡來吧？我剛走出去，就遇上賊，駕車的牲口叫他們打死了。糟了，他們這就搜尋過來！我們避避看，萬一躲不住，只好由咱們把她倆背著逃了。」

蕭承澤一面喘，一面扯住楊華，催楊華把他帶到二女藏伏之處。李映霞看見了蕭承澤，如見了骨肉一樣，哇地失聲要哭。

蕭承澤慌忙攔住，吃吃地說：「大妹妹別哭！事到臨頭，沒法子！萬一的話，我只好背著你。咳，這個春紅太累贅人了！楊賢弟，沒什麼說的，救她一命吧，你只好背她。咱們往那邊藏藏看。我怕賊人看見我鑽到這塊來，趁早挪地方。」

正說著，忽聽數箭地外，有人大聲吆喝道：「哈哈，相好的，鑽草棵，豈是好漢？有本事出來會會！」頓時聽見西面北面，都有人聲；跟著劈劈啪啪，往這邊亂投土塊。一面投，一面叫道：「相好的，看見你了，滾出來吧！」把二女又嚇得亡魂喪膽。

這時候，蕭承澤身負數傷，已竟強自支持，他右手握著把刀，左手抓著李映霞，噓噓地喘氣，對楊華說：「我的袖箭全打完了，你的彈弓子可還有多少？」

楊華知道蕭承澤著急，忙道：「還不少呢，我這裡還有別的暗器。」把三個鐵蓮子交給蕭承澤。蕭承澤略微緩過一口氣，把肩上的一處刀傷，撕衣襟纏了；胸口滿露出來。數處刀傷此刻越發疼痛，問楊華有藥沒有。楊華把靈砂定痛解毒丹取出，蕭承澤乾咽下去。

眼望外面，聽賊人腳步踐踏聲，曉得他們還斷不定蕭、楊、二女藏伏之地，他們又怕暗器，料想一時還不敢進來搜。蕭、楊卻不知賊人也有法子，只留下兩個人在外面嚷罵，其餘的人兩人一幫，三個一夥，已然慢慢地、輕輕地從四面掩撲進來。

相隔半箭地，已然聽見叢莽簌簌地響動。楊華一扯蕭承澤，又一指方向。兩人更不暇尋思，忙把李映霞和春紅一個人攙扶著一個，側著身子，慢慢地躲著聲音往後退。忽然賊人喊道：「來啊，他們藏在這裡啦！」跟著瓦礫土塊，劈啪一陣亂投。腳步聲也越繞越近，竟有一支鏢打過來，險些打著人。

蕭承澤又急又怒，慌忙一伏腰，把李映霞背在背後，掄刀便走。玉旛杆一見這樣子，也只得把春紅一背，跟踵而行。西面、北面有腳步聲，東面、南面沒有，蕭承澤就奔東南角。一直走過去，這一片荒草地到這裡已是盡頭處。前面橫著一條狹徑，分隔成兩塊高地。狹徑那邊，不是長林，不是茂草，乃是收割過的莊稼地。

蕭承澤急用眼一尋，在數箭地之外，偏南面又有黑影。蕭承澤把刀尖向前一指，拔步便奔過去。楊華也跟過去，蕭前楊後，背人飛跑。「忽啦」的一下，頓時追過五個賊人，各將鏢、箭、蝗石、火彈，沒上沒下地打來。蕭承澤一閃一竄地狂奔。蕭、楊二人已然筋疲力盡，卻喜賊黨們鬧了一通夜，也是筋疲力盡。

五個賊人前趕，四個賊人斜抄。追出不多遠，只有擎天玉虎賀錦濤、七手施耀宗、火蛇盧定奎、雙頭魚馬定鈞這幾人功夫好、腳步快，當先趕來，餘賊竟已落後。因為天色將破曉，有的不敢追了。

楊華背著人不能開弓，只能捨命狂跑。賊人在後叫罵道：「相好的，我們佩服你！你把人給我留下，我就放你兩人逃生！」

蕭承澤不答，踏著田地，撲奔黑影。這黑影卻是小小荒村。玉旛杆一面跑，一面想起主意來，忙大聲喊道：「捉賊了，捉賊了，眾位鄉親快出來捉賊呀！」這雖然丟人，但是賊人多，自己人單，也不算丟臉。蕭承澤也應聲喊罵。

群賊大怒，越追越近，把手中暗器照二人背後打來。也有拾來的石塊碎磚，也有沒用完的餘箭彈石。

楊華不如蕭承澤功夫好，比較落後，幾乎成了眾矢之的。群賊把所餘的暗器，悉數照楊華背後鏢打過來。玉旛杆賈勇拔步，一溜煙地狂奔，看見蕭承澤已奔入村口，玉旛杆也忙奔向村口。

村前野犬狂吠，蕭、楊二人越發地喊叫捉賊，將入村內，這才住聲。蕭承澤回頭看了看，叫道：「楊，楊！加勁呀，快，快！」把渾身的力氣都使出來，蕭承澤竟搶先鑽入村巷內。瞥見就近有一所小村舍，蕭承澤忙飛奔過去。隔著短牆，向裡一望，卻喜院內並沒有狗。

蕭承澤不遑思忖，一側身，把李映霞放下來，一把提過牆去，然後自己也飛身跳到裡面。眼光如電火似地一閃，見這小村舍只有幾間土房，院子那邊有兩座柴禾垛，很高，可以躲藏。他慌忙把李映霞腳不沾地提了過去，只說道：「別動！」一撒手，李映霞搖搖地倒在草堆上。蕭承澤立刻翻身一竄，撲到牆根，扶牆探頭，往來路張望。

展眼間，玉旛杆狂奔過來。蕭承澤低嘶了一聲，楊華抬頭看見，立刻撲奔過來。奔到牆下，也照蕭承澤那樣，一側身，才要把春紅放下，換手來提她過牆，春紅竟隨手軟癱下去。玉旛杆吃了一驚，忙一把提住，卻濕漉漉地抓了一把。楊華失聲道：「喲！」

蕭承澤急問道：「怎麼了，別是死了吧？」

原來這使女春紅，在楊華撲入村口時，她的頭已然仰向後去。這一撒手，竟倒在地上了。玉旛杆不由一怔，蕭承澤忙叫道：「快提過來，賊人這就追過來了。」

玉旛杆不顧死活，忙把春紅抱起來，送上牆頭。蕭承澤伸腕抓住，往裡一拖，把春紅提過牆來。玉旛杆楊華飛身跳了過去，兩人架著春紅，一齊奔到柴禾垛後面。

兩人喘息著細辨春紅，春紅後心靠肋處插著一支鏢，耳門上也插著一支袖箭。楊華這才想起，由草地下坡時，一路奔竄，賊人從後面側面一路亂射，彷彿聽見春紅叫了一聲。自己只顧捨命狂奔，白白教死屍壓了好幾箭地，竟不知人已死了。兩個人試摸春紅的口鼻，出氣多入氣少，胸前雖然微微跳動，人還沒斷氣，可是耳門一鏢已然是致命傷，決不能救藥了。

蕭、楊二人抹著汗，相顧噓氣，急展眼觀看這村舍的形勢，打算把垂斃的春紅和力疲的李映霞掩藏起來。不意時不及待，又加外面的村犬竟逐影狂吠，做了賊人的引線。擎天玉虎賀錦濤、雙頭魚馬定鈞、七手施耀宗、火蛇盧定奎已然飛奔入村。一望各處，看不見蕭、楊二人的影子，猜想必已藏入民宅。

這四賊打一招呼，霍地一躍，分東西兩面，跳上路旁村舍，登房越脊，來回搜尋。竟被擎天玉虎賀錦濤一眼瞥見蕭、楊形跡；打一呼哨，雙頭魚馬定鈞、七手施耀宗、火蛇盧定奎都應聲竄跳過來。擎天玉虎一指草堆，三個賊人由房上竄落到院內，暴喊一聲：「哪裡跑？」掄刀砍來。

蕭承澤、玉旛杆剛把使女春紅的屍體抬到一間空棚內，正要找一地方安置李映霞，卻已來不及。四個強徒倏地分散開，雙頭魚馬定鈞橫刀擋門，堵住出路；火蛇、玉虎、七手施耀宗等揮刃進攻。

蕭承澤怒發如雷道：「惡賊趕盡殺絕，大爺今天把命兌給你們了，你也休想好好回去！」將楊華給他的鐵蓮子，「嗖」地打出來。

擎天玉虎一伏身讓過，趕上前，一刀搠來，火蛇盧定奎也從側面斜襲到。蕭承澤「刷」地一竄，刀光一閃，撲到盧定奎面前，掄刀便砍，立刻與賀、盧二人打在一處。一面打，一面急叫楊華，快快背起李映霞。他自己打算以死相拚，橫刀開路。

玉旛杆眉峰一皺，正待動手，不想七手施耀宗竟搶先著，趁賀、盧二人把蕭承澤圍住，即抖手一叉，照楊華打來。

玉旛杆一閃身，這七手施耀宗掄刀一竄，照李映霞便砍。玉旛杆慌不迭地橫身一擋，揮鞭迎敵；百忙中不能開弓發彈，忙伸左手探囊，抓了好幾個彈丸，喝一聲：「看彈！」信手發出。七手施耀宗急往旁一竄，楊華趁勢插鞭開弓。

兩邊相距極近，七手施耀宗閃退不及。楊華只發兩彈，便把施耀宗打倒在地。玉旛杆大喜，頓時一轉身，彈弓照擎天玉虎、火蛇盧定奎打來。叭叭叭叭，每人送上兩彈。二賊也擋不住，飛身竄上牆頭，向牆外連打呼哨；雙頭魚擺刀當門，躍躍欲上。

玉旛杆的彈丸，此時只還剩下兩粒。七手施耀宗受傷倒地，蕭承澤趕上來，挺刀便刺。施耀宗負痛一滾，擎天玉虎急喊一聲，「刷」地打來一塊磚石。蕭承澤挨了一下，幾乎跌倒。他急忙退下來，奔向楊華，連連揮手，教他背起李映霞，趁此機會，急速逃走，他自己好捨命斷後。

楊華看著李映霞，還在躊躇。這工夫再沒有猶豫的空了，個個都筋疲力盡。蕭承澤急得搶過來，把李映霞一挾，用刀尖一指西面牆，連連叫道：「快快，快跳過去！」

玉旛杆楊華應聲撲到牆下，飛身竄過去。蕭承澤忙將李映霞托過來。玉旛杆探手把李映霞接過牆外，攙著李映霞，踉踉蹌蹌便跑。蕭承澤在牆根自覺力疲，恐怕不能拔過去，連忙退出三四步，跑開來飛身一掠，這才跳上牆去，擎天玉虎跳過來，扶救施耀宗。施耀宗的鼻樑竟被打斷，滿面是血。

火蛇盧定奎便來追趕楊華。蕭承澤急忙橫刀邀住，大叫：「楊賢弟快走，快走！」一面對盧定奎拚命揮刀，一面扯開喉嚨一疊聲地狂喊：「眾位鄉鄰，有賊了！強盜殺人了！」

刀兵亂響，殺聲沸騰，村犬狂吠，頓時間驚動了睡夢中的村民。蕭承澤這一路狂喊，越發激怒了賀、盧二賊。

擎天玉虎在牆內扶救施耀宗；盧定奎、蕭承澤在牆外死戰。蕭承澤把性命置於度外，狂喊不已，死鬥不休。盧定奎功夫雖強，竟抵擋不住，忙打招呼，催雙頭魚過來，兩個拚一個。

擎天玉虎賀錦濤取出刀創藥，急急地給施耀宗敷治。施耀宗忍痛不哼，握著擎天玉虎的手，叫道：「賀大哥，你必得給我出氣！你快跳過牆去，把兩個東西料理了，我這傷還不要緊。」

這時候，聽見牆內盧定奎失聲叫了一聲，似乎負傷。賀錦濤飛身一躍，站在牆頭一望，火蛇盧定奎已被蕭承澤殺得倒退，雙頭魚馬定鈞已奔過去救援。那玉旛杆楊華攙扶著李映霞，已然奔出小村，往後面的大村落奔去。擎天玉虎跳下牆來，竟不援應盧定奎，反而向楊華奔去。盧定奎氣得連連喊叫，擎天玉虎佯作不聞，竟一直追下去。

玉旛杆楊華架著李映霞，半拖半提地邁步飛奔，心裡乾著急，竟跑不快。忽一回頭，見一條人影追來。玉旛杆無可奈何，急忙一伏身，把李映霞背在背後，大灑步跑去。

擎天玉虎嚷道：「看你往哪裡跑？趁早放下人！」於是展眼間，就要追上。

但是蕭承澤豈容他追趕？立刻喊一聲，拋下盧定奎、馬定鈞，挺刀反從後面，追趕擎天玉虎。

擎天玉虎回身迎敵，玉旛杆趁此機會，遠遠地奔入黑影中去了。擎天玉虎與蕭承澤鬥在一處，火蛇盧定奎惱恨擎天玉虎，抱刀袖手不前，只是口打呼哨，招呼落後的賊人。群賊這一番心思，反而救了楊華。

玉旛杆背著李映霞，還沒有奔到大村落，便已遍身浴汗。李映霞伏在玉旛杆身上，覺得玉旛杆的背衣如洗了一般，把她自己的衣襟都沾濕了。

李映霞此時是恥恨、悲苦、驚恐交迸。她手攬著楊華的肩頸，喘息著說：「楊恩公，你快把我放下吧！我逃不出去，你不要管我了。」便要往地下掙。

玉旛杆一面跑，一面回頭，一面吃吃地說：「別害怕，不要緊！……賊人沒追來……蕭大哥擋著他們呢。……喂，喂，李小姐，你別掙！你一掙，我更跑不動！你瞧瞧，一到前面，就活了。」

李映霞回頭一看，賊人果然還沒追出來，又往前面看，前面一片濃影。

玉旛杆道：「天就亮了……一有人……賊就不敢……」

雖然這樣說，玉旛杆楊華的武功沒有根底，這一口氣竟提不住，眼冒金星，耳輪嗹嗹，深一腳淺一腳，一連幾次險些栽倒。眼望前面的大村落，相隔還遠，他覺得自己的力氣不能奔到。卻是道邊不遠，就有一片莊稼地。玉旛杆實在支持不住，就往莊稼地奔過去。努力往前一竄，不意地邊卻有一道畦溝。玉旛杆心慌氣喘，眼睛看不清楚，一腳登空，撲地栽倒，把個李映霞竟從身上翻摔過去。

玉旛杆實實落落地栽倒在地上，掙不起來；那李映霞也摔得呻吟了一聲，已然昏死過去。

玉旛杆鼻息呼呼地喘作一團，掙扎著爬起來，把李映霞整個抱起，鑽到草棵低窪處。尋一黑暗地方，便把李映霞放下。李映霞隨手軟癱倒地上。楊華自己蹲在一旁，手抓著草棵，喘息起來。容得略緩過一口氣，扯衣襟把頭臉上的汗一擦，俯身低叫：「李小姐，李小姐！」李映霞沒有答應。

楊華皺眉道：「難道又白費事了？」忙扶著李映霞，試一捫胸前，胸口還跳動；又試一試鼻息，卻咻咻地微然出氣，知道沒有死。玉旛杆忙將李映霞抱起來，往深草裡躲藏。在草地上，找了一個平坦障蔽處，把她慢慢地放下，替她伸直了四肢，卻將雙腕替她蜷起來，交叉著放在胸口下。然後玉旛杆自己站起來，手提豹尾鞭，輕輕地溜出來，向外一望。只見三條黑影，一前二後，奔向村落跑去。又一回頭，見小村那邊，也似有幾條人影奔跑。玉旛杆倒吸一口涼氣，忙縮回頭來。

玉旛杆只得走回草叢，找到那低窪處，守在李映霞身邊，席地而坐。心裡想：「一等天亮，便不要緊了。是的，我救人總須救到底。況且，還有蕭大哥。這個李小姐，也真可憐！……」想著，再一看李映霞。朦朧夜影，略辨頭面，李映霞躺在地上，已然慢慢地醒轉，微微呼出一口氣，咽喉裡發出響聲，手腳也慢慢地縮起來。玉旛杆忙俯身低呼道：「李小姐，醒一醒。……不要出聲！」

李映霞兩手抖抖地揉了揉眼，掙扎著似要坐起，但是竟不能起來。玉旛杆只得架著她一隻胳臂，伸右手托著後項，把李映霞輕輕扶起，給她盤好膝坐穩了。李映霞漸漸神智清醒過來，半晌，低聲說：「我蕭大哥呢？」

楊華應聲道：「他還沒有趕來呢。」

兩個人默然相對，不敢出聲，唯恐賊人聞聲尋來。李映霞在這曠野上，四顧無人，與一個陌生男子相對，一顆芳心說不出的慚惶，不禁嗚咽起來。玉旛杆楊華連連搖手道：「李小姐，我們還沒有離開險地，別教賊人尋聲找來。李小姐你要是還走得動，咱們可以從這裡草地爬過去，繞到那邊。我看那邊像一座村莊，到了人家多的地方，咱們就可以喊救了。你看，再耗一會，這就天亮。一有鄉下人出來，賊人天膽也不敢白晝行兇，咱們就脫過去了。」

李映霞搖頭慘笑，半晌道：「楊恩公，我還有臉見人麼？我，我還不如教賊人殺了痛快呢。楊恩公……你把你的刀借給我。」

楊華忙低聲說：「李小姐，快不要這麼想。我也沒有刀，人誰沒有一步難呢？等一會，天大亮了，蕭大哥一定要尋來，我們就把小姐送回家去。你們骨肉團聚，設法遷地避仇，報官緝賊，還可以一洗仇恨，再不要拙想。小姐玉潔冰清，不逢險難，不見貞節。」

李映霞眼看著楊華那把匕首，只是搖頭。玉旛杆催促她快走，李映霞一來渾身疼痛，二來料想蕭大哥恐已死於賊人之手。自己一個女孩子家，跟一個陌生男子，昏夜奔匿荒郊，將來何以自處呢？況且她又是個聰敏女子，暗想自己的母兄多半凶多吉少。自己身在難中，懸想前途，痛定思痛，倒覺得唯有一死乾淨。又見楊華是個少壯男子，人心隔肚皮，有蕭大哥還好；沒有蕭大哥，這卻怎麼辦？李映霞自有她的難言之隱，想到苦處，不由扣指捫心，眼含痛淚，只是不肯走，要尋個自絕。

這一來，可把玉旛杆難壞了，李映霞伏在草地上，只哭不走，這可怎麼好？玉旛杆不禁張手做出催促的姿勢，想把李映霞攙扶起來。李映霞往後躲閃，正色道：「恩公，你你你不要……雖然在難中，可是……我不能再累贅你了！你……你把我殺了吧。」兩眼凝淚瞅定楊華。

玉旛杆楊華一聞此言，心下明白，不覺羞愧起來，被賊人追逐時，自己曾經抱過李映霞，但那時是生死呼吸的當兒。這時卻在黎明時分，彼此相對，已隱約能看清眉目；此刻又不是危急之時，楊華也覺著自己的舉動有點冒失了。一番好意，不要教人家一個姑娘把自己錯看成輕薄子，乘人於危呢！

玉旛杆頓時臉兒紅紅的，囁嚅道：「李小姐我們趕快走吧，此地再不可留了。……李小姐，你儘管放心，我可以對天盟誓，我仗義救人，一定把李小姐救徹，一定把你想法子送回家，交給你家裡人。不管蕭大哥趕得來趕不來，我自己一定這麼辦。我也有親姊妹，我若不把李小姐當自己姊妹一般看待，我楊華若有一點對不住人的歪心思，蒼天在上，教我楊華天誅地滅，必遭慘報。……

「我是蕭大哥從小的朋友，是他邀我來搭救李小姐的。我也是官宦人家，我的祖父做過副將，李小姐你不要把我看成江湖上的粗野漢子。對你說了吧，蕭大哥和我自幼同學，我們是盟義弟兄，蕭大哥的父親乃是我的老師。……」

玉旛杆自己表白了一番話，李映霞慘白的面孔泛起紅雲，忙不待扶，自己站了起來，說道：「恩公快別過意，我李映霞實在感激你的大德。無奈……我一落賊手，便是一生玷辱，恩公試替我想想，我一個姑娘家……我實在無顏苟活了。我也不是不感激你，我也不是信不及你，可是我呀！……」說到此哽咽難言，眼淚又流下來了。

玉旛杆也為之慘然，安慰道：「那麼，李小姐既然信得及我，我和蕭大哥俱是一樣，我一定要把小姐救出危難來。請放寬心吧，小姐再不要說尋死的話了。你想我救了你一場，我焉能看著活人尋死？李小姐你不要難過，咱們還是趕快走吧。這裡過於荒曠，萬一教賊人尋來，逃也逃不及，喊也喊不著救星的，走！」

玉旛杆楊華口裡說著，自己站起來，向四外張望了一回，然後走到李映霞身旁。看著李映霞將手扶地，姍姍地站了起來，柳腰款款，蓮足蹩蹩，才走了兩步，似一陣腿軟，搖搖欲倒。楊華忙要伸手來扶，然而這時候東方已泛魚肚白色，兩個年輕的人面面相覷，再像夜間奔命時那麼抱提扶攙，彼此都覺難以為情。而且兩人心裡也都亂亂地不安頓，覺著能有蕭承澤在場，就不致這樣窘了。

李映霞嬌軀一側一歪，牙齒微咬，往前挪了幾步，只覺一陣陣眼暈，身子直往前栽。玉旛杆楊華不覺地上前，伸手把李映霞胳臂攙住。李映霞臉一紅，忙說：「不用！不用！」口說著，身往旁閃，強走了幾步，力不能支，雙足一軟，「撲」地又坐在地上了，不禁低低地呻吟，道：「娘啊！」

玉旛杆搓手道：「這可怎好？」腦海中，倏然有一個美人影子一閃，想起他那未婚的續配，女俠柳葉青。像她那樣生龍活虎似的人，前年夏間在黃河渡口，仗義拔劍，從群賊手中，奪救出蘇楞泰的大小姐，真是手到功成。這時候若有她在場，無嫌無忌，背救映霞，是何等方便啊！忽又想起亡故的元配來，弓彎纖小，弱不禁風，正和這李映霞一樣嬌柔，一旦遇到非常變故，這是何等受罪！

玉旛杆正想入非非。那李映霞卻雙蛾緊蹙，背著身子，把弓鞋提了提，想要站起來，仍是覺得四肢無力，趾痛腰酸。她哀吁了一口氣，面呈絕望之色，仰臉看著楊華道：「楊恩公，我……你去你的吧，你不要管我了。我如今，這一夜逃亡，我一點兒氣力也沒有了……可怎麼好呢？」說著，淚流滿面，眼看著楊華那把匕首刀，意思想要，又不敢開口。

玉旛杆楊華歎了一聲，只得坐下來，側對著李映霞，勸慰她道：「李小姐走不動，那麼再歇一歇，索性等太陽出來再走。……」李映霞低頭不語。

楊華又道：「不過，此處究非善地，四望空曠無人，就到白天，你我年紀很輕，教行人碰見，也很不妥。……」

李映霞立刻雙腮飛紅，瞥了楊華一眼。

楊華接著道：「我還怕賊人不甘心，也許在附近隱伏著呢。」

李映霞凜然變色，不禁閃眼四窺。

楊華忙道：「李小姐別害怕，我是這麼想，近處沒有人。……你看，出了這草地不很遠，就有村莊，我們歇足了，掙扎過去，可以先到村戶人家借地歇腳，就便吃些東西，緩過精神來，我就給你雇一輛車，把你一直送回家。」

李映霞呆呆地聽著，躊躇無言。楊華剛才說的話，已打入她的心坎，「你我年紀很輕」這一句話聽來何等刺耳？

楊華見她默然無語，便說道：「李小姐，只管歇著，你家住在什麼地方？距離這裡有多遠？」

李映霞悲道：「我家遠在南方，我們倉促避仇，才暫寓在此處黃家村，我也不知路有多遠。我身被擄，我母被賊傷了，我哥哥和我姑母避到柳林莊，還不知是死是活。我這時家敗人亡，恐怕已是無家可歸了！恩公要是有法子，到了前村，我求你務必費心，把我蕭大哥尋找回來才好。要是尋著蕭大哥，我還有活路，萬一蕭大哥也毀在賊人之手，我這苦命的女子可就沒有生望了。」

玉旛杆這才明白李映霞索刀自殺，確是有些個難處。這不由越發激起楊華救人救徹的俠義心腸來，忙道：「李小姐，不要為難，天無絕人之路，我自有辦法，你放心。到了前村，我先把李小姐安置在村舍人家歇息著，然後我再找蕭大哥的下落。蕭大哥一身很好的功夫，他獨戰群盜，雖然不易制勝，可是乘夜躲避，並不算難事。這時候，他也許正在找尋咱們，找不著呢！」

楊華口頭這麼說，只是安慰李映霞，他心裡卻非常絕望。他料到蕭承澤身已負傷，力鬥二賊，或者不致失手。但他明明聽見賊人連打呼哨，若把餘黨勾來，蕭承澤可就一被圍攻，恐怕逃脫不開了。

現在已經天亮，賊人是不會白晝出現的了。蕭承澤如果無恙，他焉能不尋自己來？玉旛杆這樣一推想，情知蕭承澤身命不測。但是怎好實告李映霞？索性瞞哄一時是一時，對李映霞道：「現在大概沒有什麼凶險了。小姐既然不認得道，我們往前邊打聽著看，先進村歇歇也好。」

李映霞點了點頭，緩緩地扶地站了起來。玉旛杆用匕首刀，削斷了一棵樹枝，揪去枯葉，遞給李映霞拄著。囑咐她儘管慢慢走，不要著急。忽又想起一事，對李映霞說道：「李小姐，我們到了前村，見了村民的時候，我們形色這等狼狽，他們鄉下人一定疑怪，我們須把話編好了。我看咱們可以說是中途遇盜，脫逃至此，不要說出真情實話，省得惹出麻煩來。」

李映霞低聲回答道：「是的。」

楊華又道：「我們可以說是探親的，我算是接送李小姐住姥姥家的。不錯，這樣說很好，我就說……我是你家的長隨，不對，應該說是長工，做活的。……」玉旛杆楊華是故意這麼說。李映霞張秀目，瞥了楊華一眼，赧然說道：「這可不敢當，楊恩公，快不要這麼稱呼。你是我救命的恩人，怎麼說是長工呢？我決計使不得。我看我們可以說是親戚，哥哥和妹妹。……」

楊華微笑道：「兄妹稱呼自然方便些，可是有一層，你我的口音太不一樣了。我是河南人，小姐你卻是一口江南話，說是親兄妹，這太不像了。咱們要說是表親，表哥表妹口音差點，固然無妨。不過，你我都很年輕，表兄妹的稱呼更容易招人起疑了。」

這話原說得直率點，李映霞偷看楊華一眼，竟羞澀得抬不起頭來。半晌，才徐徐說道：「楊恩公，你救了我的性命，又保全了我家的清白。你若是不嫌惡，我願拜認你老為義父。你老肯收這個乾女兒麼？」

李映霞年已十七歲，而玉旛杆不過是二十七八歲的人。侄叔相稱倒還相宜，父母相稱，未免奇怪。

李映霞自有她的深意，楊華卻不由得滿面通紅起來，說道：「李小姐，這可不像話。這種稱呼，我斷不敢當。我才多大年紀？況且我和蕭大哥是自幼同學，蕭大哥又是你的義兄，這豈不是亂了輩份了？這一定使不得。……我們不過為路上方便，我們可以兄妹相稱。我想起來了，口音就是差一點也不要緊。李小姐，你可以不說話呀。你說不來河南話，你總可以說北方話，說北京官話，你可會麼？」

李映霞臉兒紅紅的，吞吞吐吐的，又要拜楊華為叔父。楊華仍是不肯，他已看出李映霞的心意來。閨門弱質，倉皇窮途，她是自有一番深心來保全自己。這一點，楊華既已覺察出來，毅然地說道：「這麼辦吧！李小姐……皇天在上，我楊華現在認李小姐為義妹。我一定把她當親骨肉、胞姊妹看待，有違此心，上天懲罰。……李小姐，你也不用避嫌疑了，我們只求上對得起天，下對得起地，中對得起自己的良心。」

楊華口說著，又翹首往外張望了一回，對李映霞說道：「蕭大哥不知跑到哪裡去了，他也許正在各村找我們呢！只要尋著他，我們就方便多了。如今只剩你我二人，莫怪小姐你心上不安頓，就是我心裡也是很不寧貼的。就是這麼辦，我認你為妹，你認我為兄。尋著蕭大哥更好。就尋不著他，我也要把你送回家去。我曉得你為難，同著一個陌生男人回家，自然覺得不便。但是我有法子，我們一到前村，我就給你雇一輛車，再找一個鄉下老嫗送你，你放心吧！」

李映霞低著頭，聽了這些話，看楊華的言談態度，很是莊重沉穩，只是處處還帶著過分的矜持似的，好像唯恐她疑慮。李映霞這才放了心，忙側轉身，向楊華深深斂衽道：「恩公既然不棄，肯收這個妹子，小妹正是感激不盡。恩兄請上，受小妹一拜。」竟跪了下去。

楊華忙伸手相攔，忽又垂手下來，側身答拜下去，李映霞禮畢叫道：「恩兄，我現在覺得力氣緩過來了。恩兄你往外看一看，我們就走吧。到了前村，恩兄還是想法子，把蕭大哥找著才好。」

楊華知道李映霞還有些怯懼，遂依言向外張望了一回。有亂草遮著視線，近處四面曠然，並無行人。楊華又繞向來路，窺探了一時，也不見賊人蹤影，可也不見蕭承澤的形蹤。抽身回來，道：「李小姐，外面沒有什麼，不要緊了。……」

李映霞道：「恩兄快不要這麼稱呼我了。」

楊華道：「哦，我忘了，妹妹不要緊了，咱們就奔前邊那個村子去吧。」遂仰面看了看朝陽，說道：「太陽出來了，這村子大概在偏西北邊，我也迷了方向了。」

當下玉旛杆楊華在前緩緩地走，李映霞在後緊緊跟隨。兩人心中都很惴惴，卻幸一路上並未遇見賊人。不一時到了前村，楊華尋了一個小戶人家，上前叩門借地歇息，就照預先編好的話，自稱是探親遇盜的人，並順便打聽附近的地名。

這鄉下人覺得楊華、李映霞二人的穿戴有些不倫。但是他們也已聽見鄰村鬧賊了，所以倒很相信楊華的話。問到此處地名，原來距紅花埠很近，地名叫蔡家坊子，距郯城有四十多里地。楊華打聽鄰村鬧賊的情形，這鄉下人卻說不明白。

楊華遂把李映霞暫時寄頓在這小小村舍中，立即親往鄰村，打聽賊情，並探詢蕭承澤的下落。但是問來問去，村中人只說天快亮時，捉住了一個賊，已經捆了送進縣城了。再三探問蕭承澤的下落，竟不得頭緒。那個使女春紅，遺屍在村戶人家中，也沒有聽人談起。（楊華卻沒有想到：事關命案，村中人就知道，怎肯告訴陌生人呢？）

楊華連問了幾個人，也沒訪著蕭承澤的下落，只得轉回來，對李映霞說：「沒有找著蕭大哥，還是我送你到黃家村吧。」隨託付鄉下人代雇轎車。

只是這小村中並沒有轎車，就是別的車也雇不著。只有一輛大敞車，要運糧出糶，恰好路過柳林莊，說好了，還可以代步。楊華和李映霞商量定了，黃家村已經去不得，就先到柳林莊，投奔李映霞的親故梅怡齋家。李映霞的哥哥也在那裡呢，使她兄妹相會，卻也是個辦法。

楊華便把李映霞扶上糧車，軲轆轆地走得很慢，天已過午，才到柳林莊附近。這糧車是不進莊的。李映霞、楊華下車的地方，離柳林莊還有二里多地，兩個人只好步行走了過去。

將近村口，忽見柳林莊聚著許多人，有的挑著水桶，有的拿著撓鉤。玉旛杆心中一動，一時存了一個心眼，忙對李映霞低聲說道：「李小姐你看，這莊前不知出了什麼事故，聚著這麼些人。我們得加小心，也許有賊人潛蹤在內。」

李映霞聽了，很是著忙，道：「那可怎好？」

楊華手指路旁一樹道：「你只在這樹蔭下等著，待我過去看看。」

楊華走過去一看，只聽這些村人紛紛議論，說是村中失火了，延燒好幾家。幸而是昨夜沒有風，若不然，全村都要化為灰燼。楊華這才放了心，便走近前，尋人打聽梅怡齋的家。才說出梅怡齋三個字，就有好幾個村人一齊圍上來，把楊華上下打量了一回，問道：「你打聽梅大爺家做什麼？」

玉旛杆不知究竟，便說道：「我打聽梅家，有一點事情，我是給梅家送信來的。」

一個中年的鄉下人把脖子一縮道：「給梅家送信，梅家遭事了！」

楊華吃了一驚道：「梅家遭什麼事了？」

兩三個鄉下人搶著說道：「遭什麼事了？遭了紅事啦！你不看他家著火了麼？」

玉旛杆不由駭然，卻又頓時恍然了。忙回頭瞥了一眼，向眾人探問道：「這梅家可在村南麼，他家怎麼失的火？」

鄉下人互相顧盼道：「誰知道啊！」

楊華忙尋了一個好說話的老人，低聲下氣，向他探問。那老人連連看了楊華幾眼，反問道：「聽你口音是外鄉人，你打聽這個做什麼？你跟梅怡齋認識麼？」

楊華道：「認識，我們還算是親戚呢。」

這老人又看了楊華一眼，方才說道：「梅家是昨夜走水了，大概是歹人放的火。」

玉旛杆至此已經完全了然，忙問道：「這可是劫數！那麼梅怡齋現在哪裡呢？還有一位李知府的少爺，在梅家住著，老大伯你可知道他現時在哪裡麼？」

這老人歎息道：「按說我不該多嘴，這裡頭有很大的沉重呢。……聽說昨晚上梅家鬧賊了，是明火打劫，把一所房子全給點了。最慘的是我那親戚的陶家，跟梅家是緊鄰，憑白也給延燒了，一家三口，眼睜睜就得尋宿住。……」

楊華眼望村舍，皺眉傾聽著，還是打聽梅怡齋的下落。

老人道：「不知道，也許燒死了。昨夜我們鄰居看見起火了，就出來救火。誰想火光中有好幾個強盜，拿刀動杖的，把人們都嚇回來了。我們聽得真真的，梅家有人哭喊著殺人啦，救命啊！誰敢出來呀？現在梅家一個人也沒有了，也不知燒死了，還是教賊給害了。你瞧，到現在還冒煙呢。官面的人沒來，苦主沒有，火頭也沒有，鄉鄰們誰敢多事？大傢伙不過忙著潑水救自己的房罷了，現在誰也不敢動火場。準知道裡頭有死屍，死屍不離寸地，地保沒有來，誰敢給刨呢？

「你老哥既然是梅家的親戚，那麼也好，你願意出頭，可以等官面來了，你投案領屍。不過話又說回來了，這裡頭很有沉重，你老哥可要尋思尋思，這不是尋常的火災呀！你們年輕人，依我說，煩惱皆因強出頭，這不是鬧著玩的。……」

玉旛杆聽老人說得詳詳細細，心中雖然驚惶，表面還是鎮定的。楊華向老人稱謝道：「多謝老伯指教，我跟梅家只沾一點親，可是遠得很。我這次是送幾位女眷來，論親情，我倒是應該管。只是我得把送來的女眷安置好了，再來出頭辦理這件事。你老說得對，人命案不是鬧著玩的。我謝謝你老，我且到火場看看去。」遂作了個揖，別了老人，徑向梅家走去。

果然望見梅宅已經燒成一塊白地，殘垣斷壁猶吐餘煙。火場附近仍圍著好些個鄉下人，指手劃腳地講論。有一個老太婆對著火場，數數落落啼哭。楊華轉問別人，得知這老嫗並不是梅家的人，乃是梅家的鄰居。這一次失火，把老嫗的兩個柴禾垛、數間草房，也給喪送在火窟裡了。

這一場火，不止把梅家燒得片瓦無存，附近鄰居竟有四五家也被殃及了。靠著村巷，堆積著許多木器什物，正有幾個壯丁抬著東西，往別處運，不消說是從火場中搶救出來的了。有一個四十多歲的男子，面黃肌瘦，守著一堆傢俱坐著，不住嘆氣。旁邊一個女人領著一個小孩，正向別人哭泣訴苦。

玉旛杆湊到人群中，旁聽人們談論災情，要從話風中，打聽李公子、梅怡齋的生死。

傾聽良久，知道梅宅出事時，有匪徒威嚇村民，不准出來救火。梅宅房後一家鄰居，冒然奔來，一嚷救火，被賊人劈頭打來一瓦片，把鼻臉打破，險些沒被砸死。所以梅家上下的人是否全燒死在火場裡，抑或能有一兩個人逃出來，這些村民竟沒有一個曉得的。

火直燒到天亮，賊人走了，這些村民方才漸漸地有人出來潑救，不想已燒掉好幾家了。

楊華問到李公子，這些村民倒也曉得梅家有一家親戚，是做知府的，曾在梅家寄住了些日子，可是現在早搬到黃家村去了。村人們所說的乃是以前的情形。

玉旛杆再打聽不出別的來，忙走回去，告訴李映霞，具說梅家已竟家敗人亡。

李小姐一聽這消息，心如刀割，忍不住失聲號哭起來，道：「梅大哥一家，一定是受我家的連累了！我的姑母和哥哥，也一定教賊人害了！」

玉旛杆連忙攔勸道：「哭不得，哭不得！空哭一會子，有什麼用？我們先得尋個安身之地，這樣子教走道的人看見，太不好了。況且我們還要留心匪人，萬一落在他們眼中，又是一番禍害。小姐，你看村子裡有人走過來了。」

第廿五章　孤縈灑淚

果然李映霞失聲一哭，引起村中人注意來。李映霞強咽悲痛，要到火場尋找他胞兄李步雲的屍體。對楊華掩淚說道：「這麼看起來，我全家俱遭毒手了；只剩下我一個無用的孤鬼遊魂，還要這性命做什麼？楊恩兄，勞你捨死忘生一番搭救，我如今卻是存身無地，求活無路了！我一個女流，我怎麼好啊？」說著，又忍不住悲泣起來。

玉旛杆再三地勸阻，只催促李映霞快走。先離開這柳林莊附近，省得叫村中人看著可疑。若是湊過來一盤問，可就生出枝節來了。至於訪問李步雲的生死，楊華都攬在自己身上。

李映霞被楊華一疊聲地催嚇著，不敢不走。只得忍痛掩淚，隨著楊華走上大路。約摸走了半里多地，已離開柳林莊。李小姐嬌怯的身體，早已鼻窪鬢角沁出汗點，嬌喘吁吁的，越走越慢。玉旛杆看著好生不忍，只是倉猝間沒有地方雇車，也是無法。李映霞惦記著母親的生死，對楊華說：「往黃家村，可是這麼走麼？」她的意思，還是想到黃家村自己家中，看一看究竟。

楊華嘆息道：「李小姐你看，賊人如此凶狠，把你令親梅家都放火燒了，我說句不怕教你難過的話吧，你府上此時決計去不得了！為今之計，最好我們先找個落腳地點，你先避一避，然後由我找到你府上掃探掃探去，比你自己去方便多了。李小姐你想想看，近處可有親友能夠投奔的麼？我可以把你送了去。」

李映霞不禁淚落如雨道：「連您也這麼說，我的母親一定也被害在賊人之手了！我們本是南邊人，這裡哪有親戚呀？我先父做知府，不幸與豪紳結怨，罷職還鄉，半路上被仇人追尋來。我們沒法子，一路逃避，才投奔柳林莊我梅大哥家來避禍。想不到仇人不饒，追尋不捨，連梅大哥也跟著被害。我在此處舉目無親，除了蕭大哥，我連一個倚靠的人也沒有了！」

玉旛杆楊華聽了，不禁代為扼腕，道：「小姐不要太難過了！既然如此，我們第一步還是先投店。」

李映霞此時六神無主，徬徨無策，把楊華當做主心骨看待。他說的話，自己怎好違拗？只得依著楊華的主意，不回黃家村，先找存身之所。

他們又走了一段路，僱著一頭小驢，徑向縣城走去。不一時來到郯城城內，找了一家店房，名叫三星客棧，佔了一明一暗兩個房間。店家見這一男一女形色倉皇，頗覺可疑，便來盤問底細。

楊華忙說：「是往鄉間探親，半途遇盜，連車輛牲口全被劫走了，幸而我手下還有點功夫，才把我這妹子救出來。我們現在打算進城報案，不知道地面上緝匪追贓，可容易辦麼？」

店家搖頭道：「這可不大容易。近來地面上不很太平，路劫盜案月月都有，破案的可真不多。」

這店家口中說著，卻偷眼打量李映霞。看她身穿重孝，面有淚容，和楊華的神情迥然不同。店家心上疑疑思思的，跟楊華談了一回，問了姓名，寫了店簿走了。

玉旛杆吃完飯，精神疲殆已極，囑咐李映霞在內間房歇息，他要出去打聽打聽。

李映霞眼巴巴地看著楊華道：「恩兄，你可是要上黃家村去麼？」

楊華道：「回頭就去。」

玉旛杆走出店外，看了看天色，已近申牌時候了。忙將自己那個銀扣帶和玉牌子解下來，拿到城內當鋪，只當了十幾兩銀子，覺得不甚夠用。但是他身邊現放著還有三十六粒金珠，是白雁耿秋原奪劍之後，硬給留下做酬謝的，緊要時盡可變錢使用。另外還有自己的一顆珍珠帽正。

楊華隨蕭承澤動手救人時，自己曾將行囊銀兩，潛藏在樹林隱蔽處。此時雖然未必失落，也無暇再去尋找。好在自己身邊還有這些珍物，所以心上並不著急，著急的乃是如何安插這陌路搭救的難女李映霞。

玉旛杆把這當來的十幾兩銀子，拿來買了幾件衣服和一份行李。又給李映霞買了件外罩衣服和手巾、木梳。然後自己備辦了一些膠泥、棉紙、槐豆等物，便一徑回店。

到了店房，只見李映霞在內間側臥著，低聲呻吟。看見楊華回來，忙坐起來，向楊華強笑了笑，問道：「您回來了，黃家村離這裡不很遠吧？」看見楊華拿著許多東西，放在外間，猜想楊華還沒有往黃家村去，心中著急，又不好催促，不禁微歎了一聲，臉上一呆。

玉旛杆把衣服、手巾等物，給李映霞拿了過來，道：「李小姐！……」剛說出來，忙改口道：「妹妹，這是給你買的。你鋪上這床被，躺著歇歇吧。」

李映霞皺眉道：「我不累，恩兄一定很累了。唉，我太過意不去了！」

玉旛杆將手向外一指，搖頭道：「不要說了！你不要叫恩兄，我叫楊華，你叫我華哥。」

此時李映霞已然掙扎著伸腿下地，兩個人面對面站著。楊華暗覷李映霞，滿面通紅，頭上青筋暴露，鼻孔掀動，氣息重濁，不由暗自著急。看這樣子，映霞怕是要生病。想她一個閨門弱質，那堪受這等凌辱驚恐？再加上悲憤勞頓，萬一病倒，卻更累贅了。又見她扶著桌子立著，似乎站不住了。

玉旛杆忙將衣被等物放在床上。自己便先搬凳坐下來，向李映霞低聲說道：「快坐下吧，千萬不要客氣，教店家看著扎眼。……黃家村離此二三十里地，剛才我打聽過了，今天去實在趕不及了。小姐放心，我明早一定去。你看你腿都哆嗦了，快坐下吧。你的神氣很難看，你覺得身上發熱麼？」

李映霞勉強坐在床邊，低著頭說道：「是的，剛才我要吐，沒有吐出來。我覺得渾身疼，眼睛發脹。」自己伸手把兩腮摸了摸道：「好像有點熱，咳，不要緊的，死了倒痛快了！」

楊華發急道：「果然發燒！妹妹你要曉得，這不是生病的時候！此地也有醫生，待我請一位來。」站起身來，要喊店夥，打聽郎中。

李映霞很抱愧地攔阻道：「恩兄使不得，不用看，一會就好了！我實在沒有病，不過是折騰的，歇一會就好了。我想明天一早，我還是回黃家村看一看，也許我那苦命的娘還沒有死！」

李映霞堅決不肯請醫，楊華不好過於相強。想了想，便到藥鋪討來一副成藥，教李映霞服下，催她蒙被睡倒。楊華自己獨坐在外間，喝茶進食。飯後便將槐豆熬成汁，把這膠泥、棉紙都用槐汁調和了，親自動手，團成泥丸，大小輕重粒粒相同，共做成一百零八粒彈丸，陰乾了，比鐵彈鉛子還堅硬，但是分量不過重，打出來可以及遠。

李映霞這一夜燒得很厲害，玉旛杆楊華無可奈何。次日早晨命店夥延醫，給李映霞治病。李映霞只是惦記著黃家村，啼哭著求告楊華，務必快去一趟。楊華答應了，看著李映霞服藥睡下，親往黃家村。

玉旛杆離店下鄉，一進黃家村口，想找個村人探聽探聽，哪知村中非常冷清。直走進村裡，才遇見一個年輕的提著水桶，到井台打水。楊華忙搶步上前，抱拳動問：「李宅住在哪個門裡？」

這個鄉下人看了楊華一眼，道：「我們這裡姓李的有好幾家呢。」說著轉身就走。

楊華陪著笑，跟了過來道：「多給你添麻煩啦，我是打聽作過官的李家。老家不在這裡，他是新近搬到這裡的。」

這鄉下人一聽這話，愕然止步道：「你問的是李知府麼？他家裡可是有一位蕭大爺麼？」

楊華道：「正是。」

這鄉下少年立刻把水桶放下，把楊華打量了好久，道：「你打聽李家做什麼？我不知道。」

原來這個少年當時曾受過蕭承澤的囑託，凡有生人來打聽李家的，不可告訴他。囑咐之後，李宅竟出了岔錯。這少年看著楊華，心裡不免有些疑忌。

楊華很著急地把少年攔住說：「我和這位蕭大爺是朋友，我現在就是有事要找他。我看大哥你不是不知道，你實在是不願說。我知道李家出事了。要不出事，我還不趕了來呢。勞你駕，你只把門指給我好了。」

這少年無奈，方才說道：「反正李家是糟了，還怕人找做什麼？」遂領著楊華，拐過巷角，往路北一個門口指了指道：「李知府就寄住在那邊。可是李家前天晚上就遭了明火，今天官府已經來驗了。你不看那門口貼了封條麼？」

楊華明知李府上脫不過賊人之手，遂故作吃驚，到門口一望道：「可不是封了門了！他們家裡的人呢？難道全家都教歹人給害了，一個也沒逃出來麼？」

這鄉下少年帶著不耐煩的神氣道：「大概是全死了。聽說不只是匪人，還是仇人。一家上上下下，大概都毀在仇人手裡了。」說著一轉身，提起水桶，撲奔自己家去了。

玉旛杆在門口看了一會，只得又找一個鄉下人，煩他引到地保家中，細細地打聽了一回。據說李夫人是死了，丫環和男女僕人死了三個。別的人有的逃了，有的被官傳去了。

那地保轉問楊華：「你打聽這個做什麼？可是跟李家沾親麼？這場命案正沒有苦主呢，你若出頭，好極了。」

楊華忙說：「我只跟李府上住閑的蕭承澤認識，我大遠地撲奔來，就為找他謀事。想不到教我趕上了這時候，運氣太低了。」遂歎氣有聲地站了起來，探囊掏出五錢銀子送給地保，有意無意地向他打聽李夫人也驗過屍沒有？

那地保說：「你不知道李夫人是知府的太太麼？這一場命案案情很重大，是本縣縣太爺親自來檢驗的。傳集四鄰，問明底細，大老爺立刻就吩咐免驗，發棺裝殮了。大老爺還歎息了一陣，堂堂的一位知府太太，竟教匪人戕害了。四條人命非同小可，大老爺很為這案子著急呢。李知府府上一個男僕也被帶到縣城去了。最倒楣的是房東，也抓去問話去了。據說這案子不只是明火，還恐怕是仇殺，案情很複雜。那個姓蕭的蕭大爺和李公子、李小姐都失蹤了，還不知是怎麼一回事呢！」

楊華又說：「我打算到屍場看一看去，不知行不行？因為這李知府也算是我的老上司呢！我雖然不能出頭替他府上鳴冤追凶，可是我大遠地來了，還想到李夫人靈前吊一吊，不知使得使不得。若是能行的話，我這裡有幾兩銀子，煩你費心給辦一辦。」

地保搖頭道：「這可不是鬧著玩的！縣衙剛貼上封條，沒的你去了，倒找出麻煩來。不瞞你說，別看封門了，近處還有做公的潛守著呢。因為這是一件大慘案，大老爺擔著處分呢。已經立責捕快五天破案，你當是鬧著玩的麼！」

玉旛杆楊華聽罷，盤算了一回，心裡結計著李映霞沒處安插，不由煩躁起來。說了幾句敷衍話，出離了地保家。耗到天晚，四顧無人，暗暗地溜到李宅附近。李宅前門釘著木條，十字交叉地封上了門，四外寂寥，景象淒慘。

玉旛杆暗歎李映霞家敗人亡，雖教自己救出來，可是孑然一身，無倚無靠，遇著這樣凶慘的際遇，跟隨自己一個陌生男子，怎教她不痛心尋短見？楊華繞到房後，此時天色已黑，鄉下人本來早睡，又遇見兇殺案，四面早已闃然無人了。

楊華抬頭看了看牆，只有一丈多高，便撩衣襟，一縱身竄上去。趕緊越過後坡，扶房脊往後院一看。院宇沉沉，院內拋棄著一堆堆的濕棉絮，一領蘆席鋪在地上，地上有許多水跡，靠牆角堆著幾件衣服，一望而知是驗屍的遺痕。各房倒鎖著，都用木條釘了，上面也貼著郯城縣衙門的封條。

楊華翻身下來，到院中一尋，內外堆滿亂七八糟的東西和染有血跡的衣服，卻是院中並沒有停屍的棺木。來到上房門口，從門板縫內一望，不由觸目驚心，堂屋中竟排放著四口白碴棺材。更兼天色昏黑，全院中死氣陰沉。

楊華雖是少年武士，到此也不覺毛骨悚然。遂轉身到廚房，尋著了火鐮、火石，打著了火，把半段殘燭點著，來到上房，將門弄開，借燭光一照。這才看清每口棺木，全有一塊木牌釘在棺材上，上面有墨寫的字：一口是李宅男僕張升，年五十三歲，江蘇人；一口是前任濟南府正堂李建松之妻王氏，年四十八歲，沒有標籍貫；又一口標著使女李春喜，年十七歲，也沒有籍貫。還有一口棺材，標著女僕張方氏，年二十四歲，江蘇武進縣人。

玉旛杆楊華已然完全察看明白，剛要轉身。忽聽見後面怪叫一聲：「好大膽的賊！」

楊華吃了一驚，原來從隔壁房東院內竄過來兩個人，手中拿著鐵尺，正是縣衙門派來守案的官人。玉旛杆忙將蠟燭吹滅，挺身一躍，竄上牆頭，翻牆跳到外面去了。

兩個官差追趕出來，玉旛杆不願惹麻煩，急忙繞著村子一轉，抓個空，一徑逃去。

出離村口，趕奔城門，回頭一望，已將官人落遠了，楊華便將長袍放下來，踱進城去。卻喜湊巧，城門還沒有關。

楊華回轉三星客棧，到房間內，只見李映霞燒已減退，正在獨對孤燈，眉峰緊鎖，滿面含著愁容。一見楊華進來，趕忙站起來，向楊華問道：「華哥，教你受累了，你可看見我家裡怎麼樣了？」

楊華咽了咽唾沫，先請李映霞坐下，然後自己也坐下，慢慢地說道：「霞妹，你的病可好些了？」

李映霞扶著桌子，點了點頭道：「好了，沒有病了。華哥，我問你，黃家村到底怎麼樣？我看你有話不說，我那娘莫非真個沒命了？」

楊華道：「咳！霞妹，事已至此，你就不必細問了。……我現在問問你，你在近處，有可以投奔的親人麼？」

李映霞頓時眼珠一呆，淚如雨下，再也坐不住，湊到楊華面前，顫聲說道：「華哥，你務必告訴我，我好死心。到底我的娘怎麼樣了？可是教賊剁死了，還是也教賊人擄去了？好華哥，你告訴我，我知道沒好，但是我也得明白明白。……」

楊華歎口氣道：「我看見令堂的棺木了！」

遂將所見所聞，低聲告訴了李映霞。李映霞本已料到不幸，現在不過是證實了。又問到她的哥哥李步雲和蕭承澤，也都沒有尋見。

李映霞自知身陷絕路，不由得失聲痛哭起來。

楊華忙在旁勸解道：「小姐快不要啼哭，這是店房，教店家聽見了，又多一番猜疑。現在，事已至此，徒哭無益，還是想一個正經主意要緊。」

李映霞不敢哭了，咬著手巾，強咽悲聲，這無聲之泣更是摧肝斷腸。想到自己骨肉親丁俱皆殞命，前途茫茫，誰可依靠！這就在一個男子也是一籌莫展，何況李映霞不過是十七歲的一個弱女？眼望著楊華，脈脈無言。楊華問她要主意，她哪有主意？就有主意，這造次之間，怎好對楊華說呢？

這一夜，李映霞直哭到三更天，把個玉旛杆楊華直哭得頭上冒火，背後負芒，起坐不安。勸慰的話已然說得無可再說了，搔頭呆了一會，只好退到外間來，和衣倚在板鋪上，自己盤算自己的主意。

月前陌路援救一塵道長，落了個徒勞無功。現在搭救李映霞，又落了個擱沒處擱，放沒處放。在急難時，倒沒有什麼。現在人已救出來了，一個少女，一個孤男，在店房中一住，又沒處投奔，這可是……玉旛杆不禁急出一頭燥汗來。翻來覆去地想，要替李映霞籌畫個善處之法，一時竟無良策。

他這時精力疲倦到極處了，一陣陣心血上沸，強自警醒著，不敢睡去。見李映霞這麼悲痛，生恐她一時心窄，弄出意外來，那豈不是又落一個白忙，還要打拐騙人命官司呢？

那李映霞在裡間床上坐著，吞聲悲泣，哭了又哭，半晌，沒有動靜了。玉旛杆忙站起來，向內一望，只見李映霞兩眼紅腫，眼睛呆呆地看著燈光。燈光淡黯，李映霞枯坐失神，寂然一動不動。

玉旛杆輕輕地說道：「李小姐，睡吧，天不早了。有什麼辦法，明天再想吧！」

李映霞霍然回頭，對楊華慘笑了一聲道：「我睡麼？……」恍然若有所悟的，欠身說道：「華哥，你還沒睡？快歇著去吧，我這就睡了。」

李映霞走下床來，把內間格扇掩上，加了門；把燈撥得小一點，自己和衣倒在床頭，把被搭在身上。楊華這才放了心，也就倒在外間床上，不知怎的只覺心中煩躁，直到將近四更，才朦朦朧朧漸欲睡去。

忽然，迷迷糊糊覺得有輕微的腳步聲，楊華一驚，將眼睜開，只見李映霞小姐躡手躡腳地向外間走來。

楊華暗想：「她要做什麼？」

玉旛杆將眼微闔，欲觀究竟。只見李映霞姍姍地走到楊華床前，欲前又縮地怔住了。

楊華默想：「難道她要自盡，來偷看我睡熟了沒有？」正想著，李小姐遲疑了一回，忽然伸手到床前，很輕巧地探著身子，把床裡邊的那床薄被拉到手裡，輕輕抖開，輕輕給楊華蓋在身上。

玉旛杆這才明白，她是怕自己凍著。雖在裝睡，楊華卻也不由得臉上一陣發燒，心頭小鹿怦怦地跳動。自己越發地不敢動轉，把眼閉得緊緊的。這薄被才加在楊華身上，不止身上燥熱，就是兩隻手也握著兩把汗。楊華閉著眼，覺得李映霞在床前呆了一呆，一扭身走開了。

楊華將眼微睜，看見李映霞奔向堂屋門。這堂屋門沒有上閂，只風門掩著。門窗紙破，夜風清冷，簌簌地吹來，桌上的油燈被吹得火焰搖曳不定。李映霞輕移蓮步，走向門前，伸手將兩扇板門輕輕地對上，方要嵌上插管，忽地似有所感觸，回頭瞥了一眼，忙把已經掩好的門扇，又略微拉開了些，只虛掩上。慌忙地轉身，奔回內間來，把格扇關上。

李映霞來到裡間，把燈挑亮，也和衣睡倒。心中尋思，楊恩兄和衣而臥，門也沒關，就睡著了，他未必是倦極忘記了，恐怕也是有心避嫌。因而想到自己適才的舉動，驀地耳根發燒，覺得自己未免忘情了。一念及此，不由一陣難堪。自己是個少年女子，慘遭大難，被人家一個年輕男子，背負奔逃好幾里地，又一同寄宿在店裡，這是眼前現在的事。……以後呢，母兄俱亡，孑然一身，全家的仇恨，自己的歸宿，將來交給誰呢？楊恩兄看起來人很正派，但是，人家二十七八歲的人了，據他說，他是武將之後，他焉能沒有妻室呢？……

這一夜，李映霞思前想後地籌慮，籌慮到極處，不由得淚下沾巾。把雙手交握著，指爪幾乎掐進掌心裡去，總覺得自己將來沒法子善處。那外面的玉旛杆楊華，親見李映霞替他蓋被，心神也是惶惶的，又不由得凜然有些戒懼之念。臥在床上，也是思前想後，沒有好法子安頓李映霞。

雞聲報曉，店院中已有夥計起來掃院子了。忽看見楊華這屋內，燈光猶亮，門扇未關。店夥們本已覺得這一男一女有些異樣。由於好奇心支使，走來一個店夥，隔紙窗往內探看，又咳嗽一聲。楊華一翻身坐起來，很懊惱地說：「誰？幹什麼？」

店夥無可置答，故作驚訝道：「嚇，客人，你老沒關門就睡了？燈也沒熄，這可不是鬧著玩的，萬一有個小毛賊什麼的……」

楊華冷笑道：「我們現在什麼也不怕，已經教賊劫得什麼也沒有了。」遂叫店夥打臉水：「我們回頭要動身出城呢。」

其實楊華並不忙著趕路，不過把店夥放進來，為的是遠嫌避疑。

此時，李映霞聽見動靜，也起來了。下床將內間格扇開了，手掠鬢邊，走出內間門口。向楊華瞥了一眼，說道：「華哥，你老早起來了。」想說句感激不安的話，竟澀澀地說不出口來。微啟朱唇，吁了一口氣道：「華哥沒有睡好吧？為了我，倒教您……」才說得這兩句，驀地紅了臉，手扶門框，訕訕地把眼睫垂下來。

楊華看李映霞鬢髮略整，已不似昨日那麼散亂。卻是眼圈微青，眼皮浮腫，那樣子很顯得憔悴可憐。

楊華站起來道：「霞妹，今天覺得好些不？還燒麼？」

李映霞把頭搖了搖，淒然道：「苦命的人再不會死的！好多了，倒攪得華哥也跟著熬夜。」

楊華想起昨夜之情，看了看那床薄被，仍堆在床上，也不禁臉紅了。遂衝著桌旁椅子一指，說道：「請坐，我看霞妹還帶病容，你還是再睡一會兒才好。」

李映霞笑了笑道：「不睡了！我看華哥您臉上氣色也不很好，要不你再睡一會兒吧？我進去，不礙事的。」

正說著，店夥已打來一盆臉水。楊華向裡間一指道：「端到屋裡去。」容得店夥退去，楊華便對李映霞說道：「霞妹先洗洗臉吧。既然不睡了，回頭我給你買點心去。你昨天一天一夜一點東西也沒吃，這是不行的，總得好歹吃一點。」

李映霞卻將洗臉水端了出來，放在方凳上，要請楊華先洗臉。楊華又給端回去，低聲說：「霞妹，快不要這麼客氣！這一來謙謙讓讓的，倒不方便，教店家看了，也不好。你我患難相逢，只索做出同胞兄妹的樣子來才好。你先洗著臉，我給你買點心去。」不容分說，楊華站起來就走出去了。

李映霞赧赧地聽了，趕緊把臉盆端到屋內，閉上格扇。有楊華買來的手巾、木梳，便把臉擦了一把。兩眼覺得乾疼，用熱手巾捂了一會子。然後用木梳把頭髮梳了一梳，覺得精神清爽些，只是還覺得一陣陣頭暈腿軟，自己的手腕也有好幾處擦傷。李映霞生性好潔，梳洗已畢，看見自己的衣服多已皺了、髒了，竟沒有可以換的小衣，只有楊華給買來的一件外罩衣服，忙著更換了。

不一時，楊華買來許多食物，熱騰騰的端來，放在外間。手彈格扇道：「霞妹，吃點心來呀。」

李映霞走出來一看，楊華買來兩盤包子、兩碗豆漿，殷殷勤勤勸李映霞食用。李映霞虛火上浮，口說不餓，實在是心裡很空，只是不好意思兩人共桌而食。楊華只顧催她吃，卻忘了這一節。只一疊聲地說：「快吃吧！趁熱吃。你一天一夜沒吃東西了，身子要緊。」

李映霞無奈，拈了一個包子，走到內間拿著吃。楊華這才省悟，忙將一盤包子、一碗豆漿，親手送到內間屋來，說道：「你在這裡吃，我在外面吃。」

李映霞不好過拂楊華的意，勉強地把豆漿喝了，又把包子吃了兩個，覺得精力恢復了些。玉旛杆楊華卻覺得很餓，大吃了一頓，把包子都吃了。李映霞看了看自己這一盤包子，剩下一多半，楊華那裡卻一個沒剩。李映霞忙把包子端出來，放在楊華面前，道：「華哥！……」

楊華抬頭看了看，說道：「你怎麼剩了這麼些？再吃兩個。」

李映霞皺眉道：「就是這幾個，我還是強咽下去的呢！華哥，你吃了吧。」

楊華笑了笑，把李映霞剩的包子也都吃了。李映霞看著楊華如此饕餮，心中覺得奇怪：「他是個將軍的後代，怎麼吃起點心來，比我的一頓飯還多呢？是了，他是練武的人，要不然他怎能背著我跑那麼遠？……真是英雄得很！」

李映霞經昨晚一夜的愁思，對於自己今後善處之道，已經打了稿兒，本想今天早晨，立刻對楊華說了，免得孤男少女久羈店中。只是算盤打得好好的，白晝對面相看，一肚子的話又悶住了。

楊華坐在桌旁凳子上，李映霞遠遠地立在門旁看著，幾次張嘴，總又咽了回去。李映霞一片芳心，隱有所繫。她想自己一個處女，處在這嫌疑之地，而且自己又已無家可歸，有仇須報；若不把此身有所寄託，將來怎樣是個了局？只是這些話，倉促之間，怎好曲折說出口來？

李映霞的意思，是要問一問楊華，家中可有嫂夫人麼？現在這個難女勢難別嫁，情願嫁給他，就做姬妾也好；可是只要他肯為她鳴冤報仇。……這事，他可肯麼？

李映霞肚裡的話只在舌尖上、口齒間旋繞，竟吐露不出，不由得坐立不安起來。臉上紅雲漸漸浮起，由耳根漸漸紅徹兩顴，連眼圈也紅了。

楊華這時候也看出李映霞欲言不言的光景來，便先開言道：「霞妹，你請坐下。現在我們可以盤算盤算了，你打算怎麼樣呢？」

李映霞忙端來一個凳子，靠裡間屋門放下，側著身子坐著。低低說道：「是的，我沒了家了。華哥，你的家住在什麼地方？離這裡可遠麼？……」話才出口，向楊華暗暗地瞥了一眼，楊華恰也正向李映霞這邊看來，兩個人眼光相觸，李映霞趕緊低下頭來。

楊華道：「我家在河南永城縣，離這裡也很不近呢！那地方是不很方便的。霞妹，你在近處既沒有靠得住的親友，這卻是難，那麼你原籍在哪裡呢？」

李映霞說道：「我的老家是江蘇如臯縣。」說著歎了一口氣，因為楊華說他們那裡不很方便，這明明是拒辭了。李映霞含意難伸，面上忽露決絕之容道：「唉，那麼，華哥，這縣衙門是在哪裡呢？」

楊華道：「縣衙門的所在，我也不曉得。但是店家一定曉得，我可以替你打聽出來。霞妹可認識郯城知縣麼？」說到這裡，覺得話不是這樣子說法，忙改口道：「我聽蕭大哥說，令尊老大人是做過知府的，不知這郯城知縣也與府上有淵源麼？若是親友故舊的話，那可好極了，報仇安身卻有辦法了。」

李映霞搖搖頭道：「這個我曉得。華哥你看，我這一家子生離死散，只剩下我一個女子。這一夥惡賊不是尋常強盜，一定是巢縣獻糧莊計家打發來尋仇的。就是我父被陷失官，病死在客途，也是出於計家的陰謀。我李映霞和計家有這不共戴天之仇。我一個女子，前途茫茫，生有何歡，死有何懼？而且我也沒有安身之處。

「小妹昨夜仔細想過，小妹今年十七歲，雖然年輕，可是我也豁出去了。我打算到縣衙門喊冤，要給我一家子大小報仇。叩求知縣，給我這一個落難的宦家女子做主雪冤。只要官准了，我的仇人得以正法，小妹我就落髮為尼，長齋誦佛，以了殘生。這便是小妹如今的打算。華哥請想，除此以外，我還能怎樣呢？」

李映霞說著掩淚不止，那神情極其悲憤。跟著又說：「至於華哥，這一回搭救我，保全我的名節，我此生無法報答，我唯有禱告上天，日日為恩兄祝福罷了。」

楊華聽了，不勝欽敬，但認為這件事是辦不通的。楊華道：「賢妹打算得很對。但是，如今這官場辦公，緝盜捕凶，往往只憑一紙空文，罕有破案。賢妹誓志報仇，要前往縣衙鳴冤，卻是打官司也得要有錢呀！你一個女子年輕輕的，你告了狀，遞上了呈子，你可往哪裡住呢？」

李映霞道：「我叩求縣官，把我收在獄裡。我知道監獄也有女監。我父親做縣官時，我那時很小，曾經看見過。」

楊華搖頭道：「這監獄只收押罪人，不收押原告苦主啊。」

李映霞一聽這個，不由呆了。楊華跟著說：「霞妹，放火行兇的是一群強盜，這些強盜當然是計家賄買出來的。而計家又是號稱計百萬的豪家。你令尊老大人堂堂一任知府，尚鬥不過計家；霞妹一個弱女子，怎能與他為仇？況且惡賊如此歹毒，他不止戕害你家中人，還要擄走你。霞妹喊冤告狀，請想何處棲身？你是住店呢，還是當真住尼庵呢？不論住到哪裡，難保不被仇人尋來。你看賊人是要趕盡殺絕的，我和蕭大哥搭救你，他們尚且苦追不捨。……」

楊華還沒說完，李映霞早為難得哭起來，說道：「天哪，難道我這仇就永不能報了？茫茫世路，我可往哪裡棲身呢？」忽然站起來，走到楊華面前道：「華哥，我求你一件事！華哥，你既然把我救出魔手，我還盼望你始終成全我，你可以不可以幫著我報仇雪冤？」

楊華未及答言，李映霞竟跪在楊華面前，嗚咽起來，道：「華哥，你可憐我先父一世為官，勤政愛民，不畏強暴，竟得罪豪家，落了這麼個結果！你可憐我一個弱女子，家敗人亡，窮途無靠！華哥，你務必答應我吧，我求你把我領到縣衙，我自己去喊冤。我只求你保護我，我可以住店。有你照應我，賊人未必敢尋來；就尋來，恩哥的彈弓也足以救我了。……」

楊華連忙站起來道：「霞妹不要著急，快起來，從長計議。」再三地請她起來。李映霞掩淚站起來了。

玉旛杆楊華心中為難，他自己現在有許多事要辦，尤其是奪劍的誓約刻不容緩，哪有工夫替李映霞打官司？況是孤男少女久處惹嫌。想起昨夜的光景，恐怕李映霞無可倚恃，不免要依靠在自己身上。而自己是訂了婚的人，豈不是自尋苦惱？想了一回，還是速速離開為妙；幫著打官司，是決計使不得的。但是一念及她身在絕處，自己若把拒絕的話說出口來，李映霞必然心窄，恐怕又要生出意外！

楊華這裡沉吟不決。李映霞在那裡靜等回答，如待決之囚，心裡非常焦躁。等了好半晌，只見楊華抓耳搔腮，說不出辦法來，便又低聲催問了一句道：「華哥，你看，你幫我鳴冤，還有什麼不便麼？」

楊華情知不便之處甚多，只是不好說出來，口中諾諾地答道：「我想總還有別的法子可想。霞妹，這鳴冤的事不是一兩天完結的，不知要耽誤多少天呢。我現在又有纏手的事，急要往東昌府，找一個朋友去，我實無暇在此久待。況且這告狀的事，外人不得代庖，官府必要訊問我是幹什麼的，我非親非故，沒法子代訴。再說你又抓不著計家主使的證據，你就告他，也怕不易告倒他。又隔著省，這一打起官司來，動不動就得經年累月，至少也得一兩年。

「你一個姑娘家，你能纏訟三年五載麼？你又何以為生，住在哪裡呢？計家又焉肯老老實實地教你告他？他不會再賄買官府，再遣派刺客？這事難極了。現在我替你打算，最好先投奔一個地方，暫且存身避禍，把報仇的事先擱一擱。女子告狀，談何容易？況且這又是一群惡賊，受豪紳支使。你一個弱女子，更鬥不過了。你應該先得了安身之處，有可托靠之人，那時再查找你那令兄和蕭大哥，由他們設法訪仇雪恨，才是正理。」

李映霞一聞此言，不由呆了，低頭尋思良久，慘然說道：「惡賊害得我好苦！我如今異鄉遇禍，舉目無親，仇是不能報，我可投托誰呢？近處沒有親友，就有，我也不很知道，故鄉雖有本家，卻只有一個堂叔最近。當年我父在外為官，本家來投奔的很多，家父唯恐有玷官聲，不肯任用他們，在本族中就很落怨言。

「現在我家橫遭大禍，只剩下我一個女孩子回去，家中人必先鬧起承繼來，一定要覬覦亡父的遺產。說句不做什麼的話，他們一定好歹先把我打發出去，焉肯替我報父母之仇？我現在只想拜求華哥，設法尋找我那沒有下落的哥哥，他不一定準死在賊人之手，也許逃出來了。還有我那蕭大哥，比我那些本家還可靠，若把他找著，也就好辦多了。華哥，你想我焉能回老家！就是回老家，這亡父的靈柩，先母的遺骨，焉能不搬運回去？這件大事，我也得求華哥沿途護送我，我才能回去。與其這樣，反不如在此地告狀報仇妥當呢。華哥你想是不是？」

這一席話說得非常透徹，看這意思，不管是幫她打官司，或是送她回原籍，反正一個女子寸步難移，必得依靠男子。既須依靠男子為助，那麼依靠誰呢？楊華一番救人，憑白找出一場撕擄不開的麻煩來，丟也丟不下，閃也閃不開了。

楊華當下不禁暗自著急，心想：「這可糟透了！我不過為跟蕭大哥是多年好友，客途相遇，拔刀濟難，全為義氣份上。不料事情有變，竟落了這麼一個結局！蕭大哥生死不明，把個全家遇害、孤苦無依的宦家小姐憑白賴在我身上。冒著偌大嫌疑，捨命救人，萬一不慎，就怕落個不清不白之名。可是如今人家一個女子身在絕地，論天理，講人情，我又怎好丟開不管？可是我又怎樣管法呢？」

玉牖杆眼睫一眨一眨的，心裡犯想。李映霞接著說道：「小妹也知道仇人過於陰毒，告狀頗多顧慮。小妹也知道先覓安身之地，再籌報仇之計才好。無奈小妹是個女兒身啊！千思萬想，此身沒處安頓。華哥你既然陌路仗義，把我救了，我還求你始終成全我，替我想個安身之處。……」說著臉紅了。

李映霞的意思很想繞個彎子，問一問楊華家中的情況，家中的人口，問問楊老伯母今年高壽，再問問楊恩嫂今年貴庚，有沒有小孩。但是這話說出來，不致遭楊華菲薄麼？……

李映霞吐吐吞吞，遲疑好久，才跟著說道：「事到如今，不能不說了。華哥，我如今是親丁骨肉一個也沒有了。現在世路顛險，投托疏遠親故，有時候反是自投火炕。若是沒有什麼的話，華哥，你府上永城縣若是離此不遠，我……我想懇求華哥，把我送到楊老伯母跟前，求她老人家照應我。……不是我李映霞沾不著，賴不了的呀，我實在陷於絕地了。華哥救了我，一路待承我，光明磊落。……我，心裡有數，我很感激。……

「華哥，你不要小覷我，我是不得已啊。我投到你府上，我情願為奴為婢，服侍老伯母和嫂夫人。我只求楊恩兄看在我蕭大哥的情面上，憐恤我，替我找一找我的胞兄和蕭大哥。……」說著泣不成聲。

李映霞已經把她最難出口的話，說出口來了。

玉旛杆楊華不待聽完，竟已難住了。果然把麻煩栽到自己身上，擺脫不開了。他浩歎一聲道：「霞妹，你的心情我已完全明白，你的處境實在太難了。你意欲投到我家，暫為避難，這正是你看得起我。但是，我卻有礙難之處。不瞞你說，我家中人口孤單，只有老母寡嫂。我家母持家素嚴，我在外面一切事，有的還不敢稟告家母。現在我若突然把霞妹帶回家去，家母不曉得是怎麼回事。她一見面，定要生疑，恐怕當場就要責罵我一頓。

「霞妹，我說這話，你可別過意。你我一個孤男，一個少女，我就是對家母說患難中搭救出來的宦家小姐，家母她未必肯信。那時候，家母責問起兒子來，倘或語言不慎，觸犯到霞妹身上，你想我何以為情？你何以為情？不但是霞妹借寓避難之事辦不到了，還找出意外的嫌疑來。霞妹的苦處，我很明白，我不敢答應你，正是有不得已的緣故。

「照你所說，故鄉本家一涉到爭產，那是當然投靠不得的了；而且相隔太遠，那就不必回去了。但是，你連一個靠得住的至親也沒有麼？比如你的母舅姑父之類，他們若曉得你慘遭不幸，我想不至於袖手不管吧？總而言之，霞妹不必過於為難，我替你打算，是教你就近先投奔一個可靠的親戚，暫時避難。然後我再極力想法，一面替你打算這件官司，一面給你查找你的胞兄和蕭大哥。

「我不過因為我是個孤身男子，不便收留你就是了，我決不是從此丟手不管。我若不管，將來蕭大哥知道了，他豈不怪我？況且我們武林中最講究救人救徹，最忌諱有始無終，這一點，賢妹你儘管放心好了。」

李映霞聽楊華這番話，說得入情入理，雖然話裡有點推託，可也正是實情。她便羞慚慚地說道：「我也覺得貿然到你府上去，有點不妥，怕惹老伯母動疑，不過我總覺這麼著，還比我那本家戶族可靠些。咳，這都怨我家門不幸，禍集一身，累帶得別人也不安生！若不然……」說到此，雙淚突落道：「若不然，華哥，你就把我送到尼姑庵裡去吧！」

楊華道：「唉！這尼姑庵豈是你能住得的？尼姑庵雖是佛門修行之地，可也是藏垢納污之所。賢妹一個官家小姐，豈能與她們那種人共處？我看你還是找個可靠的親故寄寓好些。」

李映霞悲歎道：「我哪有可靠的親故？先父為官二十年，提拔起來的門生故吏，以及至親至戚，不是沒有，只可惜我一個女孩子家實在說不清他們的姓名住處。我有一位姑父，現時在北京做小京官。還有我的母舅，遠在江蘇，務農為業。……」

楊華搖頭道：「這全不行，都離此太遠了。距離近的可有麼？」

李映霞歎道：「也許有，只是我不知道啊！我記得淮安府有一位表舅，但不知淮安府離這裡遠不遠？」

玉旛杆楊華道：「淮安府屬於江蘇北邊，離此也有幾百里地，卻是比如皋近多了。你這位表舅姓什麼，可靠得住麼？」

李映霞道：「我這表舅名叫賀寧先。若論親情，倒不算近。只是他先前曾受過我父的好處，是我們老人家一手栽培起來的人，現在淮安府當一名吏員。他每每地感念先父從前的好處，常有信來。我還記得先父遭事失官時，他曾經派人特來慰問過，所以我還記得他。只是我這位表舅母，我卻沒見過。

「華哥，我是個女流，我實在斷不出這位表舅可不可以投奔，華哥據你看怎麼樣呢？我現在一點主意也沒有，華哥你務必替我代籌一下。你不要避嫌避疑的，你我只憑這一顆心吧，患難中哪裡還顧忌許多呢？」

玉旛杆聽了，籌思一會兒，說道：「表舅之親本很疏遠。但既是令尊老大人於他有恩，他又感激不忘。那麼你想去投奔他，我看可以使得。好在這淮安府也正是我要先去的地方，我就把你送到淮安府賀寧先那裡去吧。」

李映霞和楊華已經商定了主意，先投奔淮安府去。李映霞猶恐楊華援手之事到此為止，當下惴惴地看著楊華道：「華哥，你把我送到我表舅那裡，不過是給我找著一個暫時棲身之處罷了。我亡父亡母的靈柩丟在這裡，終不是了局，教我做子女的痛心難安。還有我的胞兄是生是死，必須打聽。這關係著我們李家的後代香煙呢！我還是求華哥你費心給我找。找著了家兄，不但小妹將來托靠有人，而且我李氏門中血海冤仇，也全倚仗著他報仇呢！華哥，你不要半途丟開不管呀！華哥，你是我的恩人，也是我一家的恩人。我這個無理的懇求，你務須可憐我，答應我吧。」說著走過來，斂衽下拜，跪著不肯起來。

楊華忙答拜道：「霞妹放心，我不能說了不算。我把你安頓在令親處，我就想法子，查找蕭大哥和令兄，我決不會袖手不管。就是打官司，踩訪仇人，這個也可以交給我，這全是我可以辦的。」

李映霞聽到這裡，復又盈盈下拜道：「華哥如此存心，不論將來能替小妹報得了仇，報不了仇，小妹已經至死不忘大德了！今後一切事，我只有仰仗華哥你了。」

於是當天算清了店賬，立刻雇好代步，徑奔淮安府去。先走旱路，到了碼頭，雇上一隻客船，由水路走，攜帶這位小姐是比較方便的。

在船上，李映霞的臥倉和楊華住的地方，只隔一層板。那邊一動一靜，這邊聽得清清楚楚。李映霞感念身世，終夜輾轉不寐，楊華更是聽得見的。

每日晨昏間，兩人見面，李映霞每每噓寒問暖，對楊華很關切著。而且她劫後餘生，時常膽怯，更把楊華倚為護符。玉旛杆楊華雖是英風俠骨，對這一脈柔情，未免有些意動神搖，自己暗中警戒著自己。

這一日來到淮安，楊華和李映霞商量。天色尚早，不必住店。雇了一輛轎車，逕投淮安府衙。到衙前停車一問，才曉得機緣不巧，賀寧先確在府衙做事，不過現時奉差晉省去了。又打聽賀寧先的寓所，門房說就在府後街。

楊華忙到轎車前，告訴了李映霞，只得驅車投到賀寧先寓宅。楊華上前叩門，出來一個傭婦模樣的女人。楊華具說是送李小姐來的。傭婦進去回報，半晌出來說：「我們太太說，不認得這門親戚。老爺沒在家，不敢款待。」把大門插上了。

楊華再三解說，傭婦只說：「我們不敢做主，等老爺回來再講吧。」

好容易奔波數百里，前來投親，結果人家竟拒門不納。楊華無可奈何，對李映霞說了，只可先投店。

在府城找到一家客棧，挑了一明兩暗的房間，楊、李二人各占一室。

次日楊華又去了一趟，賀家還是不認。李映霞急得啼哭，楊華更是說不出的煩惱。而且年輕輕的一男一女久寓店中，多感不便。楊華只得安慰著李映霞，天天自去府衙，打聽賀寧先的行跡。

一晃十多天，楊華十分焦灼。他遂想了個主意，特意備了幾色禮物，又給李小姐換了稱身的素衣素裙。自己也扮得衣帽整齊，教好了李映霞這次見面問答的話。又雇了小轎，第二次再去投親。

楊華陪著李映霞，來到賀家門口，下轎叩門。

那開門的還是上次那個女人，把楊、李二人又打量一陣。雖才隔別不到半月，就好像不認識了似的。看見二人穿著嶄新的衣服，又有許多禮物，這女人便上前問道：「你老貴姓？找誰？」

楊華道：「我姓楊，我是李知府的盟侄，現在陪著李小姐，特來看望賀老爺、賀太太來了。這位李小姐跟府上是親戚。」

這女人「哦」了一聲道：「我給你老回一聲去。」轉身進去了。

不一刻，又一扭一扭地走回來道：「我們太太教我問問你老，有什麼事，要看我們老爺？這位小姐是哪一位小姐？我們太太說，不知道有這位姓李的親戚。教我問一問，李小姐跟我們老爺是怎麼個稱呼？」

說著又想了想道：「還教我問一問，這位李小姐是從哪裡來的，是自己一個人來的，還是同著老太爺、老太太來的？還是跟誰來的？還問問楊爺，跟我們老爺是怎麼個認識？」

楊華微一皺眉，只得一一地告訴明白，又將禮物提來，說是送給賀老爺的。那女僕接過來，提了進去，又過了一會，出來說道：「我們太太說了，請楊大爺和李小姐裡邊坐。」

這個女僕很有禮貌的，到李小姐面前拜了拜，說道：「李小姐你老好，你老這是從哪裡來？」一面說著，把李映霞攙下轎來，一直攙進內宅。

楊華跟隨在後，李映霞回眸說道：「華哥先走。」

楊華道：「請吧。」

賀寧先這個人雖是風塵俗吏，天性倒不見得怎樣涼薄。不過他久涉官場，難免油滑一點。只是他有一樣毛病，性好漁色，又復懼內，曾因此鬧過笑話。一年以前，他調戲婢女，教他的夫人大鬧過一頓，一時傳為笑柄。

但賀寧先卻是小有才的人，律例熟諳，案牘精詳，是個佐治好手，淮安知府很倚重他。就是李映霞之父李建松太守，當年一力成全他，也就因他四六信札寫得很漂亮，而且手筆又快，又有綜核之才。

他對李太守，頗有知遇之感。李太守因案卸職時，他曾去了一封慰候信，還送去幾色禮物。

賀寧先的夫人卻是六親不認，唯利是視，眼光極其淺短。賀寧先稍有酬酢花費，她就要大鬧，總疑心賀寧先又在外面背著她弄女人了。楊、李初次來投，她就動了疑心，所以拒不肯認。這回又來了，教傭婦盤問了一番，這才想了又想地說：「請進來。」

她要看看這少年女子是誰，究竟是怎麼回事。

當下進了大門，楊華一看，這是小小一所四合房，南側屋好像是客廳。這女僕攙著李映霞，徑奔上房，楊華也就跟到上房。

進了堂屋，李映霞不便坐在上位，移坐在茶几旁邊小凳上，楊華便坐在迎面桌旁椅子上。

女僕獻茶之後，隨到內間回話。

略過了片刻，女僕把門簾一挑，道：「我們太太來了。」

楊華、李映霞一齊站了起來，只一個年約三旬的婦人姍姍走來。粉面朱唇、兩隻水汪汪的大眼，只是眉毛稍微濃些，卻生得雪白一口牙齒。繡履長裙，頗帶著官太太的勢派。

這位賀太太手理鬢邊，眼波一橫，把楊華瞅了一眼，隨轉臉把李映霞從頭到腳，細端詳了一遍。

楊、李二人上前施禮，各自通名。

楊華長揖道：「在下姓楊，是李知府的盟侄。沒事不敢登門，我是特來陪著護送李小姐的。」

李映霞也道：「表舅母，甥女李映霞。表舅倒是甥女從小見過的，只是路隔太遠，沒得早來給舅母請安。你老請上，甥女拜見。」

遂依晚輩見長輩之禮，斂衽下拜。

賀太太連忙還禮，攔住了李映霞道：「吆，可別行大禮！大遠地來了，請坐下說話兒。」

謙讓了一陣，都歸了座，這位李太太滿面堆下笑來，說道：「不怕二位見笑，我們老爺事情很忙，一天到晚也不得閒，家裡頭就見不著他的影。家裡這些事，都是由我操心。我年紀輕，又常害個病，不常出去走動。親戚禮道的，實在生疏得了不得，見了面我都認不得，這也太惹人笑話了。

「剛才周媽說李小姐來了，又說是李知府小姐，從山東大遠來的。李小姐你可別過意，我進門日子淺，老鄰舊親我實在說不上來。但不知我們老爺和你們老太爺，是怎麼個稱呼呢？還有這位楊大爺，你和我們老爺素常也熟識麼？」

李映霞忙站起來說道：「我先父從前是做過濟南府知府，我們本是江蘇如皋縣人。你老是我的表舅母，我父親生前在陝西做知縣的時候，賀表舅曾在我們那裡辦過錢穀。你老跟表舅一提，他就想起來了。近來我先父在濟南府任上，遭上一樁逆事，我賀表舅還去過問候信呢。」

又指著楊華道：「這位楊大爺，和賀表舅倒不認識。他本是我父親的盟侄，又是我父親的門生。不幸甥女近遭家難，才由他把我送到這裡來了。」

賀太太聽到這裡，哦了一聲道：「你原是李建松李大人的令嬡呀。我說呢，我們本是江蘇人，哪裡來的山東親戚呢？我這才明白了。李小姐，你千里迢迢到我們這裡來，可不容易。怎麼你父親跟你母親就放心讓你出這麼遠的門麼？哦，莫非姑娘你已經出閣了，路過我們這裡麼？」

李映霞微微含羞搖頭道：「不是的……」

說到此，抬頭看了看楊華。

楊華先微咳了一聲，說道：「賀太太，令甥女李小姐，不幸身遭大難，已經無家可歸。是我受她令兄步雲公子的諄囑，特地送她來，想到尊府上暫時避難。」遂將李知府夫妻俱已謝世的話，約略說了。然後按照預先編好的言語，說李步雲公子現時正在郯城縣告狀報仇。因為仇人買動匪徒，屢次陰謀加害。李公子不放心妹妹，覺得兄妹客居在外，諸多不便，恐為宵小所乘，所以命楊華送她來投奔親友。「因為府上一者是至親可投，二者又知賀表舅相待最厚，三者相距也近些。又恰值我楊華送家眷回歸淮安，所以把小姐順路送來。」

一席話說得近情近理，那個賀太太卻呆住了。

賀太太濃眉一蹙，把李映霞、楊華看了又看，沉吟不語。半晌才說道：「可憐可憐！可憐李建松大哥一世為官清正，怎麼反遭劣紳毀害了？真是可恨！想不到表嫂也下世了！」

抽出小手絹，往眼角上抹了抹。

李映霞卻忍不住痛淚紛紛，橫頤沾襟了，對賀太太說：「表舅母，甥女如今是孤苦無依了。我只望表舅母你老憐惜我，收留我在此暫住。將來我家兄伸冤報仇後，必然尋了我來，那時再補報你老。」

賀太太低頭想了一回，說道：「按親戚禮道的，姑娘大遠地投奔我們來，我們怎能不管？況且建松表哥屢次幫我們寧先的忙。……不過，他如今沒在家呀！我們這裡也窄房淺屋的，沒有閑房，可怎麼好？」

正說著，只見內間門簾掀了掀，露出半個男子頭來，細眉瘦臉，掩口微髯，約有四十五六歲。楊華一側臉，那男子把頭又縮回去了。

第廿六章　覓枝投親

玉旛杆楊華看這賀太太一聞李知府夫婦慘遭不幸，立刻語涉吞吐，面現疑難之色，似乎並沒有親戚關切之情。楊華心中很覺不快，遂向李映霞看了一眼。李映霞低著頭，竟也沉吟著說不出話來。

楊華想教李映霞面吐借寓避難之意。李映霞竟勾起心中的悲感，想到自己命運怎的這麼不濟，大遠地奔來，偏偏趕上表舅沒在家，不由潸然下淚。她卻不知道這位表舅母乃是推託之辭。

玉旛杆楊華候了一會，見李映霞兀自無言，便再忍不住道：「賀太太，令親李小姐現在窮途無依，大遠投奔你老來。我聽府衙中人說，賀老爺已然公畢歸衙，也許還沒有回公館呢，務必請賀太太垂情至親，把李小姐留下。我和步雲是莫逆之交，將來步雲不久必來……」

還沒容楊華說完，這賀太太便笑道：「楊少爺你不知道，我們老爺脾氣大，我做不了他的主。他沒在家，我實在不敢替他留親戚，我怕受他的埋怨。說句不怕您見笑的話吧，李姑娘和我別看是表親，可是我們這是頭次見面呀！」

楊華道：「賀太太，府上和李小姐……」

這賀太太不容楊華開口，早又搶著說道：「可是呀，親戚總是親戚，斷不會大遠地假冒來，無奈我們老爺沒在家，我們這裡又實在地方小。……好在寧先也快回來了，楊華少爺既然和李公子是至交，可以請你把李小姐接了去，先在你府上暫住幾天。只要我們老爺一回來，我必定告訴他，他那時候一定要親自把李小姐接來居住的。李姑娘，你現住在哪裡呀？是在店房，還是在這位楊少爺府上呢？若是住在楊少爺的府上，可沒的說了，親戚朋友都是一樣。要是住在店裡呢，可以再住幾天，等著我們老爺回來。」

正說處，那個隔窗探頭的瘦臉微髯的男子咳了一聲，竟從東內間出來，由楊、李二人面前走過。斜眼角看了他們一眼，踱向西內間去了。

賀太太抬頭看了看，並沒有給二人引見。

楊華心中一動，忙站起來道：「請坐，這位是府上哪一位？」

那人不答言，徑自撩門簾進去。

賀太太面上變了變，代答道：「不相干，這是家裡人，你不認得。」接著說：「等我們老爺回來，他要是能夠收留姑娘，他一定接你去。就是家裡地方窄，不能夠住，他也要給你另想辦法的。」說著，那個女僕從西內間出來，道：「太太，裡面請您說話。」

賀太太眉頭一皺道：「好吧，姑娘、楊少爺你坐著。周媽倒茶來。」賀太太站起來，姍姍地走進西內間。

楊華和李映霞相視無言，為起難來。

李映霞含悲欲淚，低聲說：「她不肯收留我。」

楊華搖了搖頭，側耳聽西內間，一男一女正在呶呶爭辯，卻是語聲極低。

楊華對女僕低聲問道：「剛才那位，我瞧著很面熟，不是你們老爺麼？」

那女僕一怔道：「你跟我們老爺認識不認識呢？」

楊華道：「我眼拙不敢冒認，一定是他了。」

女僕正要還言，只聽賀太太在內間叫道：「周媽，進來。」

周媽一縮脖子，連忙進去了。

楊華眼望著李映霞，側耳聽著內間說話。

李映霞也十分注意，側耳細聽屋中人語，高一聲，低一聲，好像拌嘴。楊華低問道：「那人是你表舅麼？」

李映霞皺眉道：「那個人細眉瘦臉，模樣很像，可是從前沒有鬍鬚。」不禁微歎道：「是我表舅，難道他不肯認麼？」

楊華也皺眉道：「誰知道呢？」

忽然門簾一撩，那個賀太太走了出來；眉宇間隱含不悅，坐在椅子上，向李映霞冷冷地說道：「就是這樣吧，你先回去，別的話等我們老爺回來。你現在住在哪兒？可以把地名留下來。」

說著向那女僕瞥了一眼，竟像預先囑咐好了似的，女僕立刻在旁說道：「李小姐不是坐轎來的麼？我給你看轎去。」

李映霞向楊華望了一眼，不禁玉容一慘，竟站了起來。

玉旛杆楊華更是忿然，說了聲：「打擾！」轉臉對李映霞道：「李小姐，咱們暫先回去。你不要為難，賀老爺想必回來得也快。……」

兩個人無可奈何，告辭出來。

那位賀太太只送到院階前，便不送了。
李映霞上了轎，禁不住掩面悲泣起來。
回到店房，向楊華問計道：「這怎麼好？」
楊華踟躇良久，道：「我再打聽打聽去，你不必著急。」
玉旛杆楊華把李映霞留在店房，獨自到府衙，探問賀寧先。
頭一趟去，門房說早就回來好幾天了。
楊華疑訝道：「怎麼他家裡人說他沒有回來呢？」
門房笑了笑道：「這個我們可不知道了。」
楊華便掏出名帖來，想在府衙內求見賀寧先。
名帖投進去，半晌又拿出來道：「賀老爺現時沒在衙門。」
楊華收回名帖。
第二次再去，仍沒有見著。
第三次再去，卻出來一個人，把楊華問了一回，末後搖頭道：「賀老爺昨天奉命出差去了。」

玉旛杆無計可施，為了安插李映霞，竟在淮安滯留多日。心中煩悶，便不時到府衙探問，有時就到街上閑走。

這一日忽在府城得遇少時的故友李季庵。李季庵家資富有，為淮陰世家，本和楊華有通家之好。李季庵的祖父也做過知州。後來李季庵之祖父還鄉，置下不少田產。李季庵家居守制，便不再出來問世，遂在淮安守著祖產，做起紳士來。

此日舊友重逢，班荊道故，楊、李二人在路旁握手晤談甚快。李季庵便把楊華邀到家中，又引到內宅與妻室相見，意思很是親切。薄備小酌，邊飲邊談。李季庵便打聽楊華近來作何貴幹？楊華把近日狀況約略說了。李季庵又問楊華，到淮安府有什麼事情？現在住在哪裡？

楊華歎道：「我是管了一樁閒事，把麻煩找在自己身上了。現在我住在店裡。」

李季庵道：「賢弟，你怎麼不住在我這裡，反而住起店來？」

楊華笑道：「我只知李大哥住在淮安城，我可不知道你的詳細地名啊。再說，要只是我一個人，我就可以投奔大哥來了；無奈我如今是給人家送家眷來的，我還帶著一位宦家小姐呢。」

李季庵詫然說道：「你給誰送家眷，是誰家的小姐教你護送？你說你找來麻煩，是什麼麻煩事呢？」

楊華遂將搭救李知府的小姐這樁事，從頭到尾說了一遍。接著說道：「現在李小姐窮途末路，無可投止。大遠地奔到淮安府來，意欲投奔她的表舅。不意她的表舅賀寧先因公晉省，他的家人拒而不收，把這個李小姐困在店中，已經十多天了。李小姐一日不得安頓，我一日不得脫身。李大哥是本地紳士，可曉得賀寧先這個人麼？」

李季庵聽得楊華說到夜戰群寇，救出李映霞的事來，夫妻兩個不由咋舌駭然。李季庵說：「一別十年，想不到賢弟竟練會了這麼一身好功夫，居然打敗群賊，救出宦裔……只是，賢弟你說的這個賀寧先，的確是在府衙做事，聽說還很拿權，我倒不曉得他已經離開府衙晉省。賢弟攜帶宦家小姐在店房裡住，太不方便，何不把李小姐接到我舍下來？」

楊華正因和李映霞住在店房諸多不便，一聽李季庵這話，正是求之不得。當下這兩個人談了一會兒，楊華告辭。隨後，李季庵夫妻竟帶僕人，相伴著到店裡來。

李夫人見了李映霞，殷勤動問，說道：「李小姐玉潔冰清，遭此劫難，我夫妻非常同情，若是不嫌棄的話，請到舍下暫住幾天。等著令親回來，再投奔了去不妨。」

李映霞非常感激，遂由李季庵吩咐僕人，雇來小轎，把李映霞接了過去，就在內宅撥一靜室居住。玉旛杆楊華另由李季庵把書房收拾了，就住在書房裡面。

李映霞嫱婉知禮，雖遭大故，神志不亂，把自己所遭的苦難，和蕭大哥、楊恩兄一番垂救之情，一一對李夫人說了。言下很是感激，就是：「救命之恩尚小，全節之德寬大。我李氏門中不致玷辱了門楣，實在是楊恩兄的恩賜。」話裡話外，感切刻骨，把楊恩兄長、楊恩兄短，不時地念念不絕於口。

女孩子的心情自有許多掩飾，可是明眼人自能體察得出來。人們又性多好奇，李映霞一個知府千金，遭際這番大難，正是驚心動魄。她的話，深深地引起了李季庵夫妻的憐憫。

李映霞年甫及笄，身在窮途，可是以禮自持，談吐清朗，饒有大家風範。李夫人更是愛惜她，又可憐她落魄無依，又佩服她聰明貞正。

李映霞已在李季庵家寄寓數日，敘起家常來。李夫人問知她父李建松太守，竟以賈怨紳豪，被陷失職，氣惱得病，身死在客館，仇人不但不饒，又遣刺客殺家掠女，現在李家幾遭滅門之禍。李映霞的胞兄步雲，至今已是存亡莫卜了。李映霞年已十七歲，仍然小姑獨處，並未訂婚。

李映霞說到悲切處，李夫人很替她的身世著急，說道：「李小姐，你就是投奔到你表舅家，也不過是暫得存身之地，到底不是了局。你這將來的終身大事，將要托靠何人呢？」

李映霞聽了，瑩瑩含淚，低低地說道：「薄命人身遭父母重喪，又負著血海深仇，將來的話哪能談得到？就是眼前，還是個不了之局呢！我那表舅母不肯收留我，我那表舅不知何日歸來；歸來之後，還不曉得怎麼樣？現在楊恩兄又心急直鬧著要走。……」

想到為難處，李映霞捫心拭淚，不勝悽楚，長歎一聲道：「況且難女還有一樣為難處。承楊恩兄一路搭救我，逃到這裡來，非親非故的……夫人你想，我多麼難呀！」李映霞一陣哀咽，身在寄寓，欲哭不敢，將手巾掩嘴，抽抽噎噎地啜泣，竟說不出話來了。

李夫人也不禁替她難受，掉下淚來。遂往前挪了挪，握著李映霞的手，勸解了一會子。

李季庵聽楊華說，李夫人聽李映霞說，夫妻倆已經把這件事全打聽明白了。他倆孤男弱女，倉皇逃禍，已涉瓜田李下之嫌，李夫人為想成全李映霞，特意來試探李映霞的口氣。

這一夜，李夫人和李映霞屏人閒談，漸漸說到：「仲英兄弟是我們季庵從小的弟兄。現在仲英已經二十八歲了，可算是正當壯年。他已經斷弦一年多了，至今還沒有續娶。仲英為人慷慨任俠，家資富有，又是官宦人家，實在可以託付終身的。李小姐，要是不作什麼的話，我可以替你保一保媒。那一來，李小姐可就終身有靠了。」

李映霞驀地紅了臉，低頭弄帶，不言語了。

李映霞想到自己將來的結局，也曾打算過，一片芳心實已默許了楊華。她明知楊華年已二十八歲，自己才十七歲，年齡相差甚多。可是自己一個處女，身落惡魔之手，慘遭滅門之禍，承他一路相救，逃出虎口，危急時又承他背負而逃。肌膚相親，自己將來不嫁人則已，若嫁人，不嫁他又嫁誰呢？

只是，女孩子的心腹話，怎好對外人表白？又想到楊華對自己力避嫌疑，可是話裡話外，他好像已有妻室了。現在李夫人說楊華已經斷弦了。這豈不是天假良緣？

李映霞想：事情迫在這裡，自己就是降志下嫁，為妾為媵，也所甘心，何況是續弦呢？楊恩兄的為人又慷慨，又正派，實堪以終身相托。何況自己現在無家可歸，進退無路？李夫人當真給提婚，正是求之不得，自己將來也好辦了，但不知楊恩兄的意思怎樣？

男女之間，倘或彼此相悅，儘管含情未伸，可也會從不言中體察默喻出來。李映霞回想患難以來，楊恩兄對自己極力地守正避嫌。每對自己說話，連頭也不敢抬，眼睛總看旁處。可是溫情流露，很關切著自己，不能說是無意。不過仔細琢磨起來，總是憐惜自己之意居多，這正是楊華正派的地方。

李映霞暗想：李夫人這番話，究竟是李季庵夫妻的意思呢？還是楊華的意思呢？

當下李映霞微睜著一雙秀目，向李夫人望了望，一時脈脈無言。半晌，才口吐嬌音道：「李夫人，難女今日身陷絕路，恍如窮鳥失林，我方寸已亂，也不曉得我該怎麼著好。眼前我那苦命的父母一對遺櫬，還遺棄在異鄉呢！這教做子女的心上怎麼下得去？況且我重孝在身，深仇未報，別的話更沒法子說了。……李夫人，承你憐惜我，替我打算，我也不能瞞著您了。說一句不知羞恥的話，難女今日只盼望有一個人能替我葬亡親、尋胞兄。替我告狀、緝凶、報仇，難女情願拿身子來報答他，為奴為婢，我也情願。」

李映霞說的話，痛切透徹極了，李夫人不禁喟然。看著李映霞雙眸凝淚，臉兒紅紅的，一字一頓地說出這話，真有懍然不可犯之色，不禁又憐又敬，遂握著李映霞的手，將自己一條手巾取出來，親給李映霞拭淚。

李夫人撫肩安慰道：「李小姐，你的心，我明白了。我剛才想著，正因為你身在窮途，無依無靠，有許多難心事，都不是一個女孩兒家所能辦到的，所以我才替你想出這麼一條道來。楊兄弟的為人，是沒有什麼說的。李小姐你也看得出來，可說是又正派，又熱心腸。你要是肯把終身大事，托咐了楊兄弟，他將來替你葬親尋兄，鳴冤報仇，他一定都能對得住你。

「不過，楊兄弟今年二十八歲了，雖說歲數並不甚大，正在青年，只是比起李小姐來，可就相差太多了。你今年才十七歲，正在妙齡。他比你大十一歲呢，未免有點不相配。你是知府千金，途窮擇嫁，主婚無人，我也知道你心裡不好過。可是往回想呢，李小姐眼下一個親人也沒有，這終身大事不自己打算，又靠誰給你打算？」

李夫人歎了一口氣，接著說道：「姑娘，你可要通權達變，趕緊自行打正經主意。不可再學那女孩子害羞裝腔，誤了大事。究竟你的心意怎麼樣呢？只要你不嫌他年歲大，我回頭就跟我們季庵商計，教他跟楊兄弟念道念道，看看他的意思怎麼樣？不是我夫妻多事，反正在你守孝遭難的當兒，給你提婚，也不過是先定下，日後你好終身有靠。我們委實是替你再三再四地盤算過，太替你為難了。

「聽我們季庵說，你那位表舅賀寧先，在官場上很是一把能手，就是名聲不大很好。彷彿厲害點，人人說他難惹。他那位太太又很有悍名的。李小姐試想，你要投奔他去，我說幾句冷話吧，人在人情在，你一個傾家失勢的宦家小姐，賀寧先夫妻說不定就許不肯認親呢！」

李映霞低著頭，只不言語。李夫人以為李映霞對楊華的身世，還有不放心的地方，遂又將楊華的門第、家資、本身才氣，好好地誇講了一番。

李映霞一時不好回答，低著頭尋思了一會兒，方才微喟一聲，徐徐地說道：「李夫人，你看我多麼難？回鄉呢？楊恩兄說是去不得；喊冤呢，楊恩兄說是女子告狀不易，又怕惡賊再來暗算我；投親呢，我這表舅沒在此地，他家中人不肯收留我，您也說我這表舅靠不住。您看，沒有我的路了！我曾經央告過楊恩兄，求他把我送到他家去，暫時避禍，我情願為奴為婢，服侍楊老伯母。可是楊恩兄又拒絕我了，他說楊老伯母家教很嚴。李夫人您看，我……咳，多麼難呀！我不是說楊恩兄不肯收留我，只是他家裡很有不方便呀。」說到這裡，李映霞並沒有落淚，卻粉臉驀地緋紅了。

李夫人至此已然十分明瞭。李映霞嫁給楊華，實在很樂意，只是怕楊華避嫌不肯罷了。

李夫人便不再問，只對李映霞說道：「李小姐，這也是實情。造次之間，你們陌生生地投奔了去，楊老伯母就許要動疑的。老人家不知怎麼回事，冒冒失失地怪罪兒子幾句，沒的倒教姑娘下不去。這正是楊兄弟持重的地方。可是我們跟楊兄弟乃是通家至好，若是把姑娘留在我這裡，由我們季庵正正經經給你保媒，憑你這份人材，楊老伯母沒有不喜歡的。可巧姑娘也姓李，就提你是我們本家妹妹，再好不過了。可不是，李小姐，咱們同姓一家，你要是不嫌惡，我就認你這個妹妹吧。你不要對我稱呼夫人夫人的了。李小姐，我正沒有個妹妹呢。你就是我的小姑子了，我就是你的嫂子，誰教咱們都姓李來著呢！」

李夫人說著很歡喜，李映霞更是求之不得，立刻斂衽拜了拜，口稱嫂嫂，說道：「妹子身在難中，想不到嫂嫂這麼錯愛，我可怎麼報答你呢？」

李夫人笑道：「回頭我給你提了親，你又是我的乾弟婦了。你怎麼報答我，將來有得是機會，教你們當家的報答我們好了。」

李映霞臉兒紅紅的，很是羞澀，遲疑了一會兒，低聲道：「嫂嫂待妹子這番心意，無微不至；人非草木，妹子怎不感激？只是嫂嫂剛才說的話，嫂嫂不要當笑話說。楊恩兄為人很正派，他們行俠仗義的人，最不願意落這個。……沒的鬧成笑柄，教妹子何以自容呢？」

李夫人「嗤」地笑了，拍肩說道：「妹子你放心吧！我不是拿妹子的終身大事當笑話，說著玩。我打算到這裡，我就做到這裡，我一定把這事辦成就是了。楊兄弟隻身一人，挈著賢妹避仇逃難，他自然要避嫌的。我想憑賢妹這麼堅貞，這麼聰慧，又有這麼好的模樣兒。說句亮話吧，楊兄弟就是魯男子，他也不會不睜眼呀！常言道：聽話聽音。楊兄弟話裡話外，衷心佩服你。

「他說，你一個十幾歲的小姑娘，居然臨事不亂，言語很有決斷。他說，十幾個惡賊把你擄去，就是二三十歲的男子，到時也難免驚恐失措。妹子你卻視死如歸，居然在危急中施展妙計，引誘群賊自相殘害。你聽他這口氣，他是多麼敬重你呢？你瞧吧，只要我們季庵對他一提，他決不會推託的。」

李夫人接著又說：「他是一個二十八歲的斷弦男子，得著賢妹這麼樣的一個賢內助，要人材有人材，要品節有品節，要門第有門第，他不續娶便罷，要續娶，賢妹正是恰當的戶頭。而且他又對你有恩，你們正好是恩愛良緣。是呀，我還想起一樁事來呢，他雖然是續弦，可是他那前妻是產後病去世的，沒有給他留下小孩，這就用不著你過門當後娘去。

「這正跟新婚原配一樣，只不過他比你大十來歲罷了。其實呢，還沒大一輪，也不算太大。告訴你吧，我們季庵就比我大八歲，我們還是原配夫妻呢！你看我倆顯形麼？說實了，做爺們的比做妻室的歲數大更好。俗話說：『小女婿吃拳頭，大女婿吃饅頭！』妹妹，我管保你嫁了我們楊兄弟，整天吃饅頭，一準很好。終身也有著落了，報仇也有人替你當心了，尋兄葬親，一切都可以交給他。你想吧，嫂嫂給你想的道都絕了，再好不過了，你還遲疑什麼？你瞧我回頭就教季庵找楊兄弟去，管保只這一提，他準樂意就是了。」

李夫人天花亂墜，十拿九準地說了一陣，說得李映霞不勝嬌羞；可是芳心可可，如胸頭去了一塊重壓似的，自然覺得精神輕鬆。又談了一會兒閒話，各自回屋安歇。到了晚上，李夫人果然把這話告訴了李季庵。

李季庵說道：「我的太太，你真愣，這種事怎麼能拿過來就說？」

李夫人不悅道：「這裡頭難道還有什麼礙難麼？我看李姑娘話裡話外的意思已經是千肯萬肯了。本來是楊兄弟把她搭救出來，相處一個多月了，李姑娘恨不得嫁給了他，這自然是做女子自占身分的地方。你想，她一個姑娘家，教楊兄弟一個生人，背救了好幾里地，生死呼吸，救命大恩，她當然願意以身相許。一來酬恩，二來全節，三者她也有了終身依靠。楊兄弟呢，他搭救了李小姐，雖說是行俠呀，仗義呀，也不能說他沒有意思。這是一樁好事，季庵，你說我難道是多事不成？」

李季庵說道：「我不是那個意思。現在李姑娘的表舅賀寧先還沒有回來，你忙著給他們撮合，兩頭都願意了，都答應了，誰是主婚人呢？李小姐又身遭兩重重喪，訂婚就不合適，成婚更談不上。人家還沒著急呢，你倒急了？」

李夫人笑道：「我們女人心裡就惦記著女人，我瞧著李小姐怪可憐的。你看她寄居在咱們家裡，出來進去的很有點不好意思。她心裡自然覺著不靠實，對不起人似的。本來麼，她跟楊兄弟是難中相逢，毫無瓜葛，跟咱們更是挨不上。我給她提親，就是替她一來打算終身，二來安頓她眼前。我曉得你的心意，你不過是怕楊兄弟萬一有個推託，就落了包涵，丟了你那紳士的身分了。

「其實那是你多慮，你沒看見楊兄弟沒口地誇獎李小姐，又是貞節啦，又是聰明啦，就欠沒誇她長得漂亮就是了。楊兄弟非得對你說『我要娶她』，你才算落實麼？他現在又正在斷弦，一個光棍漢兒捨命似地搭救一個年輕姑娘。……季庵，你看憑李小姐那模樣、人材，楊兄弟真格的還有不願意麼？你去說一說，這個大媒管保做得成。你要是拿架子，不肯去說，回頭我可就找楊兄弟去，你瞧我的吧。」

李季庵捫著掩口微鬚，望著他太太，笑了笑說道：「別看你是女人，你倒是個莽張飛，你先沉住了氣。我的意思是等賀寧先回來之後，李小姐存身之地也有了著落，咱們再提婚事。就是事情有個成不成的，也就沒有礙難了。現在你忙著要提，你準知道李小姐情甘願意麼？她要是心裡不願意呢？人家窮途末路，寄居在你家。你說出口來，人家口頭上又不好拒絕你。咱們豈不成了乘危要婚了？」

李夫人說道：「你知道什麼？李小姐這一邊，我管保，我自然曉得。她不願意，多咱告訴你了？你看你倒十拿九準似的，就好像你鑽在她肚子裡一樣。她的心意你都明白，你倒成了聖人了？」

李季庵笑罵道：「胡說，你才是她肚裡的蛔蟲呢！你看你跟炒爆豆似的，還沒容我把話說完，你就嘖嘖薄薄來了這一大套，你倒真像久慣說媒拉纖似的。你別慌，明天得閒，我就探一探楊兄弟的口氣。這是什麼事，你別亂嚷了。楊賢弟是男子漢，成不成的還沒有什麼；人家李小姐可是個姑娘家，太太，你口上可留點退步呀。你對李小姐說了沒有？最好你只輕描淡寫地探一探，千萬不要明提。」

李夫人把眼珠轉了轉說道：「知道了，我沒有明提。我還沒有得你的號令呢，我就敢作主啦？你看你把人家說成傻子一樣，就好像只你一個人精明小心似的。」

李季庵見他太太真著了急，恐怕將她一片好心反弄成沒意思，連忙笑著打趣她說道：「得啦！別著急，我一準給你說媒去。太太消消氣吧，氣破肚皮，我沒有地方給你買大膏藥去。」

李夫人恨恨地說道：「給你說媒去呢，貧嘴寡舌的！我不管那些，今晚上反正你得給我回信。實告訴你：我都對李小姐說好了，就等楊兄弟一句話，我就可以喝梅湯了。這是好事，你可不許拿捏啊。」

李季庵笑了笑，也沒回答。

到了第二天，吃完午飯，玉旛杆楊華到街上閒逛了一圈，又轉到府衙，打聽賀寧先，還是沒有回來。據門房上說，至早還得有半個月。

楊華懊然煩悶，恨不得立刻把李映霞安頓好了，自己便可以脫身，設法子邀能手，把寒光劍奪回來。至於替李映霞報仇尋兄的事，他是年輕有血性的人，一旦允諾，便要辦個有起有落。但是這件事卻須留在以後再辦，現時實在無暇顧及。自己逃婚日久，還不曉得家中人和柳研青父女，是怎麼急找呢。

楊華悶悶地回到李宅，在內客廳坐下，書架上有的是閒書，他取了一本傳奇，信手翻閱。看得膩了，楊華便到李宅後花園，拿彈弓彈鳥玩耍，把李府上養的鴿子群都給彈得驚了。

李夫人聽見了，忙由內宅來到後院，看見是楊華作耍，便攔阻他道：「仲英兄弟，你賠我的鴿子吧！」

楊華一笑住手，說道：「嫂嫂今天閑在？」

李季庵平日最喜歡灌園澆花，後園雜植花卉甚多，常常親自動手，培花植柳，悠然自得。這時候午睡已醒，他穿著短衣服，拿著噴壺、花鋤、花剪，也到後園來，看見了楊華，便說道：「仲英，我看你也很無聊。來吧，你給我幫幫忙。」

李夫人忽然想起昨晚上夫妻共談的話來，便向李季庵施了個眼色，口中說道：「我說喂！……」

李季庵抬眼看了看，問道：「做什麼？」

他還是在那裡蹲著剪理花枝，摘除花蠹，李夫人連施眼色，李季庵只做不理會。

李夫人忍不住生氣，低聲罵了一句：「書呆子！」又吆喝一聲道：「我說喂！季庵，昨晚上的話，你忘了麼？」

李季庵道：「昨晚上什麼話？」

李夫人賭氣不再答理李季庵，卻將手一點，對楊華說道：「仲英兄弟，你過來。別給季庵打下手啦！嫂子有點事，跟你商量商量。」

楊華說道：「嫂子有什麼事？」

李夫人說道：「我說仲英，你看李映霞李小姐的人才好不好？」

楊華一愣道：「嫂子，你說的是什麼？」

李夫人笑道：「我說的是什麼？我說的是李小姐這個人，模樣兒，性格兒，你瞧著好不好？」

楊華眼珠一轉，眼睫下垂，低聲說道：「嫂子，你怎麼問起這個來？李小姐是個大家閨秀，人在難中，立品是很正的。」

李夫人雙眉微顰說道：「仲英，你也會裝傻？你跟季庵真是好哥兒們，隨便問你什麼話，再不會給我一個痛快回答。我老老實實問你一句，你看李小姐這個人，若是許配給你，做個續弦夫人，你瞧好不好？你願意不願意？」

李夫人就在後花園中，公然保起媒來，把個玉旛杆楊華窘得玉面通紅，無話回答，囁嚅說：「嫂嫂，你說的是什麼話？」轉身要往前院走。

李夫人不由著了忙，叫道：「仲英兄弟，你別走呀。我跟你說正經的，你怎麼不給我個準話呀？」

玉旛杆訕訕地笑著，不肯回答，抽身直奔前邊客廳去了。

李季庵拿著花剪，在旁邊不由嘻嘻地失笑，對李夫人投過一個眼風去，低聲說道：「莽張飛！保大媒，碰了一鼻子灰。」

李夫人正在不得勁，聞音不由生氣，衝著李季庵發作道：「季庵，你真壞，你看著我不得下台！你倒好，不說幫著我提媒，反倒看我的哈哈笑。你們這些男子漢，個個都是陰揭黏壞！告訴你，季庵，今兒晚上，我就討你的回話。你要不給我問明白了，我可不答應你了！」

李季庵看見夫人真個發急了，他越發失笑道：「我這裡淨瞧著你逞能。太太，別生氣了，你弄砸了，回頭我給你鋸圓，還不行麼？我這就謹遵夫人之命，我這就去保媒，怎麼樣？」

李夫人呶呶地鬧了一陣，自回閨中。

李季庵在後園中消遣了一會，淨了手，便走到內客廳，只見楊華正在倚案發愣呢！李季庵笑道：「仲英，想什麼心思了？我猜你這工夫正想著一個人呢。」

楊華把眼一睜，站了起來，說道：「大哥，這邊坐。」他並未直接回答李季庵的話。

李季庵笑了一笑，和楊華閒談起來。談了一會，才歸到正題，李季庵說道：「仲英，你看李映霞小姐也太可憐了，你得成全她呀！」

楊華說道：「是呀！我想等著她的表舅回來，把她安頓好了，我就破著工夫，把蕭大哥和她的胞兄找一找。」

李季庵笑道：「假如這賀寧先若是不收留她呢？」

楊華默然良久，才說道：「他們是至親，他又受過李知府的好處，焉有不收之理？」

李季庵說道：「萬一不收呢？」

楊華道：「萬一不收？……哪有萬一不收之理，李小姐一個宦裔，我們看著都很可憐她，她的親戚豈能袖手不管？」

李季庵知道從這面說，是說不下去了。李季庵笑了笑，換轉了話鋒，又說道：「仲英，你是個熱心腸人，覺得天下人都是熱心腸，你這可就錯了。賀寧先的為人，我是知道的。就算他肯收留李小姐，李小姐今年十七歲了，恐怕賀寧先也不肯長久留養她。一定要給她選配人家，把她嫁出去。他哪裡挑得出好人家來？那豈不是把她耽誤了？這麼一個好女子，又美貌，又貞節，未免太可惜了。賢弟你是不知賀寧先的，他這人簡直是愛錢如命，他斷不會長遠留養親戚，何況她又是個孤女？」

楊華默然不答。

李季庵說道：「賢弟一路把她救來，救人就必須要救徹。況且你又在昏夜荒郊，背負過她。我想你該成全她，把她娶過來，她也配得過你，將來也好說。你想，她被一個陌生男子攜帶逃亡，歷時兩個月之久，按理說她也不能另嫁別人了。仲英你設身處地地想一想，你若是李小姐，你想你該嫁誰呢？」

楊華仍是默然，臉卻漸漸紅了。李季庵接著又說了好些道理，總而言之，是勸楊華娶李映霞；李映霞人才是很好的，又實逼處此，只有嫁給楊華最合適。玉旛杆沉吟良久，在他腦子正中，忽然泛出一個女子的影子來。這女子剛健而婀娜，紅顏朱唇，圓臉桃腮，小矮個兒，綠彩絹帶，穿窄皮靴，歡蹦亂跳，像個紅孩兒似的。

玉旛杆想到這裡，不禁微歎一聲，慢慢地站了起來，說道：「這不行，這決計不行！李小姐身在患難中，我豈肯乘危要婚？我本看在舊友蕭承澤的交情上，才陌路拔刀，拒群賊、全貞女。要是我娶了她，好心倒變成惡意了，我將來怎見我蕭大哥！」

李季庵也覺得這「乘危要婚」四個字很有份量，他沉吟了一會，說道：「仲英，你我都是男子，自然不願意落個救全了一個少女，反倒納為妻室的名聲。可是你反過來替人家做女子的想一想呢，她既已和你共同患難，便想與你偕老百年，一來是全貞，二來是酬恩。賢弟，你也要把這一節思忖思忖啊！好在賀寧先還沒有回來，這也不是一時的急事。賢弟你救了她，你還要細細地想一個有始有終成全她的辦法，你不要只顧一面理啊！」

李季庵是個有身分的紳士，一向是理重於情的，說到這裡，也就不肯往下說了。到了晚上，見了李夫人，他恐怕李夫人鬧著這件事，便權詞答覆了她。說是：

「楊賢弟此時沒心情談這個，等著賀寧先回來，把李小姐接過去，咱們再提親，就不落包涵了。」

李夫人一聽這話，很不高興，就對李季庵說：「你這書呆子，辦什麼事都是慢騰騰的，再不會爽爽快快地辦妥了。我不用你，回頭我自己再找仲英去。」

從此，李氏夫妻有時和楊華說話，便提起這件事，力勸楊華納娶李映霞。楊華只是笑而不答。

問急了，楊華就說：「救了人家，反娶人家，不像話，不像話！」

再問急了，他就說：「李小姐現有重孝，眼前又沒有親人，無論如何，現在也提不到這個事呀。」

李夫人不管楊華怎麼說，她仍是不肯放過。

暗中她和李季庵說了，教李季庵慫恿楊華到後園打彈種花。李夫人卻邀著李映霞到後園散步，為的是教二人多見面。

李映霞羞慚慚的，心感李夫人的好意，教她往後園去，她就到後園去。

遇見了楊華，就叫一聲：「華哥，吃了飯了?沒出門呀?」

楊華就陪笑說：「剛吃完，霞妹吃了?」

勉強敷衍兩句，兩人又沒話了。

但日子長了，有時也能站著談幾句話，或者李映霞問問楊華：「賀表舅回來了沒有？」

楊華就說：「我又去了一趟，令表舅還沒回來呢。」

說至此，映霞不禁喟歎，楊華就不免默然，或者再安慰幾句話。

有時候，李夫人攜帶著李映霞，找到內客廳，面見楊華，噓寒問暖，問他有該洗換的衣服沒有？

李夫人想盡了辦法給楊、李二人找機會，讓他們多見多談。

又一日，李夫人想出了一個新花樣。

她自己拿筆畫了株垂楊，斜映晚霞；池水晴波，上浮雙鴛，逼著李映霞繡出來，李夫人卻偷偷拿到內客廳。她自己又用花箋，寫了一頁小序，借著閒談，親自送到楊華那裡，說是：「這是李小姐繡出來送給你的。」

楊華看見這繡巾，已經明白內中含意，卻是假裝不懂，對李夫人說道：「謝謝李小姐，煩嫂子替我道勞吧。」

玉旛杆楊華為了李映霞沒處安插，竟在淮安府耽誤了好久。他這時的心情最為黏纏。他眷念著柳研青的俠骨英姿，偏偏李季庵夫妻又不時拿玉成貞女、結成恩愛良緣的話來慫恿他。多這一番撮合，多陷進一層纏障，玉旛杆竟不知怎樣是好了。

李夫人逐日引著李映霞，到後園看花捕蝶；李季庵也便逐日拉著楊華到後園種花彈鳥。

楊、李二人一個住在內客廳，一個住在內宅廂房，卻在後花園時時會面。雖有李氏夫妻陪著，獨對共談的機會卻也不少。遇見李氏夫妻臨時走開，楊、李兩人雖然引嫌避去，可是相處一兩個月，免不得片語時通，脈脈含情。

這其間經李氏夫妻撮合多少次，玉旛杆口中到底沒有吐出一個「允」字來。可是不知怎的，他對這一雙冰人的好意，儘管有種種推託，卻始終沒有說出自己訂妥了繼室的話。

這矛盾的心情，就是他自己也無以自解。好像倘若一說出訂過婚的話，就要使得李映霞傷心失望，覺得有些心不忍似的。但是別的拒絕話說出口來，李映霞假如難過，豈不也是一樣難過麼？

因循而又因循，楊華好像只盼賀寧先回來似的，竟在淮安府閒住起來。不意賀寧先到底回來沒回來，他還不曉得，他的未婚的續配柳研青和他岳丈鐵蓮子柳兆鴻，竟已登門尋找來了。

第廿七章　別燕歸巢

玉旛杆楊華倉猝決計，寫了一封信，要把李映霞暫時安置在李季庵家中。他自己為情勢所迫，當然要跟隨他岳父，返回鎮江完婚。而又變生意外，李映霞驟失憑依，傷心絕路，為了全貞節、保顏面，竟慨然私啟後門，奔出去自殺。眾人追蹤尋救，偏偏又單教楊華救著。生死之際，吐露肺腑，楊華和李映霞將潛藏心曲的真情，在昏夜僻巷，一株垂柳、三尺白綾之下，互相傾吐出來。正在纏綿淒戀之際，偏偏又被玉旛杆的未婚繼配女俠柳研青偷偷聽見。

楊、李二人在李宅內客廳呶呶私語，既被柳研青父女二人窺窗看出。如今又親耳聽得李映霞說出感念楊華、矢志全貞的話來。柳研青千里尋夫，兩年相思，想不到竟遇見這等事，不由得醋意發作起來。

鐵蓮子柳兆鴻生平仗義，目睹此事已成兩難之局。但是他只有一個愛女，又是慘死的亡弟的遺孤。就是他如何慷慨，也不能不替自己女兒的終身打算。這老人也愛惜李映霞的玉潔冰清，這才臨時想了一個主意，把李映霞收認為義女。打算由自己作主，物色佳偶，把李映霞別嫁出去，自己仍要設法替她報仇。這樣辦，自覺面面周到，而且把李映霞帶到自己身邊，正可防嫌嬌婿，省得教他們餘情不斷，生出別的枝節來。

柳兆鴻老謀深算，自謂替自己女兒打算得很周到，乃不意反因此大拂柳研青之意。

柳研青只想她父親憑白把自己一個情敵勾引到家來了，與自己丈夫朝朝見面，後患何堪設想？想不到她父親竟有這樣的打算，自己稍一爭執，她父親公然當著許多人，把自己罵了一頓。

女俠柳研青不由急怒，竟從店房中，乘夜飄然出走。她想：丈夫無情，貪歡忘舊；父親昏耄，捨己耘人。她一片芳心不禁欲碎，越想越不是味。她竟策馬仗劍，在寶應湖附近亂闖起來。

這卻急煞了鐵蓮子和玉旛杆。鐵蓮子愛女心切，玉旛杆伉儷情深，雖然對李映霞不無淒戀，可是他將新比故，究竟夫妻之情是不能忘的。他唯恐柳研青也許一時心窄，尋了短見，那可就終身抱恨了。

玉旛杆向鐵蓮子很焦灼地問計，再三地說：「岳父，她不致有別的麼？」

鐵蓮子攜帶著玉旛杆楊華、李映霞，又召來大弟子魯鎮雄和四個徒孫，一路尋找下去，居然把柳研青的蹤跡尋著。仗著白鶴鄭捷巧言花語，把柳研青哄到寶應縣店內。

鐵蓮子出了主意，教玉旛杆獨見柳研青，使這一對未婚夫妻，客窗獨對，屏人蜜語，喚起了舊情。

常言道：「夫妻無隔夜之仇。」玉旛杆低下心氣，對柳研青說了許多好話。柳研青本來愛著楊華，楊華也愛著柳研青。只為中間夾著一個李映霞，才惹起了麻煩。現在楊華一再起誓明心，把李映霞窮途末路的經過從實說了。又對柳研青說：「回到鎮江，咱們先成婚，回頭就替李映霞擇配。」柳研青這才罷了。

當天晚上，鐵蓮子、玉旛杆、柳研青，翁婿夫婦三人，欣然敘舊，言笑甚歡。只苦了李映霞，眼見楊、柳重歸和好，看在眼裡，強為歡笑，心上卻說不出哪種滋味，是酸是辛，是苦是辣？從今以後，對於恩兄楊華，只有感恩，不得酬情了。自己的終身正不知寄託何處！況且自己一個弱女子，還負著血海深仇，誰可為我分憂？一念及此，萬種愁思兜上心來。

她想到自己承楊華救出魔手，保全了貞節。從大義上，從私情上看，自己只有把這顆心交給楊華，方才不失做女兒的身分。而現在，形格勢禁，從天理上，從人情上看，自己斷無恩將仇報，反來破壞楊恩兄恩愛良緣的道理。就是自己情甘為妾，在楊華家掛個虛名兒，只求此身有托，家仇得報，情願給柳研青做個使婢，但這位柳姑娘反倒疑妒相加——「竟把我看成無恥的女子，我這份苦心不得矜諒，也是無可如何！」

她又想：「現在鐵蓮子收認我為義女，把我攜帶到這裡，這老人自有一深心，不過是為他自己的女兒打算。他一定要給我另找人家，為的是割斷了楊恩兄對我的恩情。這老兒的深心，我卻看得出來。人家有父親佑護，我卻孤苦顛連，連個訴苦談心的人也沒有！同是一樣女子，命卻如此不同！人家柳研青又有全身武藝，又得著那麼趁心如意的夫婿，還有父親。我一個知府的女兒，嬌生慣養，何期遭此慘變，連個貧家女兒還不如，竟落在人眼下？……我若會武藝，跟這柳姑娘一樣，我也就可以不須依靠別人，把父母之仇報了！……」

李映霞反覆尋思，把自己終身的結局，只可置之度外。心想：「我跟他們一到鎮江，我就哀告鐵蓮子給我報仇。他們若是信口答應的騙我，我還有一死呢！他們若是當真替我報了父親之仇，也不能聽任他們把我嫁出去。我和楊恩兄曾共患難，相處兩個月之久，我不能嫁別人。那時候，他們要給我提親，我口頭答應著，只要一下定……」想到此，緊咬銀牙道：「我就毅然覓個自盡了！」

映霞一念及此，珠淚紛紛，忙忙地拭去，接著想道：「我一定尋個自盡！一來此身所受的凌辱，可以湔洗，二來也教柳姑娘看看我姓李的姑娘到底有廉恥沒有？三來也教他們知道知道知府小姐的身分，到底不像蓬門寒女那樣沒志氣。我是宦家之裔，不幸遭難，涉於疑嫌之地。為了保持我李家的顏面，我此後一定要做出個模樣兒來給他們看。我此後只拿著死的心腸來活著。」

她又想起柳研青，心中暗說：「柳姑娘，你不用瞧不起我！楊恩兄救了我的命，保全了我的貞節，我為楊恩兄，也要給你較量較量。我今後一定要低心下氣，把你柳小姐哄得歡喜了。等到了那一天，我父母的深仇已報，柳小姐，那時候你再看！我這個弱女子，比你這個女俠客到底誰有骨氣？」

李映霞想到激烈處，熱淚交流披面，怕被旁人看見，忙又低頭偷偷拭了去。俄延了一刻，把滿腹愁思極力按壓下去，換上歡容，掀門簾來到屋內。這時楊、柳二人正和鐵蓮子、魯鎮雄說話呢。李映霞一進來，鐵蓮子連忙站起來說道：「李姑娘，教你見笑了。我這個傻丫頭是跟我耍脾氣呢。李姑娘別多心，請坐吧。」

李映霞把嬌怯之態一洗而去，遏住了胸中的情感，滿面含春地走了過來，說道：「義父，你別這麼說了。我知道都是怨我，若不是我，哪能教柳姐姐生氣呢？這也難怪。」轉臉來，對柳研青襝衽下拜，側身低聲說道：

「姐姐，你別生氣了。妹子不幸教一群惡賊害得父母雙亡，無家可歸。多虧了楊姐夫，受我蕭大哥的邀請，拔刀相助，把我救了出來。我蕭大哥又被賊趕逐，中途失散了。我一個女孩子家，沒倚沒靠，又一點能耐也沒有，我能怎麼辦呢？不怕姐姐恥笑我，我可真成了賴不著了。我知道楊姐夫恨不得把我送到我表舅家，他就可以脫身了。可恨我那表舅母，她也嫌我是個累贅，一死兒不肯收留我。

「我沒了法兒，只好央求楊姐夫，只當救個貓兒，狗兒，可別半道拋下我不管呀！我一路苦央告，楊姐夫總是避嫌疑，可又沒地方安置我。我那時就說，恩兄不好安置我，你何不行好行到底，把我送到恩嫂那裡？哪怕我給恩嫂為奴為婢，只要我再不落到惡人手裡，我就念佛。饒這麼說，楊姐夫還是古古板板地不肯答應。可巧那天晚上，楊姐夫一說要走，妹子可就慌了。姐姐，你是有本領的人，妹子可怎麼好呢？妹子又年紀輕，又膽子小，舉目無親，四鄰不靠，我可就害了怕了。

「你老想呀！楊姐夫定要把我丟下來，李夫人定要把我推出去，妹子實在沒活路了。我這才忍著羞恥，哭求楊姐夫好歹救我一救，把我送到姐姐跟前，我情願服侍姐姐，千萬別把我丟下不管。楊姐夫呢，他兀自不肯，嚇我說，姐姐您是個女俠，掄刀舞劍的能手。許多強盜都打不過姐姐，教姐姐殺了。

「楊姐夫對我說這個話，不過是推託我。偏偏那一天，就教姐姐看見了，這也無怪姐姐生氣。我在路上才聽見義父說，楊姐夫原是跟姐姐拌了幾句嘴，躲出來的。一躲兩年多，姐姐哪能不傷心呢？好容易您才把楊姐夫找著了，你一見這個，您可怎能不生氣呢？這真是把事情趕巧了！也都是我這苦命人招的。

「現在好了，一切誤會全都解開了，我這個薄命人也有著落了。義父答應收留我，又答應替我報仇。我此後可真是重見天日，我以後只倚靠義父跟姐姐您。姐姐，妹子年輕命苦，我父親做了一輩子的官，得罪了仇人，害得家敗人亡。這惡紳唆使出強盜來，把妹子的母親給砍了，把房子給燒了，還把妹子擄了去。妹子若不是楊姐夫搭救，落在賊人手裡，我就是死，也死得不乾淨。」

李映霞講到這裡，換上一股高興的神色，說：「楊姐夫這個德行積大了，我沒法子報答，我只得報答姐姐您了。姐姐這番回去，擇吉成婚。你和楊姐夫都是會武藝有能耐的人，這才是一雙佳偶呢。我先給姐姐道喜。將來姐姐出了閣，自然要回婆家住的。那時候，我就替您這個角，我來服侍義父，順便我還求著義父教給我武藝呢。我從今天起，我可就賴上義父和姐姐您了。姐姐閑著的時候，您把您的功夫也教教妹子，妹子將來也許學會了，能夠自己報仇。只要妹子把父母的深仇報了，妹子我就落髮修行，了此殘生。沒有能耐的人有什麼辦法呢？只可依靠著別人。憑姐姐這份能耐，你可憐可憐妹子，替妹子報仇！你一定能辦得到的。」

李映霞本非妙舌善於辭令的人，可是擠在這裡，對柳研青總得表白幾句。李映霞把要說的話，想了又想，心裡打了稿兒，這才滿臉陪笑地，側坐在柳研青身邊，委婉說了這些話。為的是好化解柳研青對自己的敵意。她生為宦裔，父母在日，愛若掌珍，哪裡會這個？今日不幸，落到這種地步，也就不得不低聲下氣，軟語低眉地來向柳研青陳情乞諒。

柳研青只欠了欠身子，看著李映霞說了這些話，倒有一半沒聽到耳裡去。她反而睜著一雙星眼，上下打量李映霞的衣衫容貌。李映霞本是江蘇人，吳娃嬌喉，談吐自佳，大家風範，姿態尤美。雖然說的是一口乞憐的話，卻是容光照人，令人不忍卑視。李映霞苗條的身材，細小的弓彎，眼如點漆，眉如橫黛，襯著羊脂玉似的面龐，雖然有些憔悴，卻另有楚楚動人之處。柳研青看在眼裡，心裡總是有些不舒服。

在平時，柳研青最好饒舌。正因為說話沒遮攔，才和玉旛杆一番鬩譃，惹起了波瀾。這時候聽著李映霞這個不好多話的人，勉強說了許多話。她這個好說話的人，反倒默然不答。一來她心中到底猶存芥蒂，二來這些客氣話，安慰人的話，她也不會說。把個李映霞僵在那裡，神情踧踖，竟不知所以了。那一種窘態，玉旛杆楊華在一旁看了，不敢抬頭，只可眼望著別處。

魯鎮雄不好插言，鐵蓮子柳兆鴻看著有些不忍，正要代答。只見柳研青水汪汪的兩雙眼，把李映霞看了又看，忽然說：「李小姐別抬舉我了，我們自個兒的事還弄不清，哪敢管別人的閒事！」

李映霞強笑道：「姐姐太客氣了。」

柳研青搖搖頭說：「我連個眉眼高低都不懂，還會客氣啦！李小姐，我跟你打聽打聽，他到底怎麼樣救你的？」

李映霞斂眉細說了一遍。柳研青聽了，覺得和楊華說得都還相符。想了想又道：「李小姐，他真是半道上要不管您了麼？您現在打算怎麼樣呢？」

李映霞歎道：「楊姐夫救了我，可是沒處安插我。我剛才說過了，我本身是個累贅，誰不嫌麻煩呢？我現在承義父收留，終算有了著落。妹子劫後餘生，生有何歡？我只指望著把仇報了，別的事不在慮下了。將來的打算，我全靠姐姐和義父給我作主。」

這兩個情敵總還是有些不釋然，鐵蓮子看著柳研青說道：「天不早了，該睡了，明天咱們好起早回去。」

當天晚上，在寶應縣住下。鐵蓮子只得令柳研青和李映霞住在一個房間內，囑咐柳研青千萬可憐李映霞的身世，不要拿話擠兌她。又告訴李映霞：「我這傻丫頭說話太愣，要不然他們倆口子還不致鬧彆扭呢！姑娘不要答理她。她簡直是個半瘋，說話有個不對，姑娘全看在我老頭子的面上。」

李映霞唯唯答應著，說道：「義父放心，難女知道姐姐大概是個直性子，我決不會惹惱她的。」

於是鐵蓮子和楊華、魯鎮雄和他的四個弟子，另開了三個房間，在店中歇息。

晚上，柳研青和李映霞默默相對，總說不到一處去。柳研青站起來，找到鐵蓮子、楊華房間裡，翁婿夫妻三人還是共話前情。柳家父女細詢楊華逃婚以來，在外飄蕩了兩年之久，都幹了些什麼？

楊華這才說出，到陝西遊逛了一趟。在鄂北救了一塵道人，陌路援手，承他贈劍傳書。又在紅花埠路遇蕭承澤，救了李映霞。借此機會，楊華又將自己不得已的苦衷，和李映霞無家可歸，投親不遇的苦況，再說了一遍，藉以消解柳家父女的疑猜。只有在陝邊冒昧拜師，大遭山陽醫隱彈指神通華雨蒼的侮辱這一件事，隱過沒提，楊華覺得這太丟人了。

楊華復將先救一塵，後葬一塵，又代他傳送遺囑，蒙他贈劍，遠奔青苔關三清觀，竟被一塵的三弟子白雁耿秋原，恃眾奪劍。自己探觀盜劍，中途又被他們盜回的話，原原本本說了出來。要求岳父鐵蓮子，給他設法出氣，把劍奪回。

鐵蓮子細細地聽了，也不禁動容道：「一塵道人當真慘死了？可歎！他在西南縱橫一世，江湖上沒有敵手，尤其是他那三十六路天罡劍，也不知是他獨得秘傳，還是他獨自創出來的。那劍法實在別具一格，善會以攻為守。他那左手單劍更是有名，怎的竟會死在幾個無名小輩手內？由此可見，任憑你功夫多好，也架不住仇人處心積慮地暗算。

「那毒蒺藜更是厲害不過的暗器，只有四川唐大娘有這種毒器。受了它的傷，若得不著本門的解藥，是必死無疑。只有山陽醫隱彈指神通華雨蒼，曾經配過血竭解毒膏，還可治療此傷。別的解藥就是非常靈效，救治及時，也不過只免一死罷了。受傷的地方還是要常常犯病的。犯起來就要從傷口潰爛。最狠的治法聽說是用火烙，先把傷處的毒肉剜掉，毒血吸去，再用火烙鐵一烙。……」

楊華聽著，不由毛髮悚然道：「好厲害的毒蒺藜！」

鐵蓮子還要往下說，柳研青早忍耐不住道：「爹爹，咱們別管毒蒺藜了，咱們還是琢磨琢磨這寒光劍吧。」

柳研青一聽楊華寒光劍得而復失，橫被白雁耿秋原奪去，她早就氣得了不得，轉臉對楊華說道：「你看你，私自逃跑，出去了兩年，栽了這麼些跟頭！自己辛辛苦苦救人行好，得了這個寒光劍，你就老老實實被人訛去了，多麼窩心！」

楊華說道：「不是訛去的，是我盜回來，他們半道上又給盜回去了。」

柳研青說道：「是啊，反正教人家弄回去了，栽給人家了。……我說，爹爹！這把寒光劍，您知道是個寶物不是？」

鐵蓮子說道：「聽說過，此劍乃是獅林觀鎮觀之寶，能夠削人的兵刃。可是過重的兵器也不敢削。這種寶劍倒不一定非要把人家的兵刃削折了，只是過於鋒利，就可以震撼敵心。譬如遇見使刀的吧，可以趁勢一劍把敵手的刀削一下子，敵人必然吃驚失措，趁此失驚的機會，我們就可以取勝。要是人家使豹尾鞭或鑌鐵棍，你就有寶劍，也捨不得硬砍，還怕人家把你的寶劍打飛了呢！」

柳研青說道：「您瞧您又來了。我不管那個，我只問您，這把劍是好東西就行。咱們不能憑白教他什麼白雁黑雁的硬給奪回去。爹爹，華哥丟了臉，咱們不能不給他找回場面來。咱們哪一天上青苔關走一趟，找他們討劍去了？問他們憑什麼不給，就仗他們人多麼？」

柳研青立刻像爆炭似地鬧了起來，再三向楊華打聽寒光劍的樣式、尺寸和好處，又埋怨楊華說道：「那時候，你倒不如把一塵道人一埋，拿了劍就走，不給他們送遺囑倒好了。你真傻！」

楊華看著柳兆鴻一笑，說道：「師父，妹妹說我不該送遺囑，你老說對麼？」

鐵蓮子說道：「那豈不有負一塵道長臨死的託付，未免失信於亡者了。其實這件事你要小心一點，應該把劍收起來，空身投信去，就不致於上當被奪了。……可是，這都是事後的打算，在事先恐怕誰也想不到這一層。」

楊華說道：「正是這話。弟子想：既有一塵道長的遺囑，明明白白地寫著，把劍贈給我，他的徒弟哪能有不遵師命之理？不意遺囑是由我扶著一塵道長的手寫的，字跡過於傾斜，他們起了疑心。又跳出一個赤面的道人來，說是白雁的師叔，一定要把劍扣下。我跟他話擠話，定下了三個月的約會，我要邀人奪劍。那個白雁說的話還情理些，他說三個月為期，屆時就是我盜不出來，只要他大師兄一到，親赴老河口查問明白，那時候如果訪明救人贈劍不虛，還要……」以下原要說：「收我為師弟了。」楊華覺著不便，便頓住不說了。

鐵蓮子問道：「還要怎麼樣？」

楊華笑道：「他們說，還要把天罡劍法傳給我呢！」

鐵蓮子說道：「唔，我明白了。」

鐵蓮子低頭沉吟，柳研青在旁邊還是向楊華不住地打聽白雁奪劍的情形，又追問鐵蓮子哪天動身找白雁去。

鐵蓮子默想了一會，說道：「仲英，那一塵道長的遺囑，想是也教他們留下了？」

楊華說道：「是的。」

鐵蓮子又問：「詞句你還記得不？」

楊華答道：「還記得。」

楊華背誦了一遍，又說道：「我這裡還有一塵道長給寫的一個囑埋屍體的字據呢。」遂取出來，雙手遞給鐵蓮子。鐵蓮子柳兆鴻接在手中，柳研青也忙湊了過來，就燈光一同看了一遍。

鐵蓮子大喜說道：「仲英，有這東西好極了，這就是個憑證。青兒，你別催我。你瞧著爹爹自有好的辦法，一定把劍討回來。這件事情是這樣：寒光劍本是獅林觀傳宗之寶，當然師徒授受，不給外人的。可是臨時出了變故，那一塵道長中毒臨危，一則感你救命之情，二則求你為他傳書。這才破例贈劍，把此寶傳給外人。「那白雁耿秋原，論他的居心，自然是捨不得把本門至寶隨便放棄，可是既有他師父的遺命，他也不敢違拗。他們以為此寶論理應歸大師兄所得。大師兄不在，他們可就有了藉口，打算拿金子給你換。你不跟他換，他們這才說出三個月為期的話。意思是等大師兄來了，由著大師兄跟你交涉。大師兄捨得，就把劍給你；大師兄捨不得，自然也得想法子怎樣酬謝你，他就不擔沉重了，這就是白雁的打算。」

楊華說道：「正是，弟子也是這麼想。不過，我好心好意給他們送信，反教他們奪了劍去，實在於心不甘。他的大師兄來了，你老看，他可捨得把劍撒手還給我麼？」

鐵蓮子說道：「所以我說，我們得想法子呀！你既有一塵道長這個墨蹟字據為憑，又有在場的店家可證，我想白雁的大師兄秋野道人也不至於貪寶背信，違背師父遺囑。這就看我們討劍時的辦法了。」

柳研青說道：「爹爹，你打算哪天討劍去呢？咱們是往雲南去，還是往青苔關去呢？」

楊華也道：「若據弟子的意思，此事我和白雁原定三個月為期，不幸因為拯救李映霞姑娘這件事，把我的正事都給耽擱了。我們已經逾了限期，再去找他奪劍，算不算是失了信？」

鐵蓮子搖頭說道：「不是去奪劍，也不是去盜劍。我的意思是堂堂皇皇地去找獅林新觀主秋野道人，當面請他履行他師父的遺囑，好好地把劍交出來。」玉旛杆楊華和柳研青齊聲說道：「他們既然強詞奪理，把劍留下，他們豈肯輕輕易易地交出來呢？」

鐵蓮子笑道：「那也不見得，我鐵蓮子也不是好說話的人。只要站在理字上，我們登門找他，恐怕他也不會硬不認帳。我們要拿武林信義來擠他，教他寧肯失劍，不肯丟臉。那秋野道人剛剛受師遺命，接掌獅林觀，猜想他正要做一兩件露臉的事，教江湖上好漢欽佩。我們去了，千萬不要恃強，只拿面子擠兌於他。依我看來，他要想說賴劍的話，恐怕也不易出口，貽笑於人吧！」

楊華、柳研青一聽大喜道：「既是這樣，好極了，咱們哪天去一趟呢？」

鐵蓮子說道：「你們不要忙，我們得好好籌畫一下，先得設身處地替他們想一想，想一想咱們去了，他們該用什麼辦法對付我們。我只怕他們既不肯失信，又不肯捨劍。弄來弄去，擺出拖延的法子來，我們一去，就該預備好了，教他們沒法子支吾推託。我們不必先上獅林觀去，我想我們可以先到青苔關，後到獅林觀。那時或明或暗，或禮或兵，看事作事，最好還是以理討劍。」

柳研青躍躍欲試地說：「好極了！咱們一去，先給他們講理。不講理，就給他們來武的。把劍作注子，比本領奪劍，倒也有趣。爹爹，咱們哪天動身呢？」

鐵蓮子看了柳研青一眼道：「哪天動身？還得一年以後。」

柳研青把嘴一噘道：「這麼慢騰騰的。爹爹是個痛快人，怎麼偏不作痛快事？」

鐵蓮子笑道：「我倒想快，可是快得了麼？咱們今天就去，你可肯去麼？姑娘，你們倆口子只顧嘔氣，這個溜了，那個跑了。好容易才把你們二人拘在一塊，還不得快回鎮江，趕緊辦喜事麼？你們倆口子拜了堂，愛哪天去，就哪天去。我老頭子無可無不可的，怎麼著都好！」

這個老人竟跟自己的女兒和女婿開起玩笑來了。楊華、柳研青兩個臉都一紅，不言語了。柳研青坐在椅子上，還是有一搭沒一搭地閒談。鐵蓮子看著楊華笑了笑道：「研青你消了氣，天不早了，你也該睡了。我老人家也睏了，咱們明天還得趕路呢。」

柳研青赧赧地站了起來，說道：「爹爹睏，你就睡吧，趕我幹嘛？我礙著你老睡覺了？」看了楊華一眼，說道：「走，我也睡覺去。」

鐵蓮子說道：「青兒你回去看看李小姐，她要是睡了，你就別驚動她；她要是沒睡，你可千萬別跟人家說閒話。人家孤苦零丁的，沒有依靠，才倚靠咱們。咱們可不許掂斤撚兩地拿話挖苦人家呀！」

柳研青冷笑道：「您看您，我有話還留著到別處說去呢！跟她說閒話，我犯得著麼？」說著又向楊華瞪了一眼，意思是說：「我有話要說給你聽。」遂推門出去，到了自己住的那個房間。

這時李映霞正對燈悶坐，兩行清淚流在臉上。一見柳研青回來，忙側臉笑道：「姐姐，你真有精神。你睡吧，我給你鋪好床了。」口中說著話，忙偷偷地拭去淚痕，將要下床。

柳研青伸手攔住道：「你下地做什麼？天不早了，我也來睡覺了。快點睡！明天還得起早走呢！」

李映霞說道：「姐姐請先睡，我也就睡，我先出去一趟。」柳研青便將外面衣服脫了，扯過被來，往身上一搭。

過了一會，李映霞從外面回來，見柳研青已經睡下，就問柳研青：「姐姐還喝水不喝？」又問：「姐姐睡覺，止燈不止？」

柳研青打了個呵欠道：「止燈不止燈都行！點著吧！」

李映霞這才把燈端到床前，將燈撚撥得小小的，自己輕輕地上了床，在柳研青旁邊，展開了被，只將外衫和裙子解下來，和衣倒在床上。兩個人各將臉兒衝著牆，誰也沒有言語，都閉眼就寢。

過了一會，柳研青翻過來，看身邊的李映霞。李映霞如小鳥似地曲身側臥，呼吸細微。柳研青伸手把燈撚亮，挨著身子，細看李映霞。見她闔著眼，一隻手托著腮，一隻手捂著眼，好像還沒睡沉。雙眉微蹙，已露出身在憂患之中的愁容來，卻是眉目清秀，看著很甜淨愛人。

柳研青看了又看，很過了一會，方才把頭放在枕上，閉上了眼。心中尋思：這個李映霞真是個尤物，她才十七歲，說出話來，竟這麼教人聽著動憐，到底楊華跟她是怎麼回事呢？……柳研青胡思亂想了一陣，竟睡著了。

那李映霞卻始終沒有睡著。聽見柳研青沒有轉側的聲音了，呼吸漸重起來，知道她的情敵已經睡熟。李映霞悄悄呼了一口氣，轉過身子來，將眼微睜，偷偷向柳研青這邊看。只見柳研青把兩隻手伸出被外，雙眸緊閉，臉露笑容。在枕頭底下，壓著她的那把青萍劍，還有盛鐵蓮子的豹皮囊，也放在身邊。

李映霞卻只覺心中悶得難過，翻身起來。那盞油燈經柳研青撚得很亮，柳研青臨睡，忘了撥小了。李映霞呆呆地枯坐著，眼望柳研青，直看了半晌，竟看呆了。李映霞心想：「人比人真是氣殺人了！人家有親爹，又有明媒正道的丈夫，又有全身的本領。我卻孤鬼一樣！遭了這場慘禍，竟跟著人家鐵蓮子一個漠不相關的人，遠奔鎮江去。浮萍逐浪，到哪裡是我的歸宿呢？」想著，忽見柳研青把手一蜷，把腳一蹬，口中喃喃不知說了幾句什麼，忽然似發怒地說夢話：「去你的吧，你敢！」卻又嗤地笑了。

柳研青這一打「把式」，把身上蓋的被蹬開了。她露出全身的緊衣短裝，只有青皮淺靴沒有穿，脫下來，放在床沿下。現在腳上穿的是睡鞋。猛見她一翻身，忽又轉過臉，嘻嘻笑了起來。那隻手幾乎打著李映霞，那條腿卻跨過來，直壓到李映霞這邊。她一個人幾乎占滿了床，把李映霞擠得躺不下了。

李映霞怔怔地看著，忽然一想，便挨著身子，想把被給柳研青抽出來蓋上。卻是這被子全讓柳研青的身子壓住了，側著身子用力，抽不出來。李映霞雙手把被扯住，往外一拉，只扯出一個角來。隨伸手推推研青的枕頭說道：「姐姐，躺好了睡吧！」柳研青只是不醒。李映霞只得把研青一隻胳臂推開，正要再搬她的腿，不想手才觸著柳研青，柳研青驀地一縮身，往外一翻，突然竄起來，說道：「誰？幹什麼？」倒把李映霞嚇了一跳。

柳研青定睛一看，才看清是李映霞扯著那條被，像小雞似地縮在床的一邊，戰戰兢兢地說：「姐姐，是我。」

柳研青怒道：「你幹什麼！」說話時用手揉眼。

李映霞忙答道：「姐姐的被子掉了，我給您蓋上。」

柳研青這時已然清醒過來，看了看，說道：「誰用你蓋！你要做什麼？」忙坐下來，伸手摸自己的劍，將繃簧按了按道：「你動我的劍了吧？」

忽聽外面有人彈窗道：「青兒不要鬧哄了。我告訴你什麼話來？人家李姑娘怕你凍著，好心好意地給你蓋蓋被，你倒發起囈怔來了。」

柳研青揉了揉眼睛道：「什麼時候了，爹爹你老還沒睡？」

鐵蓮子在窗外答道：「我早睡了。看你們屋裡燈還亮著，我不放心，來看看你們，催你們早睡。你看你睡裡懵懂的，倒把李姑娘嚇了一跳。還不快躺下睡覺麼？這就要天亮了。」

柳研青領會過來，嗤地笑了一笑，看了李映霞一眼，說道：「我準是把被都蹬了吧？對不住，嚇著沒有？睡吧，不睡，爹爹他老不肯走。」

遂隔窗戶對鐵蓮子柳兆鴻道：「你老快回去歇著吧，我們這就睡。……李小姐，請躺下吧，我可要吹燈了。」說著，側轉身倒在床上，又把被子一扯，往身上一搭。

李映霞羞羞慚慚地默然不言，輕輕地躺在床頭。這柳研青容得李映霞躺好，立刻伸皓腕，揮玉手，照著燈忽地搧了一掌，口中道：「滅！」那燈火立刻應聲而滅，滿屋裡黑洞洞的了。

鐵蓮子在窗外說道：「這孩子！」跟著履聲橐橐，回去睡了。

次日天明，鐵蓮子柳兆鴻、玉旛杆楊華、柳研青、李映霞小姐、魯鎮雄和魯鎮雄的四個弟子白鶴鄭捷、柴本棟、羅善林、嚴天祿，這一行九人，坐車的坐車，騎馬的騎馬，一同離店，回返鎮江。鐵蓮子命柳研青和李映霞共坐一輛轎車，柳研青不肯，她還是要騎馬。

由寶應往鎮江去，走旱路，也有好幾天的道。一路上李映霞屈意承迎，來向柳研青求好。起初柳研青總免不了心存芥蒂，時有冷言冷語，越是當著楊華的面，她越說冷話。玉旛杆楊華極力鎮靜下去，裝聾作啞。李映霞柔腸欲斷，只能在夜間宿店時，背人咽淚。卻在柳研青面前，一味逆來順受，力加涵忍。

柳研青雖含醋意，究竟是性格豪爽的人，看見楊華總是滿臉陪笑，鐵蓮子也沒有責備自己，大師兄魯鎮雄也似乎偏向著自己，竟派楊華的不是。柳研青到此，也就看開了一些，不再諷刺他們了。

不數日，大眾到鎮江大東關魯鎮雄家，齊到鐵蓮子舊住的精舍。魯鎮雄忙入內宅，稟報父母，告知妻子，草草地將尋回楊華和柳研青之事說了，又說楊華救了一個知府小姐，無家可歸，已經被師父鐵蓮子認為義女，將來便在咱家寄住。

魯鎮雄的父親魯松喬、母親劉氏、妻子張氏，聽說楊華夫妻都已經尋回來，一齊大喜，都迎了出來。眾人見面，自有一番應酬。鐵蓮子把李映霞引見給魯老太太和魯大奶奶，魯家婆媳又有一番款待。

當晚設宴，給柳氏父女翁婿接風。宴間歡敘前情，兼談後事。魯松喬夫妻令兒媳督率僕婦丫環，收拾臥房，把柳研青和李映霞兩位姑娘，安置在一個廂房內居住。這兩間廂房，一明一暗，外面由一個丫環，一個老婆子照應著。內間便是兩位小姐的閨房。

柳研青不甚願與李映霞同榻，李映霞也怕著柳研青，可是兩人心上雖然不願，也不好說出口來。柳研青想了一番話，對她的乾娘魯老夫人說：「你老單給我自己收拾一間屋子吧，我跟別人同床睡不慣。」

魯鎮雄之妻張氏笑著過來，說道：「姑娘將就兩天吧，這還有幾天呀。妹子真個跟人同床睡不慣麼？這可真糟了，往後不慣的日子可多著呢。」

惹得魯老夫人也笑了，說道：「姑娘眼看就辦喜事了，委屈兩天吧。」

柳研青不由臉一紅，忍不住仍然強撐往下說道：「跨院那三間南房不是閑著的麼？」

張氏笑道：「姑娘，你沒聽公公和柳老伯商量麼？就打算那三間南房，給你們倆口子做新房呢。你大哥教裱糊油漆匠去了，趕明兒就動工，裡外滿見新呢。姑娘瞧著怎麼收拾好，趁早吩咐。」

柳研青瞪了張氏一眼，說道：「貧嘴！」怔了一會，還是爭執道：「我跟別人一個床睡不行。要不然，我在外間睡，讓李小姐在裡間，我用不著老媽子做伴。」

李映霞忙道：「姐姐怎麼住方便，我哪裡都行。」

柳研青不接她這話，還是向著張氏婆媳麻煩。張氏看見柳研青露出悻悻之態，似乎要發急。那李映霞似乎很侷促不安，張氏有點明白過來。張氏忙對婆母說：「大妹妹既然願意一個人一個床，這也好。咱們有的是床，我給妹子把那藤床支上吧，娘看好不好？」

魯老夫人道：「青姑娘真有點怪脾氣。我們年輕的時候，最喜歡跟姐妹們同床共被的，又做伴，又談心，青姑娘可真是從小一個人慣了。」

張氏便吩咐女僕在廂房內間，預備了兩個床，使柳、李兩位小姐各據一榻。屋子顯得滿點，只好撤出一些傢俱來，柳研青這才不絮煩了。

柳研青心中想，跟李映霞同居一室，其實也沒什麼，這有幾天日子呢？況且，跟她在一塊住幾天也不錯，可以從閒談中，打聽打聽她和楊華過去的詳情。這麼一打算，剛才的不悅也就釋然了。

李映霞看見柳研青這種性格，既倔強，又執拗，楊華尚且有點怕她。現在與柳研青同居一室，她對自己顯存芥蒂，以自己這種處境，未免懸著心。但是寄人籬下，怎麼說出別的話來？

她是個聰明女子，盤算起來，今後自己處處要倚靠鐵蓮子；若不把這位柳姑娘的感情挽過來，說不定日後還會生出枝節。那麼，今日得與這位姑娘同室聯床，正是個好機會，應該打起精神來敷衍她。看她這一種脾氣，也許拉得回來。這便是李映霞的一番打算。這兩位姑娘同居一室，卻儼成敵國一般。

李映霞看見魯家婆媳給自己預備這個，安排那個。她滿腔酸楚，無心慮及眼前之安。但居停主人的好意，不能不表一表謝忱。當下她向著魯老夫人、魯大娘子，說了些感激麻煩的話，情辭淒婉。

魯老夫人聽了，倒很安慰她一回，教她安心住著，如同自家一樣：「用什麼，缺什麼？只管說話，可以告訴我兒媳，對你義姐說也是一樣。丫環、僕婦難免有偷懶伺候不周到的地方，有了錯，只管說她們。」

李映霞唯唯稱謝，向柳研青看了一眼說道：「謝謝伯母！伯母、嫂嫂不見外，難女感激不盡。難女年紀小，不懂什麼，還望伯母、嫂嫂拿我當自己孩子一樣，哪點不對，儘管指教我。難女身遭大難，多逢善人憐惜，這正是我不幸中的大幸，往後在府上騷擾的日子多了，我也說不上客氣了。要是用什麼，我自然找伯母、嫂嫂要。好在我跟柳姐姐住在一個屋裡，姐姐一定照應我，短什麼東西，我就告訴姐姐。不過難女生來拙笨，只略會兩針活計，姐姐和嫂嫂有什麼該做的，請您交給我，我閒著也悶得慌。」

李映霞清脆的語言，委婉的談吐，和那謙卑而又大方的態度，很引得魯宅上下女眷們愛憐。只有柳研青與她臭味不投，針鋒相對，心上終有點不對勁。

鐵蓮子回返鎮江，只過了兩三天，便忙著給楊、柳二人籌辦成婚大事。由鐵蓮子柳兆鴻、玉旛杆楊華翁婿二人各具書函，通知楊華的叔父楊敬慈和大媒懶和尚毛金鐘，都是派專人送去。魯鎮雄全家上下也立刻忙起來。

第廿八章　閨閣彈淚

柳研青到了此時，意氣舒發，秀目盈盈，喜上眉梢。

吉期已近，她自然該端居在閨房之內，裝待嫁的新人了，可是她憋不住。她的兩條腿不由她做主，到了時候，就想往跨院精舍跑。

精舍是她父親的住家，可是楊華也住在那裡。彷彿她還是個吃乳的小孩子，離不開娘一樣，一天不見她父親的面，她就不行。

她雖然憋不住，乾娘、乾嫂子拿出許多媽媽論來，硬要干涉她，不許她自由行動。並整天圍著她，給她洗頭裹腳，描眉畫鬢，試梳盤頭，試宮裙，試繡履……一樣一樣，不住地打扮她，又不住地教導她，學著盤腿坐著，學著新娘子走路、新娘子磕頭、新娘子說話。告訴她新婚那一天，應該這樣，應該那樣；不許這麼著，不許那麼著。「姑娘不會盤腿，那可不行啊！姑娘別那麼直著眼看人，姑娘別那麼說話大嗓門。」嚇！這種事可就多極了。

柳研青就是個生龍活虎，到了這個時候，也被她們這一群喜娘給收拾得昏頭脹腦，往日的豪氣不知給擺佈到哪裡去了。她心上亂亂的，不知不覺也靦覥起來了。魯大娘一面調笑她，一面擺佈她，教給她演禮「裝蒜」。她就是不「裝蒜」，無奈事到臨頭，也不能由著她的性子。

魯松喬本是鎮江紳士，親戚是多的。這些親友女眷們也有來幫忙的，見了柳研青，就說：「姑娘大喜了！」再不然竊竊私議，說：「姑娘還是那麼大灑步走路呀！」七言八語，議論不休。婦女們好奇，人人都來趁熱鬧，要看看這位女俠客做新人的樣兒。

那新郎楊華呢，曾經滄海，再續鸞膠，倒沒有什麼。他那大師哥魯鎮雄自然要打趣他的，尤其他那四個小師侄圍住他，調笑、道喜、揭根子，專提起他們倆口子從前鬧彆扭的事來。故意地替楊華擔心，「可別招惱了師姑呀！」楊華倒老了臉皮，給他們一個滿不在乎。

鐵蓮子跟魯松喬說：「辦喜事不必鋪張，新房就假館於魯宅。」

魯松喬夫妻笑道：「那可不對，新房必須另租，哪怕滿月再搬回來呢！人家沒有乾宅坤宅在一個院的。就是本來住同院，也要臨時另外租房。」

不數日，楊華的叔父楊敬慈來到。大媒毛金鐘沒來，派他的大弟子管仲元來了，還有一個弟子也跟著來了。楊華給他叔父叩頭，他的叔父當然也數說他一頓，責他不該逃婚。隨後就在鎮江城內，賃了一所小小樓房，作為楊、柳二人成婚的新房。雖然租了半年，可是打算成婚滿月後，就搬回魯宅。半年以後，就夫婦雙雙回河南永城，拜姑嫜，行廟見禮。

男家這邊自然由楊敬慈主婚。楊敬慈先把男女兩造的年庚開了單子，命帶來的家僕拿到命相館，給擇了婚期。楊敬慈出身士族，既來給楊華主持婚事，雖然是客館就親，究竟不能事事過於簡陋了。

女家鐵蓮子父女豪放不羈，倒不在乎這些俗禮。但是魯松喬父子本是鎮江的世家，不能教人家看著自己任什麼不懂，一切事都替鐵蓮子忙在頭裡。

魯鎮雄連日督率著僕從，佈置新房，預備陳設。楊敬慈又煩一位老夫子，寫了一份詞書，打發一個乾僕，衣帽鮮明的捧帖送到女家。一切行事，都悉循世禮。

鐵蓮子一見這位親家竟處處拘起禮來，向魯鎮雄說道：「你看，這倒多找了麻煩不是！我說不用費這些事，就在你們這裡辦，也就完了，你們偏說什麼男家女家不能在一處。這位親家來了，文縐縐地更厲害，還沒到日子，就有這些個麻煩，趕到迎娶那天，還不知有什麼花樣呢！」

魯鎮雄笑著說：「師父，你老人家嫌麻煩，最好你老就不用操心了，全交給弟子，弟子來包辦。人家楊二老爺是知禮的世家，婚娶大事也不能太草率了，這吉期也是很要緊的。」

鐵蓮子把詞書從紅封套裡抽出來，展開了一看，不禁皺眉。鐵蓮子柳兆鴻並非不認識字。但是這上面寫的滿是四六對仗的駢文，鐵蓮子哪裡念得上來。詞書上所載的婚期吉日，滿用著天干地支字樣代替月日，後幅還有合巹時所占的方位，也不寫著東向西向，偏用八卦上的字樣代替四方。

鐵蓮子看了不懂，哼了一聲說道：「酸文寡醋！這也不知是哪位聖人留下的，弄這些個繞脖子的東西，彆扭人心！」

魯鎮雄笑著把詞書接過來，說道：「這也是古禮，一向是這樣寫法。師父看不懂，不要緊，咱們可以查。」遂將時憲書找到手頭，把日子方向都查對出來，說與鐵蓮子聽。

鐵蓮子說道：「古禮，什麼古禮？簡直是俗套！他們查著皇曆寫，我們還得查著皇曆看，找麻煩！」

魯鎮雄忙著把來僕犒賞遣回。

楊敬慈和侄兒楊華，此時都先搬到新房來。所有新房的傢俱陳設都是從魯宅搬來的，一件也沒用楊華備置。依魯松喬、鐵蓮子兩人的意思，不過是借這小小樓房舉辦婚禮。過了對月，這對新人還要全搬回來，這些木器正不必多購置。

魯松喬曾對楊華說，如果缺什麼，儘管來搬，搬的不夠用，可以向親友家轉借。但是等到楊敬慈一到，可就不願過分打攪魯家，遂命僕從擇那應用的鋪設，添辦了許多。他明知楊華夫妻在鎮江住不到半年，可是官宦人家擺慣了譜的，總不肯將就，因此這男女兩家都很忙碌。

婚嫁之事終是女家比較男家麻煩。而且柳研青父女仗劍尋婿，奔波千里，時隔兩年，等到把楊華尋來，緊跟著又是柳研青負氣含妒，獨自策馬飄然出走。好容易把她尋來，費多少唇舌，一對未婚夫妻方才言歸於好，立刻地偕返鎮江，立刻地擇吉成婚，這未免太忙碌了。

柳研青身上，連半件嫁衣也沒有，更莫說是陪嫁妝奩了。該買的要趕著買，該做的要趕著做。鐵蓮子夙憚俗務，柳研青不解針黹。這一來，忙煞了大師兄魯鎮雄夫妻。這夫妻二人手不閑，腿不閑，更兼嘴不閑。這夫妻二人指點女傭，交派縫工，遣使幹僕，要在半個月期間，趕出三間洞房和十六抬嫁妝。打箱、打床、裁衣、裁被；男也忙，女也忙，仍要抽空兒來調笑新娘子柳研青。

柳研青天馬行空的性子，看見這許多人亂亂哄哄都為她忙，她空有全身本領，這時也沒地方施展了。她一頭藏在自己屋裡，不言不語，裝沒事人，把個龐兒端著。李映霞雖與她同室而居，只是整天拈針，為她刺繡、作嫁，還趕著要跟她說幾句話。柳研青只不答理。

別個女眷也不時來找柳研青，可是一見她那面色，就把人逼住，不敢向她調笑了。只有大師兄和大師嫂，不管那些，替她張羅著，有一點空，就跑來找柳研青，問這個好不好？那個好不好？柳研青無所不可，千問百不答，再追問急了，就吐出一個字「好」！

大師嫂張氏哪裡肯饒：「姑娘淨說好，行麼？別裝蒜呀。姑娘，怎麼也跟我那工夫一樣了，你不是不害臊麼？怎麼又直臉紅呢？」

柳研青笑而不言。魯鎮雄之妻張氏取來一匹紅綢，找到李映霞。兩個人拿著刀尺，給新人剪裁嫁衣，將柳研青穿舊的衣衫做樣子，比量著剪裁。李映霞比量了一回問道：「大嫂，姐姐這件衫子腰身就照原尺寸麼？」

張氏說：「這得放出一寸呢。」

李映霞道：「放半寸也就可以了。」

張氏看了看李映霞，笑道：「不行，只放半寸，將來就怕穿不得了。我覺得放一寸還嫌少呢，老實說得放一寸二。肥一點，將來可以穿；要是太瘦了，趕過一兩年，人一發胖，可就把衣衫糟蹋了。你看多好的料子！」

李映霞微微一笑，果然往肥處裁下去。

旁邊那個裝沒事的人柳研青，忍不住插言道：「我要那麼肥的衫子做什麼？成了口袋了！」

張氏說道：「姑娘，你是不懂，將來你一定發胖。……」

柳研青笑道：「嫂嫂，你別蒙外行了。我胖瘦，連我自己全說不上，你倒十拿九準，你瞧你夠多聰明！」

張氏失聲笑道：「我的女俠客，你真裝傻呀，還是假裝傻呀？一個姑娘家，出了閣，哪有不發胖的，況且一對小饅頭變成大饅頭，腰身瘦了；我保管你一年之後，連鈕扣也繫不上。」

柳研青兩眼注視著張氏，半晌，問道：「你說什麼？」

張氏說道：「姑娘有點耳沉，我說的是要發胖。」

柳研青說道：「怎麼呢？」

張氏說道：「因為你出了閣麼！」

張氏故意把話繞回來，李映霞「嗤」地笑了一聲，趕緊低下頭，忙著裁衣。

那一邊柳研青還是不理會，想了想，到底憋不住，湊到張氏耳邊，低聲問道：「那是怎麼回事呢？怎麼姑娘做了媳婦就要胖，人人都是這樣麼？」

張氏笑道：「可不是，你想想我剛進門穿來的那小衣裳，不是都給了春桃了？」

柳研青想了想，果然有這等事，心裡頭越發彆扭，又重複地問了一句：「那是怎麼回事呀？」

張氏抬頭看柳研青一眼，笑道：「怎麼回事呀，這裡頭可有點緣故……」

柳研青睜著一雙剪水青瞳，直看定了張氏的嘴。張氏的嘴卻微微一抿，似笑不笑，把話留在肚裡了。

柳研青直等了一會，張氏還是不說。柳研青忽然伸手，往張氏肋下一插。張氏「嗳呀」一聲，直跳起來道：「這是怎的！姑娘動起武來了！你要幹什麼？」

柳研青把張氏按在床上，低聲道：「我要你說。」

張氏笑得發喘道：「教我說什麼呀，姑奶奶？……」

柳研青不依不饒地道：「你還裝傻？」

張氏連忙央告道：「我說我說，好姑娘，你教我喘口氣。」

張氏把髮鬢理了理，歎了一口氣道：「真厲害，將來楊姑爺……嗳呀嗳呀！姑娘，我不說了。」

柳研青又把張氏給按住了，說道：「你不說，我胳肢死你。」

張氏道：「我說我說。」

姑嫂二人調笑了一陣子，柳研青肚裡還是憋著一個疙瘩。她一定要打聽明白，這新媳婦為什麼要發胖？

張氏只得說道：「姑娘一定要我說，可是我得問你幾句話，你肯回答我，我才告訴你呢！」

柳研青道：「貧嘴，還是嫂嫂呢！」兩隻手一張，又做出要胳肢的架式。

張氏忙道：「別動手，君子鬥口不鬥手，你聽我說。前些日子，你為楊妹夫逃走的事，連急帶氣，是不是瘦了許多？」

柳研青道：「那個，怎麼樣呢？」

張氏道：「如今把楊姑爺找回來了，你也使夠性子了。你們倆口子是悲歡離合，苦盡甜來，只想著這一段美滿良緣。你心裡一痛快，可不應了『心寬體胖』那句話了？你想你哪會不發胖？就是別個做姑娘的誰不盼著洞房花燭夜，匹配得意郎君？心上一高興，準添二斤膘……」

柳研青沒等聽完，就唾道：「呸！」站起來，扭身就往外走。

張氏忙道：「妹子別走！妹子別走！我還沒說完啦，還有頂頂要緊的話，老伯教我告訴你，你想知道不想？」

柳研青回頭怔了怔，說了一句：「狗嘴吐不出象牙！」竟飄然出去了。

但是，鐵蓮子柳兆鴻確曾對魯鎮雄說過，柳研青從小沒娘，這一出閣，有好些「為婦之道」，老爺子不好親口對女兒說。曾教大弟子轉告其妻，把柳研青囑咐囑咐。就是柳研青的乾娘也對兒媳說過。

臨到過門的前幾天，張氏奉婆母之命，特意地來到廂房，要和柳研青同床共枕，作一夕密談。

柳研青只當張氏又來淘氣，只是驅逐她。張氏很對付了一回，才得與柳研青聯榻夜話，喁喁細語地直講了半夜。柳研青哪裡肯聽？張氏再三叮嚀：「新婚那天，千萬依著人家，可不許裝傻了。」

研青心中暗笑，任聽張氏說法，她閉上眼，假裝睡著。對面床上，李映霞擁被而臥。看見張氏低言悄語，把柳研青當小孩子似地看待，李映霞心中另有一種悵惘意味。覺得人家像捧星星、抱月亮似的，被許多人看重。自己堂堂一個知府小姐，竟迫於絕路，跟著鐵蓮子來到魯家，做了一個客中客，何等無味？

從前呼奴喚婢，如今才幾個月工夫，就榮枯一變，自己反而低聲下氣，奴顏婢膝，做小服低。在這位柳姑娘眼下討香火，時時刻刻提防著她借詞羞辱自己。滿腔悲憤，對影獨吊，還得整天強打精神，裝出假面孔來。說是喜？喜從何來？說是悲？寄居別家，無端悲歎，豈不遭人白眼？這必須喜怒不形於色，冷暖唯有心知。像這等做作，就是亡故的父母地下有知，可能想像得出來麼？可知道自己嬌生女兒，身處在別人家的歡樂場中，啼笑由人，不得自主麼？

李映霞暗道：「該死的惡賊，毀害了我全家！到今日我死也死不得，顯見和楊華真有私情似的。可是，活也活得太無味，親不親，故不故，住在這裡，算幹什麼的呢？人家歡天喜地，自己卻懷著深仇奇痛，隱恨幽情，滿腔的心事可向誰言？」

李映霞小姐將楊華換給她的那條青鸞帶，從自己腰間解下來，藏在被底，握在手中。用手理了過去，理了過來，瞑目潛想那一日奔出來自縊的情景。楊恩兄是這麼把自己搶救下來，是這麼慰哄自己；自己這麼依偎他，對他哭訴；他這麼摸著自己的手。

她想著，從手心裡忽然透起一股涼而銳的熱氣，驀地撲上臉來，兩腮頓時發燒，覺得自己那時也太那個了！本是懷著必死的心腸，才有那等著跡的舉動。唉！往事哪堪回首。一想到「留得青山在，不怕沒柴燒」這句話，楊華哥哥俯身低語的神情恍在眼前。

李映霞深深地偷吁了一口氣，以口問心地暗說：「將來怎麼樣呢？……我對楊恩兄的心，他不是不明白。可是，唉，自從在寶應縣尋著柳姑娘，他們言歸於好，同路回來。一到這魯宅，可就侯門似海，從此永隔了！我就再也沒見著他的面了。只有那第二天白天，楊華哥哥由魯鎮雄陪著，到這院來了一趟。我是看見他了，大概他也看見我了，恍惚他還衝著我點了點頭。唉，他自然不能與我打招呼了。他有他的難處，我不是不知道啊！只是這位柳小姐啊！……」

李映霞小姐把被子蒙著頭，佯為熟睡，暗自苦想。將那青鸞帶緊緊地握著，用被頭掩住了嘴，那繡花枕上點點地漬滿了淚痕了。側耳傾聽，魯大娘子還在和柳研青啾啾耳語，不知說了些什麼，接著就嗤嗤笑起來。

魯大娘子忽然話聲一縱，笑著說道：「我說是真的呢！那麼大的丫頭，真個的人事不懂？……你等著，我給你問問李家妹妹去，看我是冤你不是。李妹妹，映霞妹妹！我說……」

只聽柳研青攔阻道：「得了，好嫂子，別鬧了。天都什麼時候了？快給我挺屍吧！」

魯大娘子笑著說：「不行！我是找個明白人證證，你不用胡攪。映霞妹妹，你睡著了沒有。」

李映霞心裡像明鏡似的，這時候不敢回答，還是裝睡。魯大娘子說道：「她睡熟了。……我的研青女俠客，說真個的，你別裝傻……」

柳研青道：「你這兩天簡直瘋了，哪裡來的這些話簍子，你還沒抖落淨麼？我睏了，你別嘮叨了，行不行？」

魯大娘子道：「我這嘮叨，乃是奉命而來。姑奶奶愛聽，我也得說；姑奶奶不愛聽，我也得白話白話。……」

柳研青忽然對著魯大娘子的耳朵，吹了一口氣，魯大娘子叫道：「你幹什麼吹我？」

柳研青笑道：「誰教你老在我耳畔嘟噥來著？你嘟噥我，我就吹你。得了吧，嫂嫂，人家真睏了，你瞧人家李小姐早睡了，就剩下你我了，你趁早給我打住。你要再嘮叨，我就不要你了，我可把你掀出去，教李小姐看看大白羊。」

魯大娘子說道：「你敢掀？你掀我，我抖露你。你不要我了？還早點吧，你要誰，你是要那個玉旛杆？……」

研青罵道：「嚼舌根，我撕你！」

兩個人咭咭呱呱地笑一陣，說一陣。過了一會，也就睡了。李映霞卻心血來潮，輾轉不能成寐，直折騰到三更後，方才睡著。

次日清晨，柳研青起床一看，魯大娘子和李映霞全不在屋。柳研青看了看日色，已然不早，心說：「怎麼的這麼睏，我倒起在她們後頭了。」把丫環叫來，一面梳洗，一面問：「大奶奶和那個李小姐呢？」

丫環回話道：「老奶奶請去給您裁嫁妝去了。」

這裁嫁妝三字，說得聲調很別致，柳研青嗔道：「你也貧嘴！」

小丫環道：「是真的呢！」

柳研青把手一揚，小丫環一吐舌頭，溜出去了。

柳研青梳洗完畢，就在床上一坐，咬著指甲一呆，看了看自己的腳。這雙腳已然不穿靴，換上繡鞋了。這雙鞋又瘦又緊，柳研青有點受不住。兩眼看著這鞋，怔了一會，信步走到穿衣鏡前邊，往鏡中窺看。把頭這麼一歪，又那麼一歪，忽然柳研青對著鏡子一笑，用手摸了摸腮，又故意把臉一繃，把眉一蹙。忽然間，聽後面說道：「多漂亮呀？」

柳研青回頭一看，又是那個討厭鬼——乾嫂嫂魯大娘子。柳研青不由得鬧了個大紅臉，說道：「厭煩死人！」一扭身就要出去。被魯大娘子扯住說道：「妹妹別走，我娘請你呢！」

柳研青把魯大娘子的手腕一托，使一個破法，剛要用力，嚇得魯大娘子趕緊鬆了手，道：「姑奶奶，你怎麼跟我這個尋常老百姓也來這一套啊？有本領跟楊姑爺使去。我娘真是請你呢！」

柳研青赧赧地把臉扭到別處，說道：「誰信你那些個瞎話！好磨打眼的，娘又叫我做什麼，又是你假傳聖旨？」

魯大娘子說道：「是真的呢！走吧，老太太今兒個很高興，把箱子底都翻動出來了，給你找出好些個東西來，等著你挑呢。走吧！妹妹，來！我知道你走不動，嫂子我攙著你。新娘子麼，小腳小鞋的。」

柳研青說道：「貧嘴刮舌，還有新鮮的沒有？」

魯大娘子笑著，從柳研青身後連推帶搡，把她撮弄到上房去。到了上房，果然在床上、椅子上、凳子上，堆了好些個匹頭綢料。立櫃皮箱也打開了一半。魯老奶奶正在那裡翻弄，床裡邊是李映霞小姐，坐在那裡幫著打疊裝新的衣物。

另有一羅綢被繡裀，色彩鮮明奪目，好像是裁縫剛做好送來，疊得很整齊的，放在魯老夫人房內木榻上。還有些金珠首飾之類，用錦匣裝著，放在桌上，也像是新打來的。另有一個小箱子裡面盛著手鐲、耳環、鳳釵、金釧。這都是魯家舊有之物，魯老夫人剛找出來，要選幾色，給柳研青添妝。

魯老夫人臉正衝裡，站在一隻皮箱前面，伸手在裡面尋找什麼。回頭看見柳研青來了，就笑著說道：「青姑，這幾樣是我剛給你找出來的。這些衣料、材料都很好，花樣也還時興，你挑挑看，哪種顏色對你心思？這匹紅的頂好，我知道你喜愛綠的、藍的。做新媳婦的可不興穿藍，你看看這綠的、紅的吧。綠的料子可是成色次點，你瞧哪個鮮華？」

柳研青笑道：「乾娘快收起來吧，我又不開綢緞莊。……」魯大娘子從鼻孔中哼了一聲，笑道：「這才是女俠客說的呢，多麼夠味兒。」

李映霞一見柳研青進來，忙即下床說道：「姐姐才起來，昨晚上睏了吧，你又把被子掀了。你看看伯母給你老挑的這些首飾。姐姐，你看這被子，是剛送來的。桌上那些首飾，那是楊姐夫打發人送來的。」李映霞沒話找話的，找出這幾句話來。柳研青並不言語，面對著魯老奶奶說：「乾娘真是叫我來麼？」

魯老奶奶看了魯大娘子一眼，笑道：「是的，是我請你來。青姑，你戴戴這副鐲子。」遂從首飾箱中，找出一副扭絲金鐲、一副珠鐲和一副碧綠翠鐲，教柳研青挑兩副。還有一對耳環，環上金鑲著一對珠瑫，頗為別致。

魯老奶奶親自把柳研青攬在懷內，將耳環給她嵌在耳垂上，回頭來，對魯大娘子張氏說：「她嫂子，你來看看，你妹妹這就上轎了，還沒有穿耳朵眼呢。你把我那花鏡找出來，青姑，回頭我給你扎耳眼吧！」

這老嫗把柳研青耳上嵌的耳環摘下來，又順手撚了撚柳研青的耳垂。就在那嵌耳環的所在，用手指揉了又揉，對柳研青說道：「姑娘歲數大了，這耳朵眼真不好扎；弄不好，就怕腫潰成瘡。唉，從小沒娘的姑娘真可憐！」

魯老奶奶順口說著，柳研青聽了，漠然毫不理會。李映霞在旁聽著，卻很覺著刺耳錐心。那魯大娘子聽了，就笑了笑，接著說道：「可不是，這可真應了那話了：『現上轎，現扎耳朵眼。』事到臨頭才掛緊，要的就是這個趕碌勁麼！我說娘，要不你老這就給妹妹扎一扎吧，再晚更來不及了。我給你老找針去。」

魯老奶奶笑著說道：「這就扎，也好。青姑，我這就給你扎吧！」

柳研青笑著，忙一歪頭道：「乾娘你老別扎，我可不穿耳朵眼，我嫌疼。」

張氏笑道：「得！完了我的女俠客了？小小地穿兩個小窟窿眼兒，又怕疼了。教人家砍一刀、戳一槍，姑娘臨上陣，還許哭著喊娘呢！別洩氣，還是英雄呢！娘，你老別給青姑娘扎，你老眼花了，手也顫，還是我來吧！」遂舉著一枚針伸手過來，拉著柳研青，往窗前亮處走。

柳研青只是躲閃，不肯教扎。張氏笑道：「柳姑娘，大妹妹！天到這般時候，你還不穿耳朵眼；真等到喇叭嗚哩哇，喜轎臨門，才穿耳朵眼麼？我知道妹妹是嫌這針小，哪有袖箭、鋼鏢大？還怕扎不透呢！秋喜，你快到我屋裡，把我那個上鞋的錐針拿來。你瞧，這錐子夠多坐實，嗶的一下，準給你穿好了。來吧，大妹妹。秋喜你把錠兒粉也拿來，還要一塊新棉花、一根麻線。」

這魯大娘子遂拿著挺大挺粗的一根錐子來，比劃著要給柳研青穿耳朵眼。柳研青哪裡肯幹，扭頭就要走。這屋裡人好像預約好了要跟她作對似的，七言八語，格格地笑著，一齊來勸她。

柳研青摸了摸耳朵，奪門要走。魯大娘子把錐子高舉著，擋住了門，對婆子丫環說：「截住她！我知道姑娘暈針，別害怕，你拿手巾蒙上眼，就不怕了。姑娘來吧，你就是哭著叫娘也不成。」逗得大家越發哄笑。

魯老奶奶看著柳研青急得小臉通紅，恐怕兒媳婦真把她嘔惱了，方才說道：「算了吧，她嫂子。青姑，她逗你玩的，現在就給你扎耳朵眼，那怎麼能成？你這麼大了，比不得小姑娘，哪能拿過來就扎！青姑你來，這邊坐吧，我告訴你。」

魯老奶奶遂從首飾箱中，找出豆粒大的兩顆假珠子來，遞給柳研青道：「青姑，你拿這兩顆假珠子，天天在耳垂上撚。」說著比量一下，然後說：「你這麼時時刻刻地撚，先把耳垂撚薄了，再戴這耳環一嵌。嵌些日子，我再給你穿，就不疼了，真個的哪能冒冒失失就扎呢？」

張氏笑道：「女英雄的膽子，我算知道了，竟嚇得那樣！告訴你吧，要真扎你，哪能這麼赤手空拳的，還得給你搓藥撚呢！」

這些女眷們都湊在上房，看嫁妝、論忌禁、瞧新人。隔壁王大娘道：「魯伯母你老人家還沒找柳姑討房錢了吧，借房子辦喜事，你老多少要點房錢。」

魯大娘子道：「可不是！大妹妹，你在我們這裡住十年，也算白住。只有你大喜的日子，一定找你要房錢的。」

魯家大娘子張著手說道：「多少不拘，你得掏幾兩。」

柳研青道：「你接著吧！」掄起手掌便打。

魯大娘子忙縮回手來，笑道：「姑娘不講理，還要打房東，那不行，我找你們玉旛杆要去！」

鄰居王大娘笑著說：「找人家可要不著。沒過門還不是楊家的人呢，你得找柳家要。這是個規矩，那怕包二百錢呢！」

魯老奶奶點頭笑道：「是的，有這麼一個例兒。你嫂子回頭告訴他大哥，教你柳老伯拿紅紙包幾百錢來。」

柳研青衝著魯大娘子說：「給你一百兩銀子好不好？還有人家李小姐呢，你怎麼不找她要房錢？」說得李映霞不由臉色一變。

魯大娘子忙說：「姑娘，你是個住房的，還想管我們房東的賬。映霞妹妹現在是白住，你等著別忙，早晚我也得找她催租。我說是不是，霞妹妹，你總得再過一兩年。」這麼一說，大家的眼光都看向李映霞。

李映霞現在還是穿著灰裙、素履。魯老奶奶驀地想起一事，看著李映霞緩緩地說：「辦喜事有好些忌諱呢！趕到青姑上轎的那天，你們有好幾個人要避一避的……」又指著那一疊錦繡裀道：「這裝新的合歡被、合歡枕，你們也不要動。這得請一位全人，給綴上棗兒、花生、桂圓、荔枝，取個吉利兒，早生貴子。」

她仰頭想了想道：「你嫂子，回頭告訴前邊，打發人套車，把石麟巷傅師母接來。她夫妻雙全，上有翁姑，下有兒女，子孫滿堂的，是個全人，這得煩她。」

魯大娘子正在翻看那合歡被，聽了婆母這話，忙問：「娘，我動得動不得？」

魯老太太說：「你可以，卻是還差點，你忘了你還沒有小孩呢！」

魯大娘子「呦」地一聲叫道：「這可了不得！真格的把姑娘的喜氣沖了，我可吃不起玉旛杆的彈弓！」女眷們嘻嘻地又笑了起來。

那一邊，李映霞暗暗吃了一驚，心想：「我穿了一身孝服，混在這裡，豈不招柳家父女忌諱？」

忙欠身向魯老奶奶問道：「伯母，姐姐大喜的日子，我只顧給她忙活了，可就忘了我還穿著孝呢！現在想起來，覺著怪不對勁的。侄女年紀輕，任什麼不懂。伯母、嫂嫂，你老別客氣，你老告訴我，該避一避的，我就避避。」

魯老奶奶含笑說道：「姑娘不要多心。這時候，穿著孝也沒有什麼關係。只不過臨到青姑上轎的那天，姑娘稍微避一會兒，也就罷了。做這些活計不要緊，青兒爺倆是俠客，不在乎這些。」

李映霞聽了這話，又加上一分小心。柳研青的妝奩，她由此不敢觸動。就是給柳研青繡活計，也要先問明白了，才敢動手，不敢再搶著忙活了。

江南風俗和北方不盡相同。所有新人陪嫁的妝奩，備齊了，都要先期送過男家，在新房鋪設好了。楊華雖是河南人，現在鎮江辦事，由魯家父子幫忙，他也就隨著當地的風俗。

到了婚期的前一天，女家親友來送禮的很不少，男家卻寥寥無幾。楊華的叔父楊敬慈曾說：半年後楊華夫妻回鄉補行廟見禮時，還要在永城縣老家裡，再熱鬧熱鬧。在這裡不過將就著女家辦事罷了，好像入贅似的。楊敬慈心上並不痛快。只因楊華這是續弦，他這做叔父的，也不好代為做主。但是，男家這邊賀客雖少，事情照舊很忙。

魯松喬父子深恐楊華照顧不過來，便將家中幹僕撥過來幾個，幫著照料一切。魯松喬又命魯鎮雄，帶領弟子柴本棟、羅善林等過來幫忙。女家那邊，既在魯宅辦事，就由魯松喬和白鶴鄭捷照料著。白鶴鄭捷打扮得袍套靴帽的，便做了知客。

鐵蓮子柳兆鴻久闖江湖，認識的朋友很不在少數。這一日他為愛女成婚，事出倉促，他並沒有發請帖。但是近處友好有知道了信的，也都趕來送禮拜賀。即如鎮江的萬勝鏢店，便送來一副銀屏。柳研青的添妝，很裝了幾箱。

魯鎮雄從本城鹽商家，借來十六對對子馬；又從吳侍郎府上，借來四名長隨。這四個僕人久經辦理婚喪大事，雖是下人，不啻是禮生。所有待客的桌凳、宴席，以至喜轎、儀仗，自不用楊華操心，也全由這大師哥給先期備辦了。

鐵蓮子柳兆鴻、玉旛杆楊華都很討厭這些俗禮，到了此時也只得聽人家擺佈。柳兆鴻為此常發牢騷，感歎說：「真是世俗難改。」

到成婚這一天早晨，新郎玉旛杆楊華打扮起來，穿上了蔭生的官服，越發顯得英挺不群。他那森然玉立的身材，正是一個玉琢的英雄，匹配柳研青這紅粉佳人，可說是珠聯璧合。但是柳研青身量本矮，若站在楊華身旁一比，格外顯得嬌小，柳研青的頭剛剛到楊華的肩下。

吉期已到，男家發轎。在門外排開了旗鑼傘扇，全副儀仗。……十六對的對子馬鞍轡鮮明，馬上的騎士衣帽嶄新，每個人的左手攬馬韁，右手捧金花，策馬開道，分列兩行。對子馬後，是一對官銜燈，跟隨四名家丁，紅纓帽，十字披紅，帽插金花，兩人挾紅氈。

再後面是一班細樂，樂工吹鼓手齊穿綠衣，新靴新帽。鼓吹之後，執事人捧傘打扇，又是一對官銜燈，後面一乘綠呢大轎。轎中坐著粉妝玉琢的新郎官楊華，兩名家丁分把著轎杆。轎後又是一副傘扇、一對官銜燈，兩個執事人披紅掛綠。一個背弓箭，一個捧金秤。

兩個家丁跟隨著另一乘轎，這乘轎是綠呢天羅網、紅緞平金南繡彩轎，新娘子娶過來，就坐這轎。此時轎中卻坐著一個清俊的小孩。他衣冠楚楚，大模大樣，坐在轎內。在扶手板前僅僅露出個小腦袋來，也不過八九歲。原來這小孩是請來壓轎的一位小公子。再後面便是四名跟馬。

新郎官行過迎親大禮，喜轎出門。鼓吹大作，引得行人停足，婦女聚觀。曉得的人就指指點點地說：「兩湖大俠鐵蓮子柳老英雄聘女兒了。新娘子柳研青一身的好功夫。哦，那個高個子的白面郎君就是新郎，聽說姓楊。」

這全副儀仗並不直奔女家，卻從男宅出來，繞著鎮江城，很走了一圈，方才折歸正途，奔向大東街。報喜的人早已來到魯宅，報稱乾宅已於吉時某刻發轎了。旗鑼一到，女家這邊忙將大門掩閉，點起了一萬頭的百子南鞭，立刻乒乒乓乓，震天動地響了一大陣。

轎到門前落平，男方的人連忙將紅紙封好的錢包，隔門縫投入外院。跟轎的家丁掀起轎簾，撤下扶手，新郎官鞠躬下轎。鑼聲鍠鍠，鼓吹洋洋，禮生高唱新郎親迎已到。女家立刻開了大門，從內宅走出四位賓客，衣冠楚楚地，恭迎新郎登階上堂。新郎拜見岳父。

岳父老大人鐵蓮子柳兆鴻，此時穿著長袍馬褂，手捋長髯，滿面笑容地出來迎接姑爺。新姑爺上前叩頭，岳父端坐受禮。禮畢，岳父老丈人把新郎請入上坐，待以上賓之禮。岳父在主位奉陪，恭恭敬敬地獻茶。可是翁婿之間只以笑臉相視，都沒有什麼話。院裡奏起樂來。玉旛杆楊華前度劉郎，禮儀嫻熟，不等禮生指點，容得獻茶三次，便肅然起立催妝。

這時候彩轎已經入門，樂聲大作。新郎官經過三次催妝，由一位女賓手持古銅鏡，來到喜轎前，把轎內照了又照；然後由伴娘左右攙扶，把鳳冠霞帔的新娘子從南院扶出來。柳研青蒙紅蓋頭，手抱著貼喜字的銅鏡，居然蓮步姍姍的，一切行禮如儀。就缺短了一樣：沒聽見新人的嚶嚶啜泣。

這名震江東的女俠客柳研青，到了這時候，頭腦涔涔，好像墜入五里霧中。再想由她的性子，已不能夠。

她本性灑脫，久慣男裝。此日於歸，老早地被催起來。魯大娘子和伴娘們便把她打扮起來，真個是濃妝豔抹。臉上擦著香香的官粉，腮上塗著紅紅的胭脂，身上穿了繡襖宮裙，鳳冠霞帔，把頭壓得幾乎抬不起來，渾身上被束縛得很不得勁。而且裝新的衣裳一向忌單，雖當夏日，也要穿夾，也要在衣裳角上絮些薄棉，彷彿是避免孤單，取著白頭偕老、富貴綿長的意思。

這麼一收拾，簡直教柳小姐喘不出氣來。

又不止如此，打前三天，柳研青便被魯大娘子摽上了。就是乾娘魯老奶奶，連日也在她耳邊嘮叨，逼她澡身洗腳，裡裡外外通換了新裝。給她梳盤頭，試嫁衣，教她這麼穿著裙子下拜磕頭；教她這麼走路，邁步不令裙開，舉趾不見鞋塵。而且事情一天緊似一天，臨到快上轎，魯大娘子居然監視起她的飯量來了，立逼她節飲食、餓肚皮、吃雞蛋。

她本體健善啖，現在竟不給飽吃，又不喝水，警告她，新娘子三天不許下地呢。嚇！這還受得了？又披上這全套行頭，鳳冠多麼重，繡襖多麼厚！把個飛簷走壁的女俠客，只三兩天工夫，渴、餓、熱，擺佈得也似臨風弱柳一樣。走起路來，只覺兩腿發軟，「下盤不固」！輕飄飄地似踏著雲霧，打晃要倒。

你就不想扭，不要人扶，這會子也有點心慌氣弱，似有個小婢扶著才好。她這時雖然不會那麼嫋嫋婷婷地走路，卻也自然而然，舉步細碎，不像先前那麼大灑步，一溜風，直往前鑽了。

柳研青心裡罵道：「這是哪個老祖宗出的餿主意，真會折磨人。」

照例，新人上轎，辭別娘親，要戀戀不捨地泣哭幾聲。魯大娘子早囑咐了柳研青，但這時她實在憋得受不了，把這啜泣的事也忘了。

這時候李映霞小姐已然避到別屋去了。在這屋中的，是只有「全人」，沒有不幸的人的。寡婦、孤女一概避忌不得在場。於是這新娘子打扮齊楚，頭蒙紅巾，慢地、姍姍地，在鼓樂洋洋聲中，上了喜轎。

發轎時，婚禮執事人等，個個十字披紅，卻都披單紅，這時一到坤宅，便換披雙紅。四名家丁分立在轎前，手捧著金花，另有執紅氈的，路上遇見了廟宇和不祥之物，便要打開紅氈一擋。此外二十四對捧盒，上面一半是做成的嫁衣，一半是整疊的匹頭和簪環首飾等，隨著轎走，名為送妝。

鼓樂吹打著，來時是新郎的轎當先；回去卻是新娘喜轎在前，新郎的轎陪伴在後。這儀仗又比發轎時顯得威武，攤開來直佔了大東街整一條街。旗鑼開道，鼓吹齊響，由坤宅向乾宅進發。玉旛杆楊華遂把續弦夫人柳研青迎娶過來。

等到喜轎來臨，把大門一關，點了爆竹，乒乒乓乓，直響過好久的工夫。在鼓樂聲中，新郎官接弓搭箭，照著花轎，連發三箭。這卻不再使連珠箭法了，不過比劃一下，輕輕地扣上，輕輕地射出去。執事人用紅氈鋪地，由下轎處直通到正房。

柳研青在轎上昏昏沉沉，一路鑼鼓敲打、鞭炮齊鳴的聲音，她都沒在意。也不知熬過多長時間，直到下了喜轎，被兩個「全人」扶入廳房，和新郎雙雙偕拜天地，柳研青知道楊華就在自己身旁，這才清醒過來。新郎新娘交拜成禮，然後攙入洞房，坐帳合歡。

此時賀客齊集，把小小一角畫樓擠滿，人人伸頭探腦，只看見長身玉立的新郎楊華，那新娘子柳研青，一步挪不了半尺，早被扶入洞房。

第廿九章　小鬧洞房

洞房就在樓上，柳研青已入洞房，新郎官便用秤桿挑去了蓋頭，伴娘等請新郎新娘並肩坐帳。這時候玉旛杆楊華坐在柳研青身旁，雖說是續婚，心上也不覺有些亂亂的，卻將新人的襟角悄悄一扯，就勢壓在自己身下。

這是個俗例，說是新郎壓著新人的衣角，新人往後便怕著丈夫。反之，新人若是壓著新郎，那麼新郎可就一輩子懼內。

楊華暗想：柳研青是那麼嬌性，這總得壓伏住她才好。因此在兩人並肩落座時，楊華偷偷地扯了一把，要壓她的衣襟，不想柳研青也正防著這一著呢！

柳研青一從下轎就蒙著蓋頭，被喜娘擺弄過來，擺弄過去，任什麼也看不見。低頭微看，一時看見女人們的裙腳，一時又看見一對靴腳，猜想定是新郎楊華了。正在悶得難受，忽然眼前一亮，被新郎挑去了蓋頭，柳研青不禁抬頭看了一眼，楊華恰巧也正側著臉看她，兩人眼光一碰，不禁各自避開。

緊跟著新人並肩坐帳。才一落座，柳研青忽覺自己的衣襟被扯了一下，果然楊華就壓著自己坐下了。

柳研青暗想：「果然不出乾嫂子所料。好你個楊華呀！你真想壓著我一輩子麼？你壞心眼真不少！」便從長袖中探出手來，微一欠身，把衣襟猛一扯，竟從楊華身下奪回來，就勢用手按住了衣襟。她心中暗笑：「你別想壓著我，我也別想壓著你！」

但是柳研青這番做作，玉旛杆頓時覺察出來。低頭一看新娘子一隻左手，已將衣襟捋住，再想扯，是不能夠的了。然而柳研青這隻手卻很好看，白生生的嫩如春蔥，染著鮮紅的指甲，套著三個金指環，顯得非常可愛。

這倆口子暗中較勁，毫不客氣，連喜娘也看出來了，不禁嗤地一笑，卻惡作劇地把合歡杯一聲不響，直送到楊華嘴邊，又送到柳研青嘴邊。兩人冷不防地被灌了一口甜而涼的蜜水，這叫做合歡酒。

這一對夫婦，小小地經過了一度悲歡離合，到了這時，方得成就了美滿姻緣。合巹之後，新人雙雙謝客，這應該向賀客逐個拜謝。

柳門大師兄魯鎮雄道：「諸位親友，咱們把這個禮免了吧！新人倆口子很累了。」

毛門大師兄管仲元說：「不行不行，禮不可缺。我們大老遠地來了，還不值受新人磕個頭麼？我還得受雙份頭呢！我又代表我師父當大媒。」

羅善林那個小孩子，從人背後擠出一個小頭來，也跟著說：「該見個禮兒，該見個禮兒！」賀客們頓時鬧哄起來。

楊華、柳研青無可奈何，倆口子只好駢肩對眾施禮。魯鎮雄看著柳研青鼻窪鬢角有汗，忙又說：「眾位親友都在這裡了，長輩該教他倆行禮，平輩的就教新人來個羅圈拜吧。」又笑叱羅善林道：「小孩子，有你的什麼？你還沒給你師姑、師叔磕頭道喜。」

羅善林道：「師父不用你說，我準磕！師姑、師姑老爺，我在哪裡磕呀？」

嚴天祿擠過來道：「別忙！等一會鄭師兄、柴師兄就來；咱們四個人一塊磕頭，給公母倆磕個四平八穩。」

當下賀客們站了一圈，楊、柳二人並肩而立，向眾人拜了拜。毛門大師兄管仲元、三師兄潘梓才，都沒見過柳研青，仔細端詳她，雖然濃妝豔抹，低眉斂容，可是秀拔之氣仍從眉宇間透出。她身材雖矮，體格健實，到底不愧是有名的女俠。只見那氣度，也不像尋常新嫁娘那麼扭扭怩怩，在拘束中仍還流露著灑脫的神氣。

潘梓才就冒冒失失地嚷道：「好麼，老六，你真有福氣。難為你紅鸞星照命，一個賽似一個的。」

他這話自然說的是楊華的前妻，卻不道教柳研青一聽，竟誤會到李映霞身上。洞房第一夜竟又把楊華審了一堂。

眾賓客七言八語，這就要開始鬧新房。新娘子行完禮，竟扭身上了樓。喜娘忙笑著趕上來攙扶。

眾賀客笑道：「新娘子一身好功夫，不用攙，嗖的一個箭步，就上了樓頂了。」

嚴天祿追著叫道：「師姑，咱們娘倆上樹，掏小喜鵲去呀！」

羅善林道：「唔，這樓上還有麻雀窩呢！」

新娘子不顧而去，進了洞房，盤著腿坐在合歡床上合歡帳裡。那個年輕的伴娘陪在一旁，好像給她保鏢，防備著賀客鬧房。

果然，這樓上新娘子而外，只不多幾位女客，樓下男客和執事人等卻擠得很滿。一位賀客就說：「喂，這裡太擠。來吧！咱們上樓給新娘子做伴去吧！」

立刻譁然大笑，把洞房中正在品頭評腳的幾位女客，嚇得趕緊躲了出去。新郎楊華躲在樓下，被兩個小師侄推上樓來。羅善林鬧得最凶，當眾表演新人當年打彈弓那場把戲。嚴天祿就說新郎從前沒過門就跪過磚，無枝沒葉地胡說了一陣。大家立在合歡床前，要把新娘子逗笑了。柳研青受明人傳授，沉心靜氣，裝聾做啞，只是不笑。

那毛門大師兄管仲元端容正色，把楊、柳細細看了一遍，口中說道：「我眼睛有點近視，諸位看見了沒有？這可真是郎才女貌，珠聯璧合，真般配呀！可有一樣，我說你們瞧一瞧。是新郎倌高一點呢？還是新娘子矮一點呢？我瞧著好像不很對勁似的。新娘子踩個小板凳好了。」

引得眾人哄然大笑。那個羅善林說：「我們師姑和師姑老爺，好有一比。」

嚴天祿就答腔道：「比做何來？」

羅善林說道：「我們師姑老爺好比一個長腳鷺，我們師姑好像個矮腳毛腿小廣東雞。」

嚴天祿把頭搖得像撥浪鼓似的道：「不對，不對！我們師姑老爺好像一根白蓮藕，我們師姑就像紅櫻桃，你們倆口子是一長一短，有紅有白，真鮮活！」跟著就有一個賀客起哄道：「好麼！新郎亞賽白蓮藕，新娘好比紅櫻桃，那麼長來那麼小，你說配得夠多巧！」這賀客念起喜歌來，逗得眾人哄堂大笑。

新郎倌臉皮雖老，教他們這麼一形容，也有點掛不住了。新娘子坐在喜娘身後，忍俊不禁，嗤的一聲，笑出聲來。眾人大嚷道：「笑了，笑了！新娘子笑了。」

魯鎮雄提著個心，惟恐鬧房的把柳研青招急了，鬧出別的笑話來，不想柳研青居然忍受下去了。楊華的叔父楊敬慈坐在樓上，意含不悅，覺得這些賀客，江湖上的人物居多，還不知鬧房鬧得多麼凶呢。便催執事人趕快擺宴，命僕人請賀客赴席。

這些鬧房的人便拖著新郎走下樓來。柳研青見人已走了，便吁了一口氣。喜娘遞過手絹去，把新人臉上的汗沾了沾。原來她這一身衣服太熱，裡邊衣衫都濕了。

柳研青剛剛喘了一口氣，那兩個出名淘氣的小孩子白鶴鄭捷和柴本棟，從魯宅偷偷溜了過來，要趁這鬧房的時候，囉唣囉唣。

這時候，楊華被幾位賀客捉了去，連灌了幾杯酒，還逼他在席上劃個通關。楊華喜酒入肚，面已微紅，正想借機會逃走。忽聽得背後冷不防有人叫道：「師叔，您大喜！」

楊華回頭一看，是鄭捷、柴本棟這兩個小子，曉得他們必要淘氣的。不意這兩個人衣帽整齊，大搖大擺地走進來，滿臉居然擺得十分正經。到了宴前，兩個人居然向賀客們施禮寒暄，隨後才向楊華說道：「師叔，你老大喜了。弟子今兒個在那邊忙了一天，好容易才偷著工夫來，給你老叩喜。」說著，又叫道：「師叔，我給你老磕頭吧。」

兩個人規規矩矩地磕了三個頭。卻是磕完頭，依然不起來；挺著腰板跪著，也不笑，也不言語。待楊華站起來扶二人道：「你倆又要淘氣，怎麼還不起來？」

鄭捷看了看柴本棟道：「是你說，是我說？」

柴本棟道：「還是師兄說。」

楊華道：「你倆又是搗什麼鬼？」

鄭捷把頭一低道：「師叔，不怕你老笑話，你老大喜事價，我哥倆一喜歡，出去押寶了。本想贏個吊二八百的，給你老買兩條手巾。誰想運氣不好，輸了。沒法子，你老借給我倆錢吧！」

楊華道：「起來起來，當著這些人，可不許發壞。」

柴本棟道：「實對你老說吧，我哥倆不是找你老借錢，是找你老討點見面禮，道喜的錢。」

楊華道：「淘氣！給我起來吧。你倆還想耍笑我麼？」兩人還是不起來。

鄭捷正色說道：「師叔，你老可別笑話我！我們可不是犯財迷，這裡是有這麼一個規矩，晚輩給長輩道喜，沒有不給賞錢的。況且你老這回喜事，又不比平常。師姑一賭氣走了，她可不是吃你老和那位李小姐的醋。」

楊華把臉一沉剛要發話，鄭捷忙道：「是我說錯了。師姑生氣走了，多虧了小侄兩個人跑細了腿，說破了嘴，才把她老請回來。你老就看這一點，還不多賞幾兩銀子麼？」

楊華一想：「或者江南是有這麼一個規矩，也未可知？我不要小氣了。」遂向眾人瞥了一眼，見眾人含笑看著鄭捷、柴本棟。

管仲元點點頭道：「是的，這是該賞的。」

楊華遂一摸兜囊，卻沒有碎銀，只有坐帳押腰的兩個銀錁子，便掏出來，遞給二人一人一個，道：「拿去吧！不許再賭錢了。」

鄭、柴二人笑嘻嘻地接過銀子來，又磕了一個頭道：「我謝謝你老。」可是，兩人還是直挺挺地跪著。

楊華皺眉道：「你們還跪著做什麼？」

白鶴鄭捷道：「師叔，你老別覺著我哥倆淨為討賞才來的，我們是給你老賀喜來的。沒有別的，我哥倆借花獻佛，也得敬你老幾杯喜酒啊。」

柴本楝這才站起來，拿了一隻大杯，滿滿地斟上，遞給鄭捷。

鄭捷跪著接杯，雙手把杯一舉說道：「師叔，你老喝一杯一品當朝。」

然後鄭捷站起來斟酒，柴本楝跪接來，高舉酒杯道：「你老喝一杯當朝一品。」

楊華這才明白過來，發嗔道：「你倆搗亂，我可往外趕你們了。」

柴本楝道：「今兒是師叔、師姑大喜的日子，小侄決不敢搗亂。你老喝我師哥的，不喝我的，想必是我敬酒敬得不恭？」把腰板一拔，直挺挺的，雙手高舉著酒杯，滿臉帶著肅然起敬的神氣。

潘梓才道：「師弟，你好大架子呀！小孩子恭恭敬敬地敬你酒，你好意思不接麼？」

楊華笑道：「這兩個搗亂鬼，師兄你是不知道，他們想著法兒琢磨人。」遂勉強把柴本楝這杯也喝了。

那鄭捷卻又斟上一杯道：「師叔，你老再來一個雙喜臨門。」

這一句引得席上賀客譁然大笑，喝酒的把酒都噴了。

管仲元道：「好孩子，你師姑聽見了，可答應你麼？」正鬧著，樓梯登登地一陣響。嚴天祿、羅善林兩個小孩，在柳研青面前鬧了一陣，此時跑了來。一進屋就叫道：「鄭師哥、柴師哥來了！我等著你們呢！咱們哥四個會齊了，好給師叔、師姑磕頭道喜呀！」

鄭捷把酒杯一指，柴本棟就把銀錁子掏出來一晃，很得意地說道：「有偏你們二位了。我倆早磕完頭，得了喜錢。我們在這裡敬酒哩！」

嚴、羅二人「哎呀」一聲，道：「壞了！我們早來的，倒誤了場啦！」兩個人一齊跪倒，磕頭、討賞、敬酒，照樣地也來了一套。楊華沒有銀子做賞，身上二個銀牌子也教嚴、羅二個小師侄解了下來。四大杯酒灌得楊華滿面通紅，這四個小師侄還是沒完，四個人跪在一圈，定要每人敬三杯，一共便是十二大杯酒。

楊華急一陣，惱一陣，好容易才把四個師侄趕走。不想席上的賀客也一人舉著一個酒杯，笑嘻嘻地說：「新姑爺賞臉吧！難道我們還不如孩子們麼！我們每人只敬你一杯，多了也不敬。」

楊華酒量本窄，要想逃也不能夠，沒口地央告眾人。眾人說：「那麼，我們合敬三杯吧！可是三大杯，小杯算白饒。」連划拳帶敬酒，三十多杯酒，把楊華灌得暈頭轉向。

那鄭捷和柴本棟卻又大搖大擺地上了樓，找尋新娘子柳研青去了。

柳研青在帳中端坐，剛把嚴天祿、羅善林兩個小搗亂鬼趕走，覺得又熱又渴，心上說不出的不好受。那年輕的伴娘斟來一小杯茶，給柳研青潤潤嗓子。柳研青一口喝了，還是乾渴得慌，教伴娘再斟一杯，又喝了，教伴娘再斟。

伴娘忙說：「姑娘別喝了，這茶水什麼的，可千萬不要多喝呀！」

柳研青搖頭使眼色，催伴娘再斟，伴娘只是不肯。柳研青沒法，只可忍著。

就在這時候，白鶴鄭捷和柴本棟已輕輕躡著腳，走上樓來。先不進洞房，將門上掛的軟簾微掀起一角，兩個人一邊一個，往裡偷瞧。

只見這個師姑大非前日那個模樣了。穿著一身鮮豔的衣裳，朱唇粉面，滿頭珠翠，盤腿坐在楠木床上。想是很勞累了，把一個右腿伸了出來，又把左腿也伸了出來。伸了個懶腰，把合歡床上的鴛鴦繡枕，隨手拉過來一個，那意思是要躺下。

伴娘頓時慌了，急忙挨過來，附耳低聲勸阻。柳研青皺眉搖頭，呶呶地悄語。只聞得說：「不行！腿都盤麻了，腰也板得慌。」跟著見她腿一出溜，那意思是躺下不行，何妨下地遛遛？

鄭捷、柴本棟兩人相視一笑。柴本棟低聲說：「鄭師兄，你瞧師姑這腳！」稍微一嘀咕，不意柳研青已竟覺察出來。她就是做了新嫁娘，低眉垂眸，不一定眼觀六路，卻依然耳聽八方。慌忙地把腿收回來，趕緊端坐好了，又趕緊低下頭來。雖然低下頭，到底忍不住微轉雙眸，往門口外偷看。

柴本棟突然把門簾一挑，大聲說：「師姑大喜，我們來晚了！」這倒把門簾那邊的白鶴鄭捷嚇了一跳。他正彎著腰，伸脖子，探腦袋，從門簾縫偷瞧，冷不防被柴本棟一挑簾，弄得真形畢露，淘氣的樣子教柳研青全看見了。

柳研青頓時把臉放下來，秋水般的雙瞳狠瞪了鄭捷一眼。鄭捷暗罵柴本棟笨蛋，但是他立刻假裝把鞋提了提，昂然邁步進來。到合歡床前，站在柳研青打不著的地方，照樣拿出十分正經的面孔，肅然打恭地說：「師姑，你老大喜！小侄整忙了一天，好容易才抽出一點空來。柴師弟，咱們幹什麼來的？師姑，我們給你老磕頭來啦！」一拉柴本棟，趁勢暗搗了柴本棟一拳，口中說道：「咱們就在這裡磕吧！」兩個人裝模做樣地磕了三個頭。

柳研青張了張嘴，沒有言語，把臉扭到一邊。鄭、柴二人磕完頭站起來，就在合歡床前，像排班站崗似的，一邊立著一個，向柳研青搭訕。柳研青只是不理，半晌才說道：「去吧，你倆樓下去吧！」

兩個人站住不動。鄭捷正色說道：「師姑，你老累了吧？這裡沒有外人，你老躺著歇一會兒，不礙事的，我給你老把門。要是有人來，我就咳嗽一聲，你老就趕緊起來，再盤腿坐好。」

柴本棟說道：「不用那麼費事。有人來了，你就說：『別進來，新娘子解溲啦。』他們誰也不敢往裡闖啦。」

柳研青依然不語，臉上一點笑容也沒有。

鄭捷又道：「師姑，我告訴您一件事。你瞧他們這些賀客太可惡了。你猜怎麼著，他們不敢跟你鬧，可把楊姑爺收拾苦啦！你再想不出他們那夠多麼損。」說到這裡，故意地不再往下說，他曉得這位師姑最性急不過，他要看看柳研青還往下問不問。誰想柳研青到底忍住了，她還是不答理，只抬起頭來，把鄭捷看了一眼。

鄭捷做出關切的神氣道：「師姑，他們太歹毒了！他們把楊姑爺灌醉了，好幾十杯酒呢！你聽，樓下這不是還灌著了？今兒晚上，我真替你著急。……」

柳研青不由的臉一紅，把眼一張，怒道：「鄭捷，你找打！」

鄭捷忙向後一縮道：「我說是真的，楊姑爺今兒這酒太喝多了。真是的，今兒晚上他準得吐。你老可留神，他就許人事不知，吐您一身。」鄭捷這麼說著，柴本棟卻從自己身上摸摸索索，掏出一個紅紙包來。雙手捧著，低聲道：「師姑，你上轎太慌了，我師娘忘了給你這個了。」遂將紙包舉到柳研青面前。

柳研青道：「做什麼？這是什麼？」

柴本棟故意低聲道：「是一條小手絹。」說著把包打開，遞給柳研青。

柳研青怔了一怔，從自己袖口內掣出一條紫綃巾來，道：「手絹，我有啊！」

柴本棟搖著手，正色道：「不對，那是給您擦眼淚的。這條白手絹，是給您今天晚上用的。」

柳研青說道：「幹什麼用？」

那個年輕伴娘看了柴本棟一眼，「嗤」地笑了一聲。柳研青不由得急了，把手一揚，要給柴本棟一個嘴巴。

柴本棟早已防備著，急一跳，跳到一邊，忙解說道：「師姑您別打我呀。我說是真的，楊姑爺今晚上一定要吐，這條手絹您不是正用麼？」

柳研青瞋目瞪著兩人，低聲斥道：「你兩個東西都給我滾出去，你當我現在就不敢捶你們了？」

鄭捷笑著忙說道：「柴師弟，你說話太冒失了，好話也說得不受聽，難為師娘怎麼囑咐你來！躲開一邊吧，大喜事價，別惹師姑生氣。」往前挪了半步，低聲藹言道：「師姑，他說的是正格的。楊姑爺教他們灌的連眼珠都紅了。沒有那麼鬧房的，太不成規矩了。師姑，他們散了宴席，還許進來鬧房。我告訴你一個招，有向你鬧的，您給他一個滿不在乎，他們鬧著也就沒有意思了。你越害羞，他們越鬧。你索性大大方方的。他們要看新娘子的手，你就給他一拳；他們要看新娘子的腳，你就給他一腿，他們還能再鬧麼？我師娘打發我們來，就為告訴您這些要緊的話。」

柳研青聽著，覺得似乎有理，不由得看了鄭捷一眼，心想：「這孩子也有正經話麼？」

只聽鄭捷又說道：「師姑，我師娘告訴我好些呢。這些天她老人家只顧忙了，丟三落四的，有好些要緊的話，都忘了對您說，教我倆趁沒人時告訴您。」

柳研青道：「你不用瞎扯，誰信你們那些謊話！快去吧，你可別招上我的氣來。」

鄭捷道：「是真的呢！」

說著，鄭捷又往前湊了半步，低聲道：「師姑，我們再不敢招您生氣。瞧瞧今天是什麼日子，我還能惹您生氣麼？……柴師弟，勞你駕把著點門，別教人進來。……師姑，我師娘給您帶了話來。她說是臨上轎，忘了囑咐您了，教您別著急，忍著點，可不許嚷。到了晚上，楊姑爺進了洞房，您千萬別跟楊姑爺說話。頭天晚上，新娘子要是說了話，準受一輩子窮，您千萬記住了。還有一個例，新郎和新娘子誰先說話，就是誰先死。這是老典故，再靈不過的。所以有的新娘子心疼女婿的，就搶著說話，那意思是將來願替姑爺先死。師娘教您估量估量，隨你的便。你要是不願意死在楊姑爺頭裡，您就忍著，一聲也別響。」

柳研青聽了這些話，不由得臉泛紅雲，心上覺著很不得勁，半晌說道：「錯過是你師娘，別人再沒有這些酸例，她的故事多著呢！老在人家耳邊嘮叨，離開她眼前，她還是不饒人呢！」

柴本棟插言道：「師姑，您可別不信，新娘子和新郎官要是同時開口，到老準得一塊死，再沒有那麼靈的了。我從前就聽我娘說過，這些個例，您可不能不照著做，不然的話，可就教人家恥笑了。我師娘還教告您，這幾天您吃飯喝水，可要端著點，千萬別放量，別教人家二老爺笑話。要是就只楊姑爺一個人，倒也罷了。無奈人家這位二老爺是您的叔公，又是書香人家，文墨人，最講究這些例兒。沒的新娘子一吃三大碗飯，倒惹得人家笑話咱們。我師娘說啦，你一頓飯只可吃一小半碗，寧可餓著點肚皮。」

柳研青想起頭幾天，魯大娘子也曾嘲笑過自己飯量太大，決不像個新娘子斯斯文文的吃法。但是臨上轎的這幾天，柳研青已經挨了兩天餓。如今已經娶過了門，是怎麼還要挨餓？當真的大姑娘一做了小媳婦，就連飽飯也不許吃了，這是誰留下的虐政？這位新娘子江東女俠柳研青，不由臉上帶出十二分的不願意來，又不由得從鼻孔中哼了一聲道：「誰出的主意，還餓殺人不成！」

柴本棟滿臉露出了同情和不平的神氣來，說道：「誰說不是呢！這簡直不講理。做新郎的什麼講究也沒有，做新娘子的故事就多啦！這個不行啦，那個不許啦，麻煩死人。好在這也就是三十天為限。一個對月，就新鮮勁過去了，你愛吃八碗飯，也沒人嫌您吃得多了。」

柳研青忿然說道：「三十天，三天我也餓不了！」

白鶴鄭捷就說道：「師姑，您別著急，真個的哪能真教你挨餓呢？咱們有的是招，我師娘早給您慮念到了，你瞧這不是給您帶來了。」

柳研青眨了鄭捷一眼說道：「又帶什麼來了？」

鄭捷說道：「點心。」

只見鄭捷摸摸索索地也掏出一個白手巾來，對柳研青說道：「你瞧，小侄就怕您餓壞了。別看這是我師娘給您準備的，這可是我哥倆給提的醒呢！若不然，師娘也就忘了。」

鄭捷邊說，邊將包打開。柳研青看時，原來是四個染紅的煮雞蛋。那個柴本棟也照樣鬼鬼祟祟地摸了一回，也摸出一個手巾包，打開包，也是四個煮雞蛋，用紅色染了個通紅。

鄭、柴兩人低言悄語地說：「師姑，餓不著您，小侄是管幹什麼的！你老快把這八個雞蛋收起來，藏好了，別教人看見。您餓了，沒人時就吃兩個。這八個雞蛋足夠您墊補兩天的。趕您吃完了，我哥倆再給您送來。您到吃飯的時候，只管少吃些飯什麼，有的是紅雞蛋。」

這八個紅雞蛋放在柳研青身邊，左邊四個，右邊四個。

柳研青板著面孔，很不承情地說：「這是鹹的，是淡的？」

柴本棟說道：「師姑，您別外行了，紅雞蛋從來沒有吃鹹的。」

柳研青也怕人看見紅雞蛋，覺得新娘子吃東西不雅，正要伸手收藏起來。不想那個年輕的喜娘竟堵著嘴，吃吃地笑個不住，指著鄭、柴二人說道：「兩位少爺呀！你們真夠淘氣的，難為你們怎麼想出來的？」

柳研青悄然回顧，輕輕地問道：「他們可是捉弄我麼？哦，難道是生雞蛋？」喜娘笑道：「那倒不是，不過他們把雞蛋染紅了，太早了點呀！傻姑娘，你忘了送喜蛋了麼？」

柳研青恍然明白過來，不由得滿臉通紅，嬌顏生嗔，順手抓了兩個雞蛋，照兩人打去。柳研青是打鐵蓮子的好手，可以說百發百中，幸虧她沒有用勁，柴本棟急忙一轉身，跳出洞房，後頸上挨了一下。

白鶴鄭捷張惶失措，一個跑不及，「啪」的一下，紅雞蛋正打在額角上。「哎呀」一聲，掩面跑出去，額角上頓時起了個鵝卵。「哎呀，哎呀」地叫著，又是叫又是笑，隔著門叫道：「師姑怎麼不講理，怎麼打送禮的？」

柳研青罵道：「該死的小鄭捷，我才饒你呢！」霍地跳下床來，這卻把鄭捷嚇壞了，翻身便跑，竟忘了踩樓梯，一腳登空，骨碌碌地直翻下去，把樓梯半腰的柴本棟也砸倒了，兩個人一直跌到樓梯下廳道上，方才打住。那喜娘也忙把新娘子攔住，都忍不住格格地發笑。

新娘子和喜娘在樓上格格地笑個不住。那柴本棟從地上爬起來，也是拍手打掌笑個不住。白鶴鄭捷捂著腦袋爬起來，「哎呀，哎呀」地一面說道：「我的娘的姥姥，真厲害呀！」

客廳裡的賀客聽見這大的動靜，好幾個人搶出來探看。只見鄭、柴二人身上有土，衣帽歪，扶著梯欄，相視狂笑。眾人猜想必有笑話。

魯鎮雄道：「你倆又淘什麼氣了？」

柴本棟指著鄭捷的腦袋，笑得說不出話來。眾人看時，鄭捷額角上紅腫了一大塊，傷處也有紅的，也有黃的，也有白的。幸而是煮熟的雞蛋，要是生雞蛋，更熱鬧了。

鄭捷直著嗓子，衝樓上大嚷道：「師姑，你打送禮的！我給你告訴師姑老爺去。」找著楊華，報告送蛋挨打之事。就是楊華，也忍俊不禁。大家嘩笑了好久才住。

人們直鬧到三更天，才把新郎官饒了，放進洞房來。可憐玉旛杆，成了紅旛杆，被眾人灌得酒氣熏天。頹然沉醉，進得洞房來，卸去了長衫，強撐著叫道：「師妹，他們太可惡了！我這工夫直翻騰，要吐。」

果然不出鄭、柴二人之所料，竟扶著梳粧檯，哇地大吐出來。喜娘送來醒酒湯和鮮果，楊華吃了一氣，跟著踉踉蹌蹌橫倒在合歡帳裡。

新娘子柳研青卸去盛服，坐在床邊上，不知道怎麼樣好。喜娘向柳研青耳畔低低地說了幾句話，微笑著向床上看上一眼。新娘子搖了搖頭，抬頭一指屋門。喜娘悄悄退出來，把洞房門給倒掩上。直過了半個更次，喜娘隔門縫偷窺時，方看見新娘子姍姍地立起來，正在摘耳環卸妝。

到第二天早上，喜娘叩門進來服侍盥漱時，玉旛杆楊華已然順條順縷地睡在合歡床上，擁著大紅牡丹綠綿合歡被，枕著鴛鴦戲水的合歡枕，面含笑容，晨睡正濃。新娘子柳研青杏眼微餳，柳眉舒展，穿著貼身小衣，正在對鏡掠鬢。

新娘子照例被別人給抹得花面紅脂，想是柳研青姑娘自嫌不好看，已用濕巾抹去了。喜娘上前行禮，給姑娘道喜。柳研青不禁臉一紅，一聲也沒言語。喜娘含笑過來服侍，給新人梳頭。梳好了頭，便洗臉，敷脂粉，點口紅，在左眉梢點了個梅瓣，然後穿上了新裝。柳研青向床上一呶嘴，喜娘笑請新郎起床。

楊、柳情緣到此已是團圓下場。吉期那天，女家那邊自比客館就親的男家熱鬧。鎮江魯家門前懸燈結彩，高搭喜棚，遍懸喜幛。男女賀客盈門，擺了四十多桌酒宴，還算沒有驚動人。

鐵蓮子柳兆鴻撚鬚微笑，款待來賓。本宅主人魯松喬也內外照料著。前庭內院，男男女女來來往往，個個滿面含春。

但是，就在這歡欣場中，卻另有一角之地顯得冷清！那慘遭滅門的李映霞小姐，此日孑然枯坐，黯然神傷。獨留在內院廂房內，滿臉上還要裝出平淡，透出替人歡喜的神色來。

柳研青未嫁前和李映霞同居的那兩間廂房，此日迎親，不啻鳳去樓空。柳研青的妝奩早已搬走，靠南壁只剩那張空床。在北面繡榻上，枯坐著素服淡裝的李映霞一個人。

外間屋那些僕婦丫頭都忙著照應道賀的女客，或者偷瞧新娘子上轎去了。李映霞身穿孝服，難參婚曲。這一日不但院子沒有到，連屋門也沒有出。她思潮起伏，只將心情寄託在花針繡線上。

但是外面鼓樂喧天，笙管齊奏，李映霞小姐如何繡得下去？更有那個不識高低的小丫環秋喜，人事不懂，只知貪看熱鬧。看得高興了，便跑來報告。訴說新娘子如何上轎，新郎如何迎親，穿什麼衣服，作什麼打扮，一樣一樣告訴李映霞。並且說道：「他們全出去看了，李小姐，你還不快瞧瞧去？」

李映霞看著秋喜這十三歲的小丫環，真不知她喜從何來？

李映霞徐徐說道：「你看去吧，我看屋子哩。」

小秋喜道：「喲，哪用著您看屋子！王姐、李姐她們也都出二門瞧去呢！老奶奶不讓她們瞧，老奶奶說王姐是寡婦，李姐是二婚頭，您猜怎麼樣？那是白說，她們還是偷看了。」

這小丫環搬起茶壺嘴，公然對著茶壺嘴，咕嘟嘟地喝了一口氣的水，忙忙地又走了。臨走時還說：「李小姐，您看看去吧，多熱鬧呀！把我們大奶奶累得直鬧腳疼。人家柳小姐才闊奢呢，一聲兒也沒哭，就上轎了。李小姐，人家新娘子上轎，不是都要哭麼！大喜事價，哭是怎回事呢？不哭人家還笑話。」

李映霞笑了笑道：「柳小姐沒哭麼？」

小丫環道：「沒哭，一聲兒也沒哭，就是噘著嘴。噘嘴幹什呢？」這小丫環咕咚地推開門，又跑出去了。

李映霞站起來，微嘆了一聲，把敞著的門掩上。不能刺繡了，就輕輕地走到外間，在椅上坐了一會，重又拈起針來。怔了一怔，旋又放下，走回內間。到床前把自己的枕頭拍了拍，復又往窗外瞥了一眼，一歪身，側臥在床上。——於是，這屋裡李映霞偷偷玩賞楊華送給她的那條鸞帶，除卻自己細微的呼吸聲，此外悄然無聲。而屋外卻笑語喧嘩，另是一個世界。

第三十章　策馬訪賢

柳研青、楊華婚禮，鐵蓮子沒有驚動人。那魯鎮雄父子不過是居停主人，卻拿來當自己喜事辦，竟邀了不少親友；故此裡裡外外，竟擺下多桌酒宴。喜轎已發，賀客入席，直吃到兩個多時辰，還是一桌又一桌，前來賀喜的絡繹不絕。

鐵蓮子柳兆鴻素厭俗禮，不喜酬酢；可是看見喜幛排滿了喜棚，賀客各界都有，究竟是高興的。柳兆鴻穿上古銅長袍，青紗馬褂，卻光著頭頂，團著核桃，和這些江湖上的朋友，歡然道故，提起來就是三十年前如何，二十年前怎樣，是很老很老的話了。

等到下晚，疏客多散，至交獨留；在鐵蓮子所住的那三間精舍中，另擺了兩桌便席，放兩張圓桌，聚坐了二十多位賓客。內中頂年輕的，是萬勝鏢店的少東崔長勝，但是他也已經三十歲了；其餘坐客都是四十歲以上的。這一回，大家脫略形跡；首由鐵蓮子把長袍馬褂脫下來，只穿著短衫，科頭敞襟的欣然敘闊。

白日為行大禮，款接眾賓，這些老友都未能快談；這時候可就全不是外人了。二十多位老少英雄借喜酒，敘豪情。敬酒三杯之後，漢陽名武師郝穎先首先說：「柳老兄台，你如今把兒女情事安排停當，很可以重出問世。古人云：『烈士暮年，雄心未已。』我弟兄可以熱鬧熱鬧了。如今江湖上很出了些新進的英雄，與我多不認識。我兄弟很想借機會，會會他們。」原來這郝穎先雖是拳術名家，肚裡很喝過墨水。

那坐在東首的霹靂手童冠英軒渠大笑道：「好一個烈士暮年，雄心未已！我小弟今年五十八歲了，我只是不服老。上次路過淮安，訪聞那地方出了一個叫雄娘子凌雲燕的少年英雄。據說此君男扮女裝，武技驚人，我就想去拜山訪藝，會一會此人；還是淮安開泰鏢店的老朋友耿松年，把我攔住了。」

又有一個賓客說：「如今絕藝漸次失傳。很有些武林名輩，臨到老了不肯把獨得的絕技傳留後人；往往秘惜起來，動不動的帶到棺材裡去，這是不應該的。在下的意思，我們會武技的就應該抱著發揚武術的意願，不可存心如此狹窄。你看人家文字班的人，有了學問，都講究著書立說，遺留後人，我們不當如此麼？」

這位賓客就是廣收桃李、大招門徒出名的老英雄殷懷亮。據殷老英雄自誇：他前後收有二百三十四個弟子。這位老英雄現下還在松江設著場子。可有一樣，徒弟雖多，能得他真傳的沒有幾個。若有人誇他太邱道廣，桃李盈門，他就撚著白鬍子直樂。但若有人說他收徒太濫，他可就惱了。

他的為人和鐵蓮子正好相反；鐵蓮子連女兒帶姑爺，一共才收三個徒弟。這位殷老師傅不算掛名徒弟，就算真跟他練過，經他宣佈藝成出師的，就有六十多個。他的外號就叫九頭獅子。

九頭獅子殷懷亮說了這番話，童冠英欣然笑道：「老兄這話很有理。只不過在下也曾細心選過徒弟，想把我的通臂拳好好的傳下來，可惜就全才難得。有的體質好，性子不好；有的體性全好了，卻是家境過於貧寒，這練武與習文不同，常言道：『窮秀才，闊武舉！』練武的人沒有錢，就別打算練成，這也是沒法子的事。」

在座的人都以為然。崔長勝說道：「十年寒窗苦讀，學會了文，還可以貨賣帝王家。學會武，又幹什麼？拿著三拳兩腳找飯吃，是不行的。世上會武的不多，是有緣故的。賣藝、設場子、保鏢、護院，這就是會武的人不得已挾技糊口的門路。

像晚生開這個鏢局，還算不錯。真有人練會一身絕技，沒得生路，擠來擠去，擠到綠林道上去了。」

座客中一個黑胖子，捉箸夾了一塊魚，送到口內；又呷了一口酒，說道：「綠林道怎麼樣？也是好漢子幹的。我總覺得練武的到了給人看宅護院，那就糟透了，比做賊還不如。看起來，練武的只能說這是一種好習，跟下棋畫畫一樣，要說到用處，其實沒什麼，也不過是健身、禦侮罷了。沒有錢的人趁早別習武。」

這話是很感慨的了。又有一個賓客接聲道：「可不是，如柳老英雄的愛婿吧，他若不是遊擊將軍之子，也不會練武；就練會武，也不能做官，考武場全靠弓馬當先，那別是一套本領，跟咱們這套另有一工。」

九頭獅子忽問道：「可是的，我聽說新婿楊華是楊遊擊的後代。這小人兒怎麼不練弓馬，反倒學起咱們這一套來呢？他的功夫怎麼樣，他是哪一門呢？」

鐵蓮子柳兆鴻瞇縫著眼，歡然笑道：「小婿也不是外人，他是懶和尚毛金鐘的第六個徒弟。他學的是劈掛掌，功夫還差得多呢！就是彈弓打得不壞。」

童冠英笑道：「令婿楊華，我是知道的。他那一手連珠彈打得很好，別的功夫倒是差點。可是他一入老兄的甥館，翁婿情重，你老兄還不把掏心窩子的能耐抖露出來，傳給他麼？真格的還藏一手，帶到棺材裡去不成？」

鐵蓮子笑道：「我曉得你們二位是要罵我的。告訴你，我不是藏私不肯授徒，我是沒那個耐性。再說我眼看我們二師伯受了徒弟的害，我實在存了戒心。如今內家、外家鬧了個烏煙瘴氣，常常引起門戶之爭，這是很無謂的。不收徒自有不收徒的好處。」

在座眾人問道：「令師伯是怎的受了徒弟的害？可是徒弟叛師了？」

柳兆鴻道：「那倒還不至於，這卻是說來話長。我二師伯邵星垣為人謙退，武功雖窺堂奧，絕不以技功驕人自炫。若論起他老人家的武功，經過二十年的精修苦練，他那五行拳蜚聲南北，掌法上確有獨到的地方。他善用內力『小天星』的掌法，以巧降力。他又兼得太極拳的精要，以柔克剛，有四兩撥千斤之妙。

「他這五行拳，全恃著黏、按、吐三個字要訣。諸位都是行家，當然也都曉得。可是我二師伯自己雖然謙和，他收的門徒稍嫌太濫。就有的徒弟列入門牆，藝未精純，偏好標榜，到外面亂說起來。我二師伯既然精研五行拳，對門徒們說話，自然要講究到本派的奧妙，又免不得拿來和別家拳術比較。這本是門內師徒授受之言。內中就有的徒弟們，把這些話在外面抖露出來；說是什麼五行拳乃是武林絕技，練好了能夠怎樣怎樣。又說到這小天星的掌力打上人，卻能制人死命；就是不死，也必受了內傷，成了廢人。別派的功夫，某一派偏於剛了，某一派偏於柔了，唯有五行拳有剛有柔了。這也不過是些私話，就有兩三個徒弟，在外賣狂。」

柳兆鴻接著說：「哪曉得這話傳播開去，又被人無枝添葉一轉述，弄得太離奇了。這一來，竟惹出少林派一位能手的不忿，登門拜訪，指名求見，說是要討教小天星的掌力。我二師伯彼時年已高大，早已把功夫擱下了；又力守著拳家禁忌，當時接見來人，極力謙退。這來人也不過三十多歲，說話斯斯文文的，一口一個『老前輩』、一口一個『晚生』的稱呼著；說是粗習拳技，未得深究，久聞五行神拳威名，特來請教一兩處手法。

「我二師伯便說：『自己研習武學，本為健身，非為爭名；也絕沒有得著什麼絕技，老兄不要輕信江湖傳言。小天星的掌法，也不是什麼不傳之秘，不過是善用起來，可以借力打力，所謂不黏不按，不按不吐，能把這三字訣體驗得到，運用得靈，再以小天星的掌力發出去，比較起來，用三分掌力，能得七分效力罷了。』我二師伯忠厚待人，雖然客氣，到底不矜不飾，也說了實話。」

柳兆鴻歎了口氣說：「豈料來人竟挾詐而來！那時就說：『邵老師傅是五行拳

名家，在下聞名已久；您善用小天星的掌力，我尤其欽慕。只是這小天星的掌力，原是少林派秘傳的掌法，不幸本派失傳，倒被邵老師傳得著，這真是我的大幸。在下不遠千里而來，非為較量拳技的高低，專為訪求絕招的奧妙。老師傳廣開門戶，一定願意普惠後學了。那麼在下虔誠登門，老師傳當不會教我失望而去。』言下定要領教領教；我師伯竭力推辭，不肯過招。

「那人一再的拿話擠兌，意思之間，我師伯再不過招，就是藏私了。我師伯被逼無奈，又誤認此人當真的熱心好學；然後情不可卻，方才站起來。可是，神氣上還是疑疑思思的，對那人說：彼此無仇無怨，不過是互相觀摩；過起招來，點到為止，誰也不要動真力，免得誤傷了。那來人滿面笑容，連聲諾諾。」

柳兆鴻接著說：「我師伯連練武場子都沒有去，長袍也沒有脫，就在廳房中，把自己的手法施展開，用五行拳開招。那來人卻用少林神拳來接招，兩下且說且演，連拆了十幾手。我師伯用到第十一手『猛虎搖頭』，化招變式，改為『白猿偷桃』，掌到來人華蓋穴；用黏字訣，五指已經黏著對手的衣裳。卻將掌力往外一登道：『小天星的掌法，只在這掌心下往外登之力，兄台明白了麼?』

「我師伯若果存心與此人較量，只將這掌力一撒，來人必定當場負傷。詎料來人沒容到師伯撤掌，他竟忽然說：『這一招，要是這麼拆……』突然也凹腹吸胸，離開掌心。卻猝然把他的雙掌圈回，一個『撞掌』，照師伯兩肋猛然一撮……」

九頭獅子聽到此，不由說道：「哎呀！令師伯格開了沒有？」

鐵蓮子眼望九頭獅子，又向眾人瞥了一眼道：「格開，如何能夠？我師伯兩隻手都撒出來了，這本是演樣，他何嘗提防到暗算？把個前胸兩肋都賣給人家了。當下我師伯『吭』的一聲，立刻倒坐在地上。」

童冠英道：「呵！」

鐵蓮子雙目微瞑一瞑道：「不但這樣，那來人抓起長衫來，一聲狂笑道：『小天星絕技，五行拳名家，我領教過了！』這東西竟放了兩句冷話，揚長而去。我師伯人已不能轉動。也就在那人剛走出廳房，我師伯再忍不住，一張嘴吐出一口血來；立刻臉上改了形，自己連起都起不來了。」

這一番話，把個九頭獅子殷懷亮氣得「啪」的一聲，將桌子一拍，震得箸杯亂迸道：「好狠，這東西叫什麼名字？」

鐵蓮子側頭來答道：「他就沒留真名字，他的名帖是假的。當時我師伯受傷，家中人誰也不曉得。後來還是我師伯的徒弟進來給客人換茶，才看見我師伯臉像蠟渣似的黃，坐在地上自己調氣呢。他嚇了一跳，把師伯攙起來，盤問緣故。我師伯只是搖頭，半晌才強支著問了一句：『那個客人去了麼？把他追回來！』可是來人早走得沒影了。諸位請想，這就是好收徒弟的下場。」

九頭獅子殷懷亮搖頭笑道：「這不過是試拳輕敵遭了暗算，礙著收徒什麼事了？」

鐵蓮子柳兆鴻道：「老哥還是不服氣，這自然有緣故。請想我師伯的徒弟那麼多，如今師父遭人暗算，他們豈肯甘休？就是我師伯的兒子，也曾拿著刀找尋那個少年。無奈這個少年早安著歹意來的，到店房找他，店房沒有這個客人。到別處搜訪，也沒有下落。但是不久即尋出根由來了：這是師伯的第十七個門徒，在北京給惹出來的禍。

「這位十七師兄姓邱，名叫敬棠，在北京城當了王府的武教師；陪著少王爺玩拳弄棒，不過是哄公子哥。王府內的別位武師都打不過他，這位邱師兄可就得意洋洋，免不了狂吹亂嘮；把別派的武術，褒貶得一文不值，日久可就傳到外面來，人人曉得王府有一位五行拳大家，並世無敵。這就未免招忌。他又信口雌黃，說少林外家有剛無柔。又說少林外家十成的功夫，不敵武當內家八成的功力。仗著王府的勢力，當地也沒人駁他。」

鐵蓮子接著說道：「但到底惹惱了少林派的後起英雄，一個姓尹的竟登門來京訪他。邱師兄對武術已得門徑，他大概是看出來者不善了。他可就要耍滑頭，乾動嘴，不動手，要跟人家邀期擇地較量。人家跟他說好了，就告辭而去。誰想邱師兄他卻暗遣官面，把人家從店中逐出。聽說還把人家押了幾天，鬧得很不像樣子。這一來，可就激出來事了。」

鐵蓮子說到此處，飲了一杯酒，眼望九頭獅子道：「後來，就在我邵師伯受傷兩個月之後，邵師伯的第二十五個門徒，大遠的從北京趕來送信。據說十七師兄在京城招搖過甚，得罪了不少人，人家揚言要找師父來問罪。可惜這二十五師兄一步來遲，人家已經找上門，師伯遭了暗算。嗣後我門中也曾設法子找場；可是不管後事如何，我這師伯連愧帶恨，只半年光景，便已下世。這位十七師兄也被掌門師兄大會同門，將他逐出門牆，差點沒把他廢了。

「老兄，你當我說笑話麼？當年家師和大師伯都曾為這事，找到少林寺海澄和尚，追究這個暗算的少年。這少年究竟是少林派哪一支的門徒，到底也沒有根尋出來。你想，本門栽了這大跟頭，我大師伯哪裡肯饒？一定找海澄和尚要人，兩下鬧得很僵。若不是當時的前輩英雄出頭和解，說不定引起了門戶之事。」

鐵蓮子歎口氣道：「最慘的是我二師伯，負傷之後，意氣消沉，懨懨待盡，見了我們就掉淚。囑咐我們記著，千萬不要胡亂收徒，他是恨透了十七師兄。十七師兄在北京招搖生事的所有劣跡，邵師伯特地打發弟子重訪了一回，越訪得仔細，老人家越悔恨得厲害。他老人家說，十七師兄把他寒磣死了。你看濫收徒弟，有什麼好處？」

眾人聽罷，俱多歎息。獨有九頭獅子殷懷亮，聽著不甚高興，便說道：「收徒不怕多，你得長眼珠子。像你們令師兄那樣人才，卻也怕百不挑一呢！」

鐵蓮子笑道：「老殷掛勁了。我說的是實話，老兄別過意呀！」

這些人雖然大半鬚眉蒼然，卻依舊口直心快，很有少年的興致。你挖苦我，我奚落你，鬧得很熱鬧。當下，又講了些江湖上的勾當。

那鎮江萬勝鏢局崔長勝，忽然說起鏢行的近事來，對霹靂手童冠英道：「老伯，你老可認識海州振通鏢局的鐵牌手胡孟剛胡老英雄麼？」

霹靂手童冠英道：「胡老二這些年來鴻運當頭，一帆風順。不到十年工夫，把振通字號創出萬兒來。要提我跟他，早就認識，還在七八年前呢。那時候振通鏢局的江南北這幾條線上，還沒有打開，常常碰釘子。要說幹鏢行這種買賣，單憑本領，一輩子紅不了；總得一半仗著有人緣，眼路寬。

「老胡別看粗魯，倒很是外面朋友，處處懂面子。他不驕不狂，待人有血性，鏢無論走到哪條線上，他只要知道當地有武林名家，必定登門拜望；有裡有面，求朋友關照他。他憨憨傻傻的，很能引人親近。我只為承他看得起，竟自捨命冒險，幫他一次大忙，把海州到安徽的一趟線給他打通了。

「因此我跟金沙圩的陸地龍王隆老五，結下一掌之仇，隆老五總算栽在我手裡。從此振通的鏢就在這條線上走開了；只憑一杆鏢旗，就沒人敢動。在我當時，不過是在眼皮底下不願擱砂子；隆老五在我眼皮底下做案，是瞧不起我，我不能不問。說起來我是一時的好事。那胡孟剛可就承情不盡。這些年一到三節，必定給我送禮。鏢旗入皖，必定紆道來看望我。真難為他七八年來，始終如一。

「我這人不敢說恩不望報，可是胡孟剛這些俗套子，我實在受不了。我曾經給他帶過話去，再這麼著，可算罵我了。若教江湖上朋友聽見了，好像我姓童的貪圖什麼的。饒這麼說，他還是照常行事；逢年過節，必定打發徒弟來。」

九頭獅子殷懷亮呵呵笑道：「老童，你口頭上這麼說著，心上可是高興的。鬧了半天，你是喜歡人家給你送禮呀，我明白了。」轉臉來對崔長勝說道：「崔賢侄，聽見了沒有？你也開著鏢局呢！千萬記著，三節二壽，別忘了給你童大爺送禮呀！有你的好處！」

童冠英也忍不住笑了，崔長勝卻正色說道：「老前輩笑話了。童老伯跟胡孟剛胡老英雄是多年的至友，他老人家新近遭了一樁逆事，你老也一定知道了？」還未等童冠英答言，那九頭獅子殷懷亮就問道：「胡老二遭著什麼事了？」

童冠英道：「崔老侄，你說的莫不是他在范公堤走鏢遇劫的事麼？」崔長勝道：「正是。」

鐵蓮子柳兆鴻聳然注意道：「哦，這不是一個多月頭裡的事麼？我在淮安鏢局聽人念道過；而且巧極了，出事的那天，我和小女路過范公堤，還跟胡孟剛、沈明誼兩個人碰見面了。怪不得那時他們神色倉惶，可是他們到底沒有說出來。聽說他們失的是一筆官款，並且數目又很大。」

崔長勝道：「可不是，整二十萬呢！我們鏢局新近接著十二金錢俞劍平、單臂朱大椿、鐵槍趙化龍、鐵牌手胡孟剛，他們六七位鏢頭的聯名公信，託付我們協助訪鏢；把劫鏢人的年貌、兵刃、黨羽人數，都開了單子寄來。聽說他們訪了一個來月，一點影子也沒摸著，這真奇怪極了！」

這座上的賀客，倒有一半人和俞劍平、胡孟剛認識；也有接到俞、胡二人的來信的，眾人不覺的紛紛議論起來。殷懷亮知不清楚，忙向崔長勝打聽。

童冠英也詫異道：「他走的是南路鏢；要說在北方，他的萬兒叫得不很響，也許有人敢動他。這江南五省乃是他闖出來的天下，怎麼會憑空栽這跟頭？這話我只聽見江湖上傳說，我卻沒接著胡孟剛的信，所以我總疑心這是謠傳。後來一打聽，才知竟是真事，並且還牽扯到十二金錢俞劍平老鏢頭身上。這位十二金錢太極門劍客，乃是聲震江南江北的成名英雄。我聞他已經親自出馬訪鏢，難道至今還沒有訪出頭緒來麼？」

崔長勝搖頭道：「怪極了！至今還是沒影兒。那劫鏢的盜首是豹頭環眼的老人，來歷不明，武功出眾；神出鬼沒的把二十萬鹽款給劫走了，手法非常的乾淨俐落。」

霹靂手童冠英聽了此話，沉吟起來，他想：「此事太蹊蹺。這胡孟剛和我十年舊交，既然失事，他怎麼不給我一個信呢？」老實說，童冠英有點不痛快了。

萬勝鏢局崔長勝道：「童老伯，你老不用著急。事情早晚會找到你老頭上來的。那十二金錢俞三勝俞老英雄，聽說這一回把鏢旗借給胡老鏢頭了。萬想不到這支鏢一出來，就遇上勁敵，俞老鏢頭的十二金錢鏢旗也教人家給拔去，俞門大弟子黑鷹程岳也身負重傷。俞老鏢頭為此大怒；我們鏢局的宋師傅新近從江北回來，據說俞、胡二位還要大撒武林帖，普請江南江北武林中的朋友幫忙，要大舉的尋鏢。你老人家是說：沒接著胡老鏢頭的信麼？你老回家去看看，恐怕早有帖子送去了吧。」

殷懷亮笑道：「老童，你放心，你不能白收人家的禮。人家出了麻煩事，一定要找你幫忙的。」

童冠英笑道：「笑話，你當我願意自找麻煩麼？我是想江南道上，有咱們哥們在著，就不該教那不知名的外來和尚把咱們壓下去。我愚下也混了這些年，遇見不少的綠林道好漢；但分手底下有點活，我沒有不認識的。是怎的范公堤上，忽然又冒出這麼一個驚天動地的人物來；我們連點影子也摸不著？咱們難道白吃五十多年人飯了？

「崔老侄，這個劫鏢的主兒，我聽說也是個老頭兒，豹頭環眼，約摸六十來歲；說是也會打穴，拿鐵煙袋當兵刃。胡孟剛和黑鷹程岳全敗在他手下。風聞這老兒手下的黨羽還真不少。你們聽聽，咱們這裡有這樣一個人物闖入，咱們竟會一點不知道；老殷，你不嫌丟人，是不是？我霹靂手等得著閑，一定要會一會此公。」

霹靂手童冠英雙眸炯炯的，又吐出少年時的光焰來了。

眾人把這劫鏢的事情講究了一回，歡飲而散。轉眼就是三朝，新娘子柳研青和新婿楊華，雙雙回門，自有一番繁文縟節。鐵蓮子柳兆鴻因為很高興，居然也把這俗套很敷衍了一場，面見這愛婿愛女，喜得雙眼闔成一線了。柳研青來到魯家內宅，自有魯大娘子一番款待、道喜、調笑，並且也和李映霞見了。

過了三朝以後，鐵蓮子這些老朋友，由遠處來道賀的，陸續告辭回去。只有霹靂手童冠英，他是個閒人，常帶著愛徒郭壽彭，到處流連；他這次是逛西湖來的。童冠英既是鐵蓮子最要好的朋友，又和魯松喬認識，他就在鎮江耽擱下來。鐵蓮子留他寬住半個月，要煩霹靂手把他那「蛤蟆功」，練給魯鎮雄、楊華和鄭捷等人看看；也教這些後輩見識見識前輩英雄的絕技。

那萬勝鏢局的崔長勝也挽留童冠英，因為他新近應了一票鏢，要由鎮江北上。最近江北地面既然吃緊，在道上走起鏢來，不很放心；有意拜煩霹靂手師徒，玩一回票，給代護送一程。他自己不好開口，他手下的鏢客馮裕林是霹靂手的師侄，現在走鏢出去了；他打算等馮裕林回來，由馮代求，所以也在旁慫恿著。童冠英無可無不可的，也答應了。魯松喬請他下榻在自己家，童冠英不肯；他帶著徒弟，住在萬勝鏢店。

一日，霹靂手童冠英到魯宅來找鐵蓮子，要鐵蓮子陪著他聽昆腔去。柳兆鴻不喜好看戲，又不肯拂意；只得披上長衫，兩個人相偕著要走。忽然魯宅的家人進來回話：「外面有一位海州振通鏢局的趟子手金彪，奉他們胡孟剛鏢頭和安平鏢局俞劍平之命，前來送禮，給柳老太爺道喜。他說，他一步來遲，在別處耽誤了日期；要面見你老，還有話說，並有一封信面呈你老。」家人回稟了，隨將禮物提來，放在面前。

鐵蓮子柳兆鴻愕然向童冠英道：「你看，說曹操，曹操就到！這不是胡、俞二位打發人來了。」

童冠英笑道：「打發人來，是給你送禮道喜。」

鐵蓮子搖頭道：「我聘閨女，也沒驚動他們。我辦事又很倉猝，他們又正忙著找鏢，可是他們怎麼知道的呢？」

童冠英手撚短鬚，微微一笑道：「人的名，樹的影。兩湖大俠聘女，江東女俠成婚，這是多麼驚天動地的大事，人家怎會不知道？我看俞、胡二位給你送了些什麼來？胡孟剛一向作事，人情周到，這一回可誤場了。怎麼三朝過去，他才把賀禮送來？」

霹靂手且說且站起來，先把名帖禮單接過來一看，名帖上寫的是雙款：「愚弟胡孟剛、沈明誼、俞劍平頓首拜賀。」展開禮單，打開禮物看時，這份禮物菲薄得很，不過是一個紅幛子，上繡「天作之合」四個金字；另外一件裙料、一件襖料罷了。

童冠英看了柳兆鴻一眼，心中詫異，暗想：「胡孟剛給我送禮，很是隆重，怎的這還是俞、胡、沈三位鏢頭公送的，又是鐵蓮子生平唯一愛女出聘的大喜事，他們倒送來這麼戔戔的禮物？他們可是交情疏遠？但是江湖上好漢講究結納，交情淺，禮物更得重啊！」

柳兆鴻倒並不這樣想，千里送鵝毛，禮物輕，人情重！人家這是打海州奔波幾百里地送來的，更得好好領情。遂對家人說：「請，把送禮的讓進來。」

童冠英道：「開發賞錢就完了。」

鐵蓮子笑了笑道：「人家還有信呢。」

魯宅家人把鏢局趟子手金彪領進來。柳兆鴻看來人，年約三十六七歲，大高個兒，一臉的驃悍精幹之氣；穿著藍布長衫、青靴子，手拿著草帽。到得客廳，未容家丁引見，趟子手金彪早向鐵蓮子緊行數步，上前請安道：「柳老英雄，你老大喜，小人一步來遲！」遂即拜了下去。

柳兆鴻慌忙攔住，滿臉笑容道：「金鏢頭很辛苦了，我謝謝你。」

金彪一側身，又向霹靂手打量一眼，道：「這位老英雄，恕小人眼拙，你老貴姓？好像在哪裡見過？」

柳兆鴻道：「金鏢頭，你不認識麼？這是我們老鄉，鳳陽方家台的老英雄霹靂手……」

還未等引見，金彪慌忙施禮道：「哦，童老英雄！我們胡老鏢頭哪天不念道你老？新近我們總鏢頭還打發我們石夥計，給你老府上送去一信，你老可見著了麼？」

鐵蓮子不由暗笑，向童冠英施了一個眼色道：「童老哥，怎麼樣？人家給你送信了；你是不在家接著，你脫不了清靜啊！」

霹靂手童冠英也不由得一笑，正要動問：為何發信，可是為失鏢邀助？那趟子手金彪立在兩位老英雄面前，側足垂手，發話道：「柳老英雄，我們一聽見你老人家令嬡女俠柳研青姑娘于歸的吉期，我們胡老鏢頭就很著急，俞老鏢頭也是一樣，都想給你老登門道賀，還要看看新郎官。無奈敝鏢店正為訪鏢的事，把身子絆住，不能親來，這才打發小人連夜地趕到。只是我們聞信較晚，到底教我給耽誤了，你老人家多多原諒。」說時又請了個安，道：「並且我們鏢頭又在客邊，草草備的禮，簡直不成樣子；教你老見笑，這可真是千里送鵝毛了。」

鐵蓮子心想：「這個人很會說話。」笑了笑道：「金鏢頭，你太客氣了。我也沒撒帖。各處的禮我都沒收，卻到底驚動了你們鏢頭。你大遠的來了，這就很教我不安。既然這麼說，我倒不好駁了；這禮我就收下，回去替我謝謝。我聽說你們鏢頭失了鏢很忙，現時在哪裡呢？找著頭緒沒有？金鏢頭，坐下來說話。」

連讓了兩遍，這金彪等到兩位老人全歸了座，方才側著身子，坐在茶几旁邊。把小包打開，從中取出一封信來，陪笑站起來，說道：「這裡有給你老一封信，這是由鹽城縣發的。我們鏢頭，頭十幾天還在鹽城呢，現在大概奔淮安訪下去了。這真是逆事，直到現在，竟沒訪出線索來。」又道：「這信一共發出百十多封，都在鹽城發的；小人專送鎮江、南京一路。」

金彪轉臉向童冠英笑道：「童老英雄，我們還有往西去的一路。早知你老在鎮江，我就把信捎來了。好在這些信都是不差什麼的一個辭，給你老的跟這封也一樣。我們鏢頭還教我對你老說，見信務必賞臉幫忙。敝鏢局遇上這件事，二位老英雄想必已有耳聞吧。現在十二金錢俞劍平老英雄、單臂朱大椿朱老英雄、楚占熊楚鏢頭、趙化龍趙老師傅、黃元禮黃鏢頭、周季龍周鏢頭等，一共七位具名，公請江南道上各位成名的英雄，相助查訪鏢銀，一同在鹽城聚會。

「這個劫鏢的主兒，實在有點神出鬼沒。我們搜根剔齒的尋緝，居然訪了一個來月，至今連個影子也沒摸著。這信裡有一個單子，單上開著劫鏢人和他的黨羽的年貌、兵刃，……不知二位老英雄，可曉得江湖上，有這麼一個會打穴、使鐵菸袋做兵刃、年約六旬、豹頭虎目的老人麼？」

鐵蓮子拆信細讀，霹靂手童冠英也湊著細看。此信前面是幾句客套，後面便是奉煩的話。另外附的那張單子寫著出事地點，出事月日，劫鏢人的年貌、口音、兵刃，共列了五個盜首；又附著黨羽的大概人數，至少當有一百多人。原來此信是九股煙喬茂未訪出盜跡以前發出來的，所以還是約定在鹽城聚會。霹靂手童冠英和鐵蓮子看完信，相視而笑。

趟子手金彪欠身說道：「柳老英雄跟我們沈明誼沈鏢頭，大概是早就認識，很有交情的了？」

柳兆鴻抬起頭來說道：「沈明誼麼？我們認識十多年了……」

金彪歡然說道：「我們沈鏢頭教我跟你老問安道喜，叫我懇請你老，看在江湖義氣上，務必賞臉到鹽城一趟。」又對童冠英道：「我們胡鏢頭天天盼著你老去呢！你老有工夫，更得務必賞臉。二位老英雄打算哪一天動身，請告訴小人；小人回去轉告我們鏢頭，也教他們放心等候。我們邀了不少人，可是正缺兩位年高有德、武功出眾的老英雄作領袖；所以二位務必早些日子賞臉。」

趟子手金彪隨機應變，說了許多好話勸駕。童冠英把失鏢的事細問了一遍。金彪就說劫鏢時他也在場，賊人是由他身上把十二金錢鏢旗奪去的。六位鏢師人人受傷，賊人手底下實在太硬；賊酋那種狂傲神氣更是不可一世。

童冠英便問柳兆鴻：「這種事情，你打算怎麼辦呢？還寫回信不寫？」

柳兆鴻道：「不用寫了，回頭煩金鏢頭拿我一張名帖就完了……金鏢頭，你看！我這是剛辦完聘女的事；回去對你們鏢頭說，只怕我一時趕不到。要是匀出工夫來，我一定要去的。老童，你閑著沒事，你先辛苦一趟吧！」

童冠英道：「我麼？我也得回家一趟。」

金彪忙道：「童老英雄別走，你老好容易身臨切近，你老怎麼好意思不管？你老總得幫忙，我們鏢頭快急死了。」

說著，金彪把語音放低，道：「不怕二位見笑，這二十萬鹽款沉重太大，我們胡老鏢頭的家眷現時就在海州衙門押著呢。要不然，怎麼十二金錢俞老鏢頭人家一個退隱的人，反倒二次出山，跑出來相幫呢？這就是不但為尋鏢，也就是搭救我們鏢頭。我們鏢頭這回栽得實在不輕，人在江湖上混了這些年，還有別的仗恃麼？這就全靠朋友幫忙。柳老英雄剛辦完喜事，一時摘不開身子。童老英雄你老是逛西湖來的，你就先別逛了，給我們湊湊熱鬧，助助威吧。」他說著又請了一個安道：「回頭尋著鏢，那時候教我們鏢頭陪著您逛西湖，熱熱鬧鬧的，比您自己逛，準有趣！」

霹靂手童冠英大笑道：「金鏢頭，教你給柳老送信的，你倒訛上我了。真行麼！胡孟剛用的人真夠朋友。」

金彪很高興的說：「您瞧，教您過獎！小人是食人之祿，忠人之事。再說我們素知你老對我們鏢局有恩，我們可就長臉了，您別笑話我。您打算哪天動身，要不我陪著你老一塊去？還有幾封信，我就不送了，叫我們夥計送。」又對鐵蓮子道：「柳老英雄，您離得更近了。還是在咱們江蘇出的事，就好比在你面前欺負人一樣，您哪能不聞不問？將來尋著劫鏢之人，動武討鏢，鬧起來的時候，若沒有你老在場，這可是個缺憾。」

當下鐵蓮子笑著沉吟了一回，命大弟子魯鎮雄，取出十兩銀子和一張名帖，都給了金彪。金彪哪裡肯受？況且這禮物也不值十兩銀子，再三的推辭。鐵蓮子長眉一皺道：「怎的，咱們別犯酸！大遠的來了；給你兩個酒錢，你又不受了？」

金彪不敢再辭，只得拜謝了；又向童、柳二人堅邀了一回，拜辭上馬而去。金彪已去，霹靂手童冠英笑道：「把咱們的戲也耽誤了。」

柳兆鴻笑道：「我本來怕聽昆腔。」

童冠英道：「怎麼樣呢？胡孟剛這場事，咱們既然知道了，就不能不管。我說咱們兩人一塊去好不好？」

柳兆鴻道：「按說是義不容辭；可是我沒有工夫，我還有別的事哩。小婿救了一個難女，是知府小姐，我還得安插她。小女又是剛成婚，怎麼著也得出了月，那不把他們的事誤了？」

這兩位老英雄計議了一回，都覺得該去；可是童冠英堅邀柳兆鴻同去，而柳兆鴻偏不能站起來就走。童冠英就說：「好吧！你不去，我也不去。」柳兆鴻無奈，這才說道：「等著我跟小女、小婿商量商量。」

兩個人這麼一猶豫，展眼就過了兩天。鐵蓮子便去尋愛女柳研青和女婿楊華；對柳研青道：「青兒，你還記得咱們在范公堤遇見的胡孟剛、沈明誼那一夥人不？他們丟了鏢，現在他們來信，邀我們去幫忙找鏢了。」

這件事楊華一點不接頭。柳研青卻想起她在高良澗搭救九股煙喬茂那回事來了。當時她曾鬧著要探賊討鏢，好不容易才被魯鎮雄、鄭捷勸回來。但是這時一聽她父親打算親自去，她忽又不願意了。對鐵蓮子說道：「爹爹真個的去麼？」

柳兆鴻道：「早晚總得去一趟。我跟胡孟剛沒有交情，卻跟沈明誼很好；我們十多年的老朋友了，俞劍平也跟我不錯。你看這信，他們出名的一共七位，若不去，就全得罪了。」

柳研青道：「爹爹就是這樣好管閑白，把自己的正事倒丟開不管。爹爹忘了，您還有別的正事呢？」

鐵蓮子道：「什麼正事？」

柳研青看了楊華一眼道：「你老真是的，太健忘了，您還記得那把寒光劍不？」

鐵蓮子道：「哦！」不由失笑了，故意說道：「寒光劍怎麼樣？仲英跟人家打賭，三個月為限，早過限了。早去討，晚去討，都一樣，這倒不必忙。」

這一句話把姑奶奶惹急了，隨向楊華狠狠一指道：「是不是？是不是？我說爹爹……你說爹爹一定準管！哼！你丟人，礙著爹爹什麼事？……他可是您的姑爺，他栽了跟頭，栽在白雁耿老道手裡了，那可是活該！……我說，你也不用急，爹爹上了年紀，我知道大熱的天，他老不願意上去雲南。趕明天咱們倆去，你瞧我鬥得過白雁、黑雁不？別說這寒光劍還是把寶劍，就是破鐵片，咱們也不能憑白教人訛了去。」

鐵蓮子手撚白鬚，面色一沉，道：「青兒，你還這麼飛揚浮躁！你是新媳婦了，你婆婆沒在這裡，你叔公還在樓下呢！」

柳研青臉色一紅，又看了楊華一眼，低頭笑了，輕輕說道：「怎麼啦？我又沒嚷嚷，我不過這麼說，這全看他了。……喂！我說，你領著我，咱們倆一塊去，好不好？你只要說行，咱倆就走，你回頭告訴叔公。」

玉旛杆楊華新婚燕爾，看著柳研青那焦急的樣子，知道她是擠兌她爹爹的。其實，他和柳研青帳中密語，早就商量妥了。打算過了滿月，等著叔公楊敬慈一回去，他們倆口子就慫恿鐵蓮子，一同討劍去。

當下楊華說道：「師妹，你別著急，聽師父打算。師父，這把劍白白的丟了，不但面子難看，也實在可惜。師妹這兩天跟我說了不止一次了，她又慣用劍，又愛著這劍；師父要是不嫌熱，咱們就一塊去。」

鐵蓮子搖頭道：「你們大喜事價，怎好去鬧這個！」

柳研青道：「那又有什麼法子，你老又不肯去。」

鐵蓮子道：「這丫頭，我多咱說不去來！我不過說現時不便去，這把劍早晚我給你們討回來就是了。現在是人家這二十萬鹽鏢要緊，大遠的邀咱們來了，咱們怎好置之不理？況且眼下又有個霹靂手，摽著我一塊去。」

翁婿商量了一陣，也商議不出所以然來。不意白鶴鄭捷已然由魯府急腳找來，一進門，先叫了一聲：「師叔、師姑，你們倆口子好，沒熱著啊！」轉臉來，對鐵蓮子道：「師祖，現在振通鏢局的沈明誼師傅，專程來拜訪；還帶著好些禮物來，是補給師姑添妝賀喜的。」

鐵蓮子訝然道：「沈明誼來了？可是的，他們金鏢頭送禮了，怎麼他又送來一份？豈不是重了？」站起來道：「我出去看看，他大概又是來邀我討鏢的吧。」

鄭捷插言道：「是的，沈師傅一進門就問我，他們趟子手金彪來過沒有？沈師傅說，現在訪鏢已得下落，他是特意來請師祖和江南各地的江湖上名手，一同大舉前去奪鏢。因為劫鏢的人不為劫財，乃是挑釁來的，一定免不了武力爭奪。」

鐵蓮子道：「哦，訪出來了？」

楊華和柳研青互相顧盼，楊華開言道：「那麼師父去不去呢？」

鐵蓮子皺眉不答。

楊華道：「師父，要是不想去，那就不必見他；教鄭捷對他說，師父出門了。」

鐵蓮子搖頭道：「不行，去也得見他，不去也得見他。沈明誼不是別人，我們怎好給他來俗套了，沒的教江湖上笑我。」即問鄭捷道：「沈師傅現在哪裡？」

鄭捷答道：「已經讓到客廳，由我師父陪著說話哩。」

鐵蓮子站起來就走，道：「我當面見他。」

柳研青追出來說道：「爹爹可別答應他討鏢去，你老千萬別忘了咱們那把寒光劍哪！」又催楊華道：「我說，喂！你還不快穿衣裳跟爹爹去，見見這沈師傅？」

鐵蓮子皺眉笑道：「是啦，是啦！你這丫頭，唯恐我不給你們奪劍，竟監視起我來了。」

楊華也不禁失笑，當不得柳研青一迭聲催促，楊華也就穿上衣裳，跟鐵蓮子徑奔大東街魯宅。

到了魯宅客廳，楊華一看，是一個四十多歲的鏢師，黑臉膛，短髭鬚，很透精神；正由大師兄魯鎮雄陪著談話。

鐵蓮子當先拱手道：「呵！沈賢弟，一晃又一個多月沒見了。」那桌子上擺著許多禮物。魯鎮雄忙從主位退到一邊，沈明誼滿臉笑容站起來，舉手一摒道：「老前輩，您大喜！你老怎麼選得乘龍快婿，暗中就把喜事辦了，也不給我們一個信呢？」

鐵蓮子大笑著，兩個人對揖了，隨叫過楊華道：「沈賢弟，這就是小婿，他名字叫楊華。」

楊華上前施禮，沈明誼急忙還禮，上下一打量，說道：「好，真是英雄少年，人中龍鳳，大哥，難為你怎麼選來。楊姑爺請坐！按說我可得掏點見面禮，可是楊兄也是我輩人物，這些俗套……也罷。」從手上摘下一支玉板指來，說道：「楊兄你大喜了，得配江東女俠，正是幾生修到；這一點玩藝，望你哂收。」

主賓落座，家人獻茶。柳兆鴻看了看桌上的禮物，竟非常的隆重，足值百金以上。柳兆鴻道：「沈賢弟，我該得罰你！你們金鏢頭來了，送來一份禮了，怎的你又捎來一份？你們要送多少次禮？」

沈明誼一愣，道：「是金彪麼？他什麼時候來的？誰打發他送禮來？我這還是在淮安府狄永年的鏢局子裡，剛聽見老前輩嫁女的信。」

鐵蓮子眼珠一轉，心中明白了。原來金彪那份禮，是他見景生情，臨時私自預備的。怪不得禮物甚薄呢！鐵蓮子大笑道：「不用說了，沈賢弟，你們這位金鏢頭，人也太能幹了！」

寒暄話敘過，沈明誼直述來意：一來道喜，二來邀請幫忙。從身上取出一封信來，乃是俞、胡二人具名，俞劍平親自寫的。

沈明誼道：「老前輩，沒有別的，你得賞臉，幫我們這回大忙。賊人的下落，已經我們九股煙喬茂師傅訪著；大概賊人是窩藏在寶應縣、高良澗附近。現在十二金錢俞劍平和我們胡鏢頭，朱大椿、周季龍、楚占熊、沒影兒魏廉、紫旋風閔成梁、馬氏雙雄，還有智囊姜羽沖、奎金牛金文穆、少林派靜虛和尚，這些能人都在淮安府了。這就缺少一位總攬群雄的老英雄。柳老前輩，這非您去不可！」

鐵蓮子柳兆鴻道：「沈賢弟，上回咱們在范公堤相遇，我就直向你們打聽。我看你們神色上好像有些疑難事似的，我本來要向你們幾位親近親近的。那時候你們胡鏢頭吞吞吐吐，不肯說出來。沈賢弟，不是我現在拿捏人，你我弟兄誰都信得過誰；無奈我現在有事纏手，我簡直走不開。」

沈明誼作了一揖道：「老前輩！」

鐵蓮子道：「沈賢弟，你還能說我假意推辭麼？」

沈明誼道：「不是的，我想老前輩把兒女的事已經辦完了。現在正閑著身子，何不轟轟烈烈幫這一場？」

鐵蓮子道：「不是的，我真的有別的事；不瞞賢弟，這幾天我恐怕就要走。」

沈明誼呆了一呆道：「老前輩往哪裡去？」

鐵蓮子道：「雲南。」

沈明誼道：「大熱的天，老前輩往雲南做什麼？有什麼急事呢？」

鐵蓮子看了楊華一眼道：「這個……唉！左不過一點閒事，我要到雲南獅林觀，找秋野道人去。」

沈明誼道：「原來，柳老前輩和雲南獅林觀一塵道人師徒也認識？」鐵蓮子點頭道：「略有一面之緣。」

沈明誼沉吟了一回，歎氣道：「老前輩！我的為人，老前輩是曉得的，我不會死乞白賴的央告人。你想，我大遠的來求你老，你老總得教我回去呀！況且上雲南，天太熱，你老可不可以先到淮安幫幫忙？大概用不了一個月，找鏢的事還完不了麼？正好趕到秋涼，老前輩再上雲南去，正是兩全其美。」

鐵蓮子笑著搖了搖頭。沈明誼心中非常著急；不過他素知鐵蓮子的性格，是強求不得的。沈明誼不再勸駕，只與鐵蓮子談起閒話來；說道：「群雄集會在淮安，要克日出發，到寶應縣大舉討鏢。劫鏢的賊人，至今還未訪出姓名；但已得著他的蹤跡，是由遼東來的。此人是跟十二金錢俞劍平故意過不去的，不幸教我們胡鏢頭趕上了。二十萬鹽課，身家性命攸關。現在胡二哥的家眷還在州監押著呢！聽說胡二哥的兒子還在監裡病了……」

這些話說得鐵蓮子有點受不住，長眉一皺，尋思半晌，忽然站起來說道：「沈賢弟，我實在一時走不開。這麼辦，我陪著你找個朋友去。這個朋友比我還強，現時他就住在本城萬勝鏢局。」

沈明誼道：「是哪一位？」

鐵蓮子笑道：「提起此人倒也很有名，還是我的同鄉；姓童名冠英，外號霹靂手。」

沈明誼道：「哦，我曉得。這位跟我們的鏢局還很有來往，他不是江南鳳陽人麼？」

鐵蓮子道：「怎麼你也跟他熟識？」

沈明誼道：「我們是老朋友了，他跟我們胡鏢頭交情更深。」

鐵蓮子道：「那更好了！沈賢弟，我是一百二十個對不起，我三個月內實在沒空。這麼辦，我派我的大弟子魯鎮雄，和我的徒孫柴木楝、羅善林跟了你去。他們本領雖然有限，可是教他們跑跑腿準行。再有霹靂手童冠英替我出場，恐怕比我親自去還好。

「話是這麼說，要是一兩個月內，我把私事辦完，你們鏢還沒找出頭緒來，我依然趕了去。那時候我的工夫綽綽有餘，小女出閣也早過了對月，我們翁婿父女三人一定全到場。現在實在對不住，賢弟回去，見了俞、胡諸位，替我說好著點。」

沈明誼道：「老前輩，你越說，我越悶。到底你有什麼急事，要忙兩三個月呢？」

鐵蓮子笑而不答，站起來道：「走，咱們說走就走！再過一會，就怕老童又看戲去了。我也不留你吃飯，回頭尋著老童，咱們老哥三個一塊下小館子。我們這裡東關『一得居』的油豆腐，實在做得好，你也嘗嘗。」

鐵蓮子柳兆鴻、金槍沈明誼，兩個人相偕徑奔萬勝鏢局。事有湊巧，童冠英正要喧著他的徒弟郭壽彭出門。彼此相遇，一陣寒暄。沈明誼面吐來意，請助訪鏢銀，協緝賊蹤，鐵蓮子又在旁勸駕。

童冠英聽說胡孟剛家屬被押，立刻發怒，對鐵蓮子道：「去！我一定幫忙去。這些鹽商太厲害了，比劫鏢的強盜不在以下。丟了鏢，硬扣鏢師。我們會武術的人就有天大本領，也惹不起有錢的闊人！柳老兄台，我童冠英就是這股傻勁，專愛管閒事，給朋友賣命。我是一準去，可是你呢！」

鐵蓮子道：「我三個月後準到。目下就煩你老兄攜帶我的大弟子魯鎮雄和柴木棟、羅善林，先辛苦一趟。你老兄打頭陣，我隨後趕到。」

霹靂手道：「柳仁兄，你可不要脫滑！」

鐵蓮子道：「笑話，笑話！我的話難道你還不相信？」

原來鐵蓮子是最重然諾的，霹靂手道：「好！就這麼辦。今高足哪天動身？」

鐵蓮子道：「當然隨著你了。」

霹靂手問沈明誼道：「咱們哪天走？先奔哪裡？」

沈明誼非常高興，鐵蓮子雖未邀來，可是有霹靂手，正是一樣。欣然答道：「明天後天都行。現在俞、胡二位率領群雄，已由淮安府直奔寶應縣，我們聚會的地方改定在寶應縣城義成鏢店了。」

童冠英道：「咱們就明天奔寶應縣。」

萬勝鏢局的少東崔長勝插言道：「童老伯，我煩你順便勞點神，行不行？」

霹靂手童冠英道：「什麼事？」

崔長勝道：「這事我早想對老伯說，只是不好意思開口。我們有一號鏢，要由鎮江押到淮安府。因為江北道上接連出事，沒有拿手的鏢師，我們大不放心。小侄意煩老伯玩回票，順路給照應照應；我們這號鏢打算後天動身。」

童冠英還未及答言，沈明誼忙道：「很好，我們就後天一起動身。我們幾個人就跟你的鏢一路走。」

崔長勝大喜稱謝。又囑道：「我號鏢押到寶應縣，就煩沈老前輩替我轉求義成鏢店的竇煥如鏢頭，撥兩位鏢師，再給送出兩站，一到淮安府，就算沒事了。」沈明誼也答應了。遂由鐵蓮子做東，請沈明誼、童冠英、崔長勝、郭壽彭，同赴酒樓小酌一回。童冠英又請沈明誼看戲；沈明誼本沒這麼高興，卻也情不可卻，看了幾齣昆腔。

到晚上，鐵蓮子便邀沈明誼到家裡住，崔長勝就邀他到鏢局住。沈鏢師都婉言辭謝，回轉店房；店中還有一個鏢行夥計等著呢。沈明誼又耽擱了一天，卻從童、崔二人口中，打聽出揚州無名和尚、洛陽九頭獅子殷懷亮的落腳，現時都在江蘇盤桓，沈明誼很是歡喜。

轉天早晨，金槍沈明誼辭別鐵蓮子，叮嚀了後會；遂與童冠英、郭壽彭師徒，魯鎮雄、柴木楝、羅善材師徒，跟萬勝鏢店的兩號鏢船，一同由鎮江出發北上。

自從九股煙喬茂九死一生，訪得盜跡，一徑奔到淮安府；在店房內，與俞、胡二位鏢頭相遇，細說訪鏢被囚的經過，賊人的下落總算有了。

十二金錢俞劍平揣度賊人的聲勢，竟於劫鏢的當日，不動聲色把暗綴下來的鏢客裹出好幾百里地；可知賊人手法俐落，是個勁敵。而且想見黨羽很多；這一定免不掉用武奪鏢。遂與胡孟剛、戴永清商量，立派急足，先到海州送信；向趙化龍鏢頭說，賊已訪得，就煩趙鏢頭，向州衙和鹽綱公所請求寬限。又派人到鹽城縣去送信；因俞、胡二人柬邀群雄，原定在鹽城聚會；料想此時必已聚攏來不少武林朋友，現在就請他們一齊趕到寶應縣。

所有首撥派赴各地訪鏢的同道好友，也忙著追回來。俞劍平和胡孟剛把身邊帶著的鏢行夥計、趟子手，幾乎全打發出去了；然後策馬急馳，率喬茂、戴永清等，由淮安府開泰鏢局，直撲寶應縣義成鏢店。

到寶應縣只過了幾天，單臂朱大椿和周季龍、歐聯奎、馬氏雙雄等人，陸續趕到；跟著各處訪鏢的朋友也都翻回來。隨後海州趙化龍也派急足送來回信，已將訪得賊蹤的話，親到州衙和鹽綱公所說了。州官很喜，催令眾人急速訪鏢。

鹽綱公所那面情形也不錯；只是展限的話，只答應再限十五天。俞劍平屈指算了算，也還可以。跟著各處邀來的朋友越來越多；寶應縣城北大街義成鏢店，和斜對過的合順客棧，此時幾乎住滿了客。俞、胡二人竭誠接待，義成鏢店竇鏢頭也跟著忙活。

大家講究起來，這件事實是九股煙的大功。雖然一切得來不易，曾經受盡挫辱；可是現在，打由俞劍平、胡孟剛起，以至振通鏢局的同人、新邀來的朋友，哪一個不開口喬師傅，閉口喬師傅，滿臉笑嘻嘻的向他討教？要問賊蹤，全得看喬茂的唇舌，九股煙簡直樂得手舞足蹈了。

當天晚上，在義成鏢店擺上酒宴；普請到場諸友，共商訪鏢辦法。擺了五張圓桌，由俞劍平、胡孟剛和義成鏢局竇煥如，分做了主人。

酒過三巡，十二金錢俞劍平持杯立起，對眾發言：

「諸位仁兄，這一次二十萬鹽鏢被劫，鏢是胡孟剛二弟保的，禍是我俞某惹的。據那劫鏢賊人說，他這次攔路劫鏢，非為圖財，乃是專為會會我俞劍平；所以才奪鏢、拔旗、題畫、留柬，指名找我。諸位仁兄，這劫鏢的首領，據說是年將六旬、遼東口音的老人。

「小弟再三追想，沒有想出這個人是誰。但不管他是誰，他既指名會我，我不能不會會他。可是人家真有點神出鬼沒的本領，行蹤竟這麼詭秘。慚愧小弟尋訪至今，竟連準地點也沒訪著，更莫說姓名出處了。小弟實在慚愧，現在僥倖……」

俞劍平說著，用手一指九股煙喬茂道：「多虧人家九九……喬師傅，於當場護鏢、拒賊負傷之後，竟拚命跟綴下去，把賊人的下落居然探著。」

眾人一起拿眼看喬茂，喬茂撚著那幾根狗鬚，越發得意。

俞劍平又道：「今天我和胡二弟，跟本店主人竇鏢頭，設這個小酌，不為別的；既承諸位好友錯愛，肯來給我們幫忙，我們只有心裡感激，還有什麼話說？不過是大家聚會聚會，一面吃喝，一面還可以請大家幫助出個高見。這一杯水酒，先請諸位賞臉。」把酒杯一舉。

眾人道：「俞鏢頭太客氣了！」遂歡然飲乾，當下又斟上一杯。

俞劍平接著說：「請諸位再飲一杯。這賊人的下落，是喬師傅訪出來的，大概在高良澗附近。不過高良澗的情形，我卻不太詳細；所有喬師傅涉險訪鏢的經過，諸位有的聽說過了，有的還不知道，現在教我說，我也說不仔細，這就求喬師傅重向大家細述一述，然後咱們再盤算怎樣著手？」

俞劍平說罷落座，大家齊看九股煙喬茂。

喬茂這時候已然薙頭洗澡，換了衣服，身上的傷痕也都平復，只有臉上神氣還很難看。當下喬茂把腰板挺了挺，又一伸脖頸，又咳了一聲，這才說道：「眾位師傅們，我喬茂在振通鏢局做事，跟我們胡孟剛鏢頭，乃是多年的至好。這回我們鏢局攤上了事，我姓喬的論本事，論眼神，在座的哪位都比我強；就是我們鏢局那些師傅們，個個也都有兩手，是人都比我姓喬的高……」

喬茂說到這裡，睜起一雙醉眼，瞥了戴永清一眼；戴永清偷看著宋海鵬，微微一笑。兩人暗說：「喬茂這小子可逮著理了，酸溜溜的，只好聽著他了。」

九股煙把嗓子提了一提，接著道：「我們的鏢在范公堤遇上事，我喬茂那時身受重傷，拚命的綴下去。這夥賊可不是泛常之輩呀！諸位師傅，你猜他們有多少人？」把手一比道：「這個數，嗯，至少足夠一百多號，只是他們動手劫鏢的時候，人沒有全出來罷了。」

喬茂遂將他在范公堤西北野寺內探得賊蹤，發現了被擄的五十名騾夫，以至自己兩番探廟，身被賊擒，苦刑拷打，自己忍痛未肯吐實的話，細描了一遍。

接著又說：「後來賊人到底沒法把我怎樣，然後他們才把我裝上船，擄到高良澗；在一個荒堡內，囚了我二十多天。」然後說到自己仗三寸鏽釘，斬關脫鎖，逃出匪窟。

講到這裡，喬茂把賊人縱群犬趕逐他，和路逢女俠柳研青的話，輕輕帶過去不提。只說自己逃出盜窟之後，就在近處打聽了一天，把附近地名打聽清楚，然後才翻回來，北上送信。

跟著，將自己被囚的地名說出，大地名叫做高良澗，小地名不知道；只探出附近有兩個村鎮，一處叫苦水鋪，一處叫李家集。

在座的三四十位好漢，聽了喬茂這一番炫功談往的話，一時都停杯沉思起來。

第卅一章　十二金錢

十二金錢俞劍平和鐵牌手胡孟剛等人，聽了九股煙喬茂的被囚、逃亡經過，至此已大略得知劫鏢的人出沒之地。他們立即趕到寶應縣，大撒請柬，在寶應縣城遍邀大江南北的武林能手，請大家獻計助拳，查賊窟，索鏢銀，一同對付這個插翅豹子。

其中邀請的能人，已經到場的有：丹徒綿掌紀晉光、徐州智囊姜羽沖、阜寧白彥倫、信陽蛇焰箭岳俊超、奎金牛金文穆，和霹靂手童冠英、郭壽彭師徒，魯鎮雄、柴木楝、羅善林師徒，少林寺靜虛和尚，及柴旋風八卦掌閔成梁、孟廣洪、阮佩韋、時庭光、葉良楝、雲從龍、沒影兒魏廉等人。

鏢行方面有馬氏雙雄馬贊源、馬贊潮兄弟，單臂朱大椿、黃元禮叔侄，楚占熊、歐聯奎、金弓聶秉常、石如璋、梁孚生、于錦、趙忠敏、鐵矛周季龍等人。

自己的人自俞、胡以下，有俞門弟子鐵掌黑鷹程岳、左夢雲；有振通鏢師金槍沈明誼、單拐戴永清、雙鞭宋海鵬、追風蔡正、陳振邦、九股煙喬茂等。

居停主人是義成鏢店竇煥如鏢頭和手下的鏢頭。老老少少，也有三四十位。唯有鐵蓮子柳兆鴻、女俠柳研青，這父女因故不能前來。

此外還有一些人，如青松道人和夜遊神蘇建明，漢陽郝穎先，濟南霍氏雙傑霍紹孟、霍紹仲等；已答應前來相助，可是還沒有趕到。

這一日，在義成鏢店擺上盛宴，大家推綿掌紀晉光、霹靂手童冠英為首席，其餘序齒而坐。首由俞、胡二人和竇煥如鏢頭，以主人地位，起立敬酒致詞。獻酒已過，又請九股煙喬茂述說賊情；然後俞劍平請大家設計獻策。

等到喬九煙說罷賊情，在座的人就持杯沉思起來。俞劍平見眾人還沒有開言，便先說道：「那個高良澗地方，可惜愚下沒到過，那裡的地勢，我一點摸不清。在此的諸位，有誰曉得那裡的情形？那裡窩藏著大撥子綠林人物沒有？或者附近居民中間，也有好結納、喜技擊的人物沒有？」

徐州姜羽沖把酒杯放下，說道：「這話很對！我們必須先要訪明了當地的形勢和那一帶出名的人物，方好看事做事。喬師傅當日陷身盜窟，直至脫險逃出，一來是生死呼吸，二來又在昏夜間，所經過的地方也未必能記得準確。何況盜窟的虛實，黨羽的多少，究竟還沒有訪著確實情形。此時必須仔細推敲，從各方面印證一下，方能斷定。斷定了才好著手，該情討則情討，該力奪則力奪。」

俞劍平眉峰緊蹙道：「姜兄所慮極是，小弟我也正想到這一點。等到真下手討鏢，還得費一回周折呢！我們現在必須訪明高良澗一帶的情形，眾位有知道的，不妨說出來，千萬別存客氣才好。」

喬茂聞言，低頭不語。

丹徒綿掌紀晉光就說：「俞鏢頭，你現在不必著急。若說是賊人劫去了鏢，遠走高飛，那倒是死症；現在既然有地名，這就好想法子了。我說喂，在座的諸位有誰知道高良澗一帶的情形，盡請說出來，大家揣摩揣摩。」

鏢師歐聯奎道：「若說這高良澗一帶，我記得那地方多是荒莊野店、葦塘竹林，地勢非常遼闊。要是一點準根沒有，便到那裡，恐怕也嫌無從下手。」

那阜寧城內永和店店主白彥倫，是當日剛趕到的，此時就插言道：「若說這高良澗附近的人物，倒沒聽說有水旱綠林道出沒的。只是距離寶應湖西南，雙叉港附近，有個地名叫做火雲莊；那裡倒有個江湖有名人物，叫做子母神梭武勝文。此人少年時浪跡江湖，專在北方遊俠。他的武功卻也驚人，使一對純鋼短掌，運用開來，真有神奇莫測的招術。」

白彥倫接著說道：「他那十二支子母梭，也是自成一家的暗器，發出來帶響，極容易防，卻極不好擋。這子母梭，子不離母，一出手就是兩支；躲得開子梭，躲不開母梭。這一子一母的鋼梭，分量是一重一輕；趕到發這種暗器，是先發母梭，子梭跟著出手。可是腕力的大小全在功夫的鍛煉，母梭是虛，子梭是實；母梭先發後到，子梭後發先到。

「這種子母梭只一出手，敵人不死必傷。所以這武勝文仗著一雙鐵掌的兵刃和十二支子母梭的暗器，在北方橫行了多少年。這幾年方返回故鄉，聽說是洗手不幹了。但是他這火雲莊，不免時有江湖異人出沒來往。喬師傅被囚的荒堡，可是緊挨著一個港岔子麼？」

九股煙喬茂翻眼想了想，遲疑答道：「我被他們由野寺裡架走的時候，雖然已近五更，可是教他們把我蒙頭蓋臉，外面任什麼情形也沒看見。我破鎖逃走時，又在夜間；一道上奪路奔逃，被惡狗追逐，也記不清有港岔沒有。如今思索起來，那地方是很荒曠的，四面荒林泥塘倒不少，村莊卻不多。他們是由船上把我運來的，然後才把我搬到旱地；推算著，距荒堡不遠，一定有河道，那是毫無可疑的。」

眾人聽了，無不愕然道：「如此說來，這就很對景了。」

十二金錢俞劍平十分注意的看著白彥倫道：「喬師傅被囚之地，附近有苦水鋪、李家集兩個地名。白賢弟，可曉得這武勝文所住的火雲莊，距離苦水鋪、李家集有多遠？」

白彥倫道：「這個，我可就說不上來了。小弟因為開著店，常常有江湖上的人物路過往來，聽他們念叨過江北一帶新出手的英雄。說到這個子母神梭武勝文，乃是由北方成名還鄉的；小弟卻跟他並不認識，也沒有到過火雲莊。」

俞劍平道：「那麼這火雲莊和喬師傅被囚之地，是一個地方，還是兩個地方，還在未可知之列。」

這時沈明誼插言道：「喬師傅這一回，到底是摸著一點影子來了。依我看，還得請喬師傅引路，再去實地勘查一遍才行。」

戴永清看著沈明誼，也說道：「可不是，現在我們只得著賊人囚禁我們喬師傅的地方罷了。囚禁的地方，是不是埋贓的地方？還有賊人的首領，是不是就在那裡，還是在別處？似乎我們都得切實踩探一下。不過這還得喬師傅出力，引一引路。」

九股煙喬茂狠狠瞪了戴永清一眼，戴永清笑著不做理會。

眾人紛紛核議良久，都說一個荒堡，一個火雲堡，究竟是一是二，必須先探明。閔成梁也說：「事隔已久，我們還得提防賊人運贓出境。所以事情該趕緊下手，緩則生變。」

眾人矍然道：「這層不可不慮。本來賊人囚著我們的人，我們的人居然逃出來，他們追趕不上，一定要多加一番防備，就許要遷動地方。現在最要緊的，是怎麼防備賊人運贓出境。」

白彥倫道：「依我拙見，我們可以派兩撥人出去，先訪火雲莊和喬師傅被囚之地。這需要年輕力壯、腳程快、地理熟的人。」

戴永清插言道：「而且還得請喬師傅領路。」

宋海鵬「嗤」的笑了。

智囊姜羽沖接言道：「那個自然。不過此外還得煩幾位前輩英雄，武功超眾的，率領群雄。就拿火雲莊、苦水鋪、李家集這幾個地名作為核心，四面包抄下去，暗暗布下卡子，以防賊人運贓出境。因為喬師傅這一逃出來，賊人便是輸了一招，真得防備他先機逃遁。我們還要請幾位年輕的英雄，專管往來巡風拉線之責。必得這樣，方才有條不紊，也不致教賊人逸出我們的手心。」又看著喬茂說道：「喬師傅這一手真夠賊人消受的，我猜想他們必然亂了陣了。」

此計一出，眾人譁然稱讚道：「果然不愧為武林先進，智珠在握，閱歷規劃勝我等十倍。姜師傅這番打算周密之極，劫鏢的賊首就是本領高強，也不易逃出我們的掌握。我們看，就依著姜師傅這個主意動手，一定能把賊黨的巢穴、鏢銀下落，一網打著。」

姜羽沖笑道：「我這是信口胡說，諸位過獎了。」又看著喬茂說道：「這件事真是多虧了喬師傅！你們看吧，賊人這工夫正吵窩子哩。」

那九股煙喬茂正自悻悻不悅，惱著戴永清；此時一聞姜羽沖推重之言，自覺臉上有光，把怒容消釋了。

姜羽沖年屆五旬，舉止文雅，素有智囊之名。他尤其是人情練達，對人非常的謙和，另有一種氣派。當下對眾人說道：「眾位不要這麼謬贊，在下不過是一得之愚，略陳拙見。還請紀老前輩、童老前輩和俞大哥、胡二哥諸位斟酌，並請在座諸位指教。」

十二金錢俞劍平忙道：「姜五哥不要過謙了。我俞劍平一介武夫，遭這打擊，一籌莫展。這番普請江湖上同道幫忙，還求諸位捧場，給我弟兄挽回已失的顏面，尋回已失的鏢銀、鏢旗。凡是到場的朋友，務必一掃客氣，開誠指教，有何高見，千萬說出來，好請大家參詳。

「姜五哥剛才通盤籌計，先得我心，咱們就照這個法子下手。我看一事不煩二主，就請姜五哥分派；哪幾位探道，哪幾位該下卡子，索性商量好了，明天就辦起來。不是我俞劍平過於趕碌，實在展限不易，如今已經一個月零十天了，在座的諸位仁兄賢弟不辭勞苦，遠道光臨，絕沒有不幫忙的，我先謝過。」

俞劍平、胡孟剛二人雙雙站起，再向眾人作揖。姜羽沖慌忙起來，連連還揖道：「小弟趕來幫忙，專聽二位老哥派遣；教我拿主意，點派人，小弟可是敬謝不敏了。」

綿掌紀晉光仰面大笑道：「姜五爺，你不用裝蒜了。誰不曉得你是諸葛亮？派兵點將，非你不可。來吧，我先聽你的。」

姜羽沖還在推辭，堅讓紀晉光為首。禁不得俞、胡二人一再情懇，霹靂手童冠英、綿掌紀晉光又一力慫恿；白彥倫、閔成梁等也齊聲勸駕。姜羽沖情不可卻，這才拉著紀晉光、童冠英和俞、胡二人，在宴席間，一同商量派遣探道放卡的人選。

大家一面飲酒用飯，一面商量正事。不一時宴罷茶來，眾人聚在義成鏢局的客室。紀晉光等特邀喬茂、閔成梁坐在桌邊。因為他二人便是探鏢的地理圖；喬茂是身從盜窟逃出，閔成梁卻熟悉洪澤湖、寶應湖附近的地理；分派的時候，必須先打聽他兩個人。然後由義成鏢頭竇煥如執筆鋪紙，預備記事。

紀晉光見姜羽沖還在謙退，便撚著白鬚，首先言道：「這次俞、胡二位走鏢失事，我們本著江湖義氣，拔刀相助；在下跟童師傅、姜師傅一同分派辦事，這卻是難事。我弟兄點配人物，恐有不妥當地方，務請諸位多多原諒。有甚不相宜，請儘管說出來，咱們再另想法。」

眾人哄然笑道：「咱們都是為這場事幫忙來的，三位老師傅只管分派，不要客氣；我們大家一律遵命。」

紀晉光拱手道：「那麼在下就有僭了。姜五爺，來吧。」

姜羽沖道：「紀老前輩，你一個人點派足行了，何必這些人七嘴八舌的？」

霹靂手童冠英眉峰一皺道：「姜五爺，怎的這麼不爽快？」

姜羽沖這才笑了笑，臉向眾人道：「也罷，諸位仁兄，小弟可就要胡出主意，亂派人了。」

眾人道：「請，只管吩咐。」

姜羽沖道：「紀老前輩，我看頭一位得先請喬師傅，帶兩三位助手，先到高良澗，重新查勘一遍。再須白彥倫白仁兄帶三四位幫手，到火雲莊訪一訪。其次，再請幾位老英雄分張四面，布下卡子。這須得紀老前輩，俞老兄台，和……」說到這裡，眼光向眾人尋著。

此刻到場的三四十位英雄，鏢客倒占一半，年在三旬、四旬左右；至於武功出眾，可以獨當一面，竟還不夠。姜羽沖眼珠一轉，改口道：「俞老兄台，小弟的愚見，我們暫且就火雲莊和苦水鋪、李家集、北三河這四個地方為界限，在四面布下卡子，以防賊人運鏢逃竄。可是這每一卡子，就得有五六位朋友才夠用，並且還得每道卡子，推出一個頭來。小弟不客氣說，紀老前輩、童老前輩，足可獨當一面。此外還有兩面缺少領袖。」

紀晉光道：「那就煩俞、胡、竇三位鏢頭分占兩面就完了。」

姜羽沖笑了笑道：「但是諸位可別忘了，寶應縣這裡，還得留幾位要緊人物，作為四路的接應。再有續到的朋友，也好有人招待。所以我看俞、胡、竇三位全離不開這裡。」

紀晉光道：「有了，姜五爺你管一路；我們童大哥跟這位閔賢弟和朱賢弟、楚師傅、沈師傅分保兩路；在下當仁不讓，也擔一路。」

智囊姜羽沖道：「也好……」意思不甚謂然，俞劍平卻已聽出來。楚占熊、朱大椿也說：「在下微技末學，實在不敢獨當一面，怕誤了大事。」

沈明誼道：「這四個卡子非常要緊；比如賊人的首領率黨羽奪路而走，憑小弟的能耐，實在擋不住，我本來就是敗將。」

臉向胡孟剛道：「總鏢頭，你說是不是？」

胡孟剛道：「姜五爺，咱們都不要客氣，我們沈賢弟說的是實話。那個劫鏢的盜首，小弟六個人都敗在他手下了……」

俞劍平憤然道：「那麼，怎麼辦呢？胡賢弟跟沈師傅在這裡，我去擋一路。」

周季龍笑道：「諸位忘了這兩位能人了。」

用手一指姜羽沖和少林寺靜虛和尚。

童冠英哈哈大笑道：「軍師，你派兵點將，怎的忘了你自己？得了，你乖乖的也擔一路吧。」

大家聞言，一齊推舉姜羽沖。姜羽沖又轉而推舉少林寺靜虛和尚。兩人謙辭了一陣，到底由靜虛僧擔承了一路，姜羽沖卻陪俞、胡二人居中策應。

這一來三路都有人了。還短一路。正商計著，外面報導：「濟南的霍氏雙傑霍紹孟、霍紹仲到。」

俞劍平歡然說道：「好了，有他哥倆來了，就又有一路了。」

霍氏雙傑進來，與眾人見禮。這兄弟二人武功出眾，似可獨當一面。

姜羽沖暫且把各路人選草草派定，隨即散席。

等到夜闌人靜，姜羽沖邀著綿掌紀晉光、霹靂手童冠英、義成鏢頭竇煥如，再和俞劍平、胡孟剛密談。

姜羽沖說：「這四道卡子，力量單薄，人還是不夠用。劫鏢的飛豹大盜來歷突兀，但既糾結至百餘人之多，膽敢劫奪鹽課，公然拔旗留柬，公然對名震江南的十二金錢俞仁兄指名尋仇，這豈是無能之輩？就憑他這膽量，已很驚人，他的武功更是可畏。再看他劫了鏢一走，竟至於尋訪一個多月，尋不著他的蹤影；足見此人智勇兼全，是狠辣穩練的老手。我們萬萬不能小看他。

「我們現在的人不過三十幾位，實在不夠用。這還得續請幾位武林名手，可以獨當一面的，才能卡得住他。不然的話，恐怕一擊不中，落個打草驚蛇。我看目下可以先打發探訪盜窟的喬師傅和白店主這兩撥人先行出發。至於四面的卡子，必得拉開大撥，每撥至少也得有武功出眾的朋友五六位才夠。另外還得要跑腿傳信的十幾個俐落踩盤子小夥計，給他們打下手。看這地段，西面由洪澤湖，東面到寶應湖，北面由李家集，南面到北三河，這方圓足有百十里地，人少了再分配不開。」

胡孟剛應了一聲道：「可不是！我們上上下下，現在不過三四十位，人實在不算富裕。但是我們已派人到海州、鹽城邀人去了，大概這三兩天總能來一批的。」

姜羽沖道：「人來齊了，那就好辦多了。不過，這四道卡子，並不是下在那裡，就不動了。小弟的拙見，要采步步為營、層層逼緊的法子；分四路八方，拉開防線，卻一步一步往裡踏。約定一個日期，指定四個地點，四道卡子從四面收攏起來，往當中擠。到那一天，擠到那個地方打住。就好比張開了一張網，從四面收網一樣；必得這樣，才容易把賊人兜抄住。要是瞎摸，地勢如此遼闊，我們摸到東，賊就許溜到西。賊人一看風緊，保不定明著運贓奪路而走。再不然就暗地埋贓潛蹤而逃，教你再撈不著他的影兒。那麼一來，我們白費了很大的事，反教賊人冷笑。

「所以小弟的打算，目下暫時分四路下卡，每處一共就要用一二十人才夠。為首的更要有名的英雄，遇見賊首，足能截得住他；就是他們人多，也能擋他一擋。就是擋不住，也能綴住他，然後派急足到各處送信邀援。大家得訊，一齊趕來下手，把賊四面兜抄起來，賊人再不會跑掉。假如我們的人頂不住他，連送信候援的空都來不及，那又是白費事了。」

姜羽沖慢條斯理說到這裡，俞、胡二人齊聲說是。霹靂手童冠英卻笑了，竇煥如便給姜羽沖斟過一杯茶來。

姜羽沖說道：「謝謝你。像這樣，四面既然布下結結實實的卡子，內中又有喬、白兩撥哨探尋蹤的先鋒，外面再留下一兩撥巡風遊緝之兵；另在這寶應縣城，常時留下一批硬手，作為各路的接應，彷彿就是大營。這樣子辦，方才面面周到。

「總而言之，這回緝鏢並不是採取尋常訪鏢的套數。平常失鏢訪鏢，訪得了下落，開鏢局子的鏢頭可以依禮拜山討鏢；討不成，托江湖朋友說和；說和無效，這才武力對付。這回事卻不如此，乃是跟下海屠龍、上山打虎一樣；撈得了，恐怕就得動手拚鬥。」

竇煥如道：「也許不至於吧？」

姜羽沖道：「不然！你看吧，非得拚一下不可。此賊手法如此厲害，分明不是劫財的強盜，乃是尋隙的仇敵。劫財的強盜不過是上線開耙，拾落買賣，我們自然可以按著江湖道走；破費一點財物，自可把鏢討回。無奈他們這次劫鏢並非圖財，當然不能以利打動；他們既是尋仇，當然也不能以禮打動。傷官劫帑，無禮無情！一旦狹路相逢，將鏢銀下落尋獲，那時候就得由俞仁兄親自出場，向這劫鏢的主兒答話。若是三言兩語，把過節兒問明了，揭開了，也許可以化干戈為玉帛。但是實際上，又哪有這麼便宜的事呢？」

俞劍平喟然歎道：「正是如此。這個劫鏢的豹頭環眼的老人指名要會我，我還不曉得他跟我是爭名，還是鬥氣哩！」

姜羽沖道：「不管爭名也罷，鬥氣也罷，反正過節兒不輕。斷然不會片言講和的；一定覿面之後，不免動武。一說到動武，我們要是人單勢孤，莫說被賊人打敗；就是我們搶了上風，若不能把賊的老巢挑了，那也怕起不出原贓來。他們敗了，還許來一場群毆。群毆不敵，還許毀贓滅跡，一走了事。賊走了，鏢還尋不出，依然是個不了之局。小弟反覆盤算，這一回是非打不可。既然打，我們就得一戰成功，直入虎穴，得虎子。那麼我們的人數總要壓過賊人的黨羽才成。紀老前輩，你說是這樣看法不是？」

綿掌紀晉光捋著白鬚，很耐煩的聽著，把大指一挑，道：「軍師的妙算，實在不漏湯、不漏水。但是這番話，剛才你怎麼不說？」

姜羽沖笑了笑，不肯言語。紀晉光一迭聲催問，姜羽沖道：「都是來幫忙的朋友，人家自告奮勇的，我能說你不行，等著我們另請高明麼？人家只往後打倒退的，我也不能詰責他膽小呀！」

紀晉光道：「你看你哪裡來的這些顧忌？我老人家便不懂得這些。說了半天，軍師爺到底要怎樣呢？」

姜羽沖笑道：「現在屋裡沒有別人，我說句放肆的話吧！這些人裡面足能表率群雄、獨禦強寇的，除了你紀老英雄、童老前輩和人家靜虛和尚、俞老兄台之外，別位朋友的資望功力都似乎差點。剪斷截說，咱們還得再邀能人。咱們辦正事，當著大眾，說話不能不客氣點。我能點出名來，說誰能行，誰不能行麼？現在私地裡，小弟可要說句不自量的話了。

「俞、胡二位鏢頭可以專在寶應縣打接應，聽各方的情報，款待續到的武林朋友，同時也好分配續到的人，到各路增援。紀老前輩和童老英雄、靜虛上人，你們三位可以各管一道卡子。其實就這樣，人力還嫌單薄；小弟不才，要是撥給我五六位硬棒的幫手，我也可以對付著管一道卡子。不過若教我當軍師，我又離不開寶應縣了。乾脆說，此外還差一道卡子。必得另請高明。要是鐵蓮子柳老英雄來了，可就夠了。無奈聽沈鏢頭說，人家不能分身。」

姜羽沖又看著紀晉光道：「老前輩，我知道你嫌我不爽快，可是我們總得要看眼色。你留神那位喬師傅麼？他一起頭，臉上的神氣就很掛火；還有白彥倫白店主，又露出為難的意思來。像這些情形，咱們不能太已的強人所難。那自告奮勇的人，我們說話也得小心，別要打破人家的高興。」

綿掌紀晉光道：「軍師，練達人情即是學問，難怪你叫智囊，你的眼力是有的。……好吧，咱們就再邀能人。俞賢弟、胡賢弟，江北江南的武林名家，近處可以邀請的還有誰？」

十二金錢俞劍平、鐵牌手胡孟剛，皺眉互盼道：「近處可以說都請到了。可是直到現在，能來的全來了；不能來的，再催怕也趕不來。」

胡孟剛道：「我想奎金牛金文穆也是成名的人物了，手底下很是不弱；那霍氏雙傑在濟南也久負盛名，武功很不含糊。俞大哥，你看他三位怎樣，可以獨當一面吧?」

俞劍平看著姜羽沖道:「姜五哥你說怎樣?」

姜羽沖默然不答,低頭很想了一會,才說:「可也是!就再邀人,要待著邀齊了才動手,也真怕誤了事。那麼,先就現有的人派出幾撥去。續有請到的,好在都是在這裡聚齊,隨到再隨著分配出去,也倒可以。」

紀晉光道:「好!咱們是急不如快,今天晚上定規了,明天就全數出發。」

姜羽沖微笑道:「全出發,那可有點來不及。小弟的意思,明天先派八卦掌賈冠南的大弟子閔成梁、沒影兒魏廉、鐵矛周季龍師傅,跟著九股煙喬茂喬師傅,前去踩探喬師傅被囚的那個荒堡。他們四位可以先到李家集,一路踩探,直到苦水鋪、高良澗一帶。只許暗探,不可明訪。

「萬一訪不著那個荒堡,就折奔火雲莊,和白彥倫白店主碰頭重訪。如果一舉成功,訪實了賊人囚肉票的所在;那就下心探明賊人的老巢、黨羽和底情。只要大概訪實了,便趕緊留下人潛蹤監視,火速派人返回來送信。咱們就立刻糾合大眾,前去找賊首答話。

「這一路完全是密緝賊蹤的做法,須防打草驚蛇。另一路,就由白彥倫白店主，率領楚師傅、雲從龍雲壯士和俞仁兄的高足鐵掌黑鷹程岳，也是四位，徑奔火雲莊；暗察地勢，明訪莊主。如果從子母神梭武勝文口中，探出賊情，也要請白店主火速派人回來送信。」

姜羽沖說到這裡，又道：「賊人勢眾，我們每一路人少了，實在無濟於事。我看還得續發請柬，續邀能人。好在我們已經訪得賊人大概的蹤跡，我們可以說，不是請人代訪，乃是請人助拳。我們可以快快再發一批信，就說鏢銀的下落已然訪得，催請他們作速前來，協力討鏢。有了準地方，人們一定肯來捧場的了。」

童冠英道：「這話不錯，發信再普請一下，咱們大家一齊出名。」遂看著已請未到的人名單子道：「可以照單子，每人再發一封信，催他們都務必趕到。不過這單子上的人物不算齊全，咱們得再想一想。」

胡孟剛道：「鷹游嶺的黑砂掌陸錦標，武進的老拳師夜遊神蘇建明，這個單子上都沒列名。黑砂掌陸錦標是在沒發信以前，就由俞大哥邀出來的。他已單人獨馬，自己訪下去了。蘇建明老拳師，是我私下去信邀出來的。他已經有了回信，這兩天大概可到。」

紀晉光道：「我想起兩位成名英雄來，一位是遊蜂許少和，一位是九頭獅子殷懷亮。聽說現在江北，這都可以請，他們足可擔當一面。哦，還有揚州的無明和尚，這個人也是有驚人本領的。」

胡孟剛忙說：「遊蜂許少和，我跟他只有一面之緣，我們鏢局的宋海鵬宋師傅跟他交情很厚；我們已經在鹽城打發人請他去了。可是的，無明和尚乃是峨嵋派的名手，九頭獅子殷懷亮也是成名的英雄，怎的把他二位全忘了？」

霹靂手童冠英道：「九頭獅子殷懷亮不用請，我在鎮江見著他了，他不久必來。」

胡孟剛又道：「還有一位，是崇明青松道人，跟小弟交誼很深，卻是路遠點。上次已經去了一封信；現在要請他們幾位，只怕來不及，趕不上了。」

姜羽沖道：「請，很可以請；現在請不到，隨後還許用得著。咱們只管多多的邀人；這一回事，我管保不是一舉手，一張嘴，就可以順順當當了結的；一定要鬧得天翻地覆，才能把鏢銀討回來。」

十二金錢俞劍平微喟一聲，心以為然。當下幾個人把各處的武林名家，交情深、路程近的，又盡力想一回；開出單子來，託付義成鏢局竇煥如，轉煩書手寫信。就派振通鏢師沈明誼、戴永清、宋海鵬、蔡正、陳振邦和俞門弟子左夢雲這幾位，以及振通、義成鏢局的夥計，分頭投信。有的只是空函，有的備下禮物，有的派夥計投書，有的由鏢客登門邀請，情形不一樣，全看彼此間的交情。

這一批信具名的人更多了，已經在場的鏢頭和武林名家，俱各列名。眾人列名的公信以外，又就私交，另附私信。送信的法子，除了徑投直訪外，也托各地鏢店代為傳書邀人。這一回聲勢，又比在鹽城大得幾倍。

這幾人秘議了半夜，打算到次日早晨，對眾宣佈。沒想到幾個人議罷離座，正要各自歸寢，那九股煙喬茂已然在外面等著呢。他在院中晃來晃去，神情似很焦灼。

俞劍平、胡孟剛回到屋裡，喬茂也跟著進來了。

俞、胡連忙向他客氣道：「喬師傅，喬老弟，天不早了，你還沒歇著麼？」

喬茂道：「我，還不睏呢。胡二哥！……」

胡孟剛自從喬茂犯險歸來，很感激他，當然刮目相待。

喬茂這幾日傷是養好了，脾氣又鬧起來，跟戴永清、宋海鵬連吵了好幾架。

前幾天，戴、宋二鏢師當著人故意誇獎他的功勞，誇得過火了，又近乎奚落。

喬茂哪裡肯吃這個虧，把一雙醉眼一瞪，說道：「我姓喬的不是小孩子，任什麼不懂！殺人不過頭點地，挖苦我、損我，我都受著。我是振通鏢店大家埶牙縫的奴才，行不行？訪出賊蹤來，沒有訪出賊蹤來，那是胡孟剛跟我姓喬的交情；要是別位，我還犯不著呢！我本來無能，不錯，教賊綁去了；可是我小子事到臨頭，我沒有溜啊！哪位不服氣，何不單人獨騎，也自個訪一訪？」

戴、宋二人一看喬茂眼珠都紅了，簡直要玩命，都一笑住口，不敢再招惹他了。可是偏偏姜羽沖這次派兵點將，又要派他再去摸底。他本想已經訪著賊人大概落腳地點，這就該大家一齊前往；自己跟著大幫，只當個引路的，用不著再犯第二次險難了。姜羽沖等又教他領著三個人重去查勘，喬茂老實說，有點怵頭了。

當時喬茂把鼠鬚一捫，頭上冒汗，兩眼就露出為難的神氣；可是戴、宋兩人正自拿眼瞪著他，衝他暗笑，他也不好意思對姜羽沖說出別的話來，不過暗地裡自己盤算主意。

這時胡孟剛議定出來，喬茂趕緊湊過去，跟著一同進了臥室。九股煙喬茂這才低頭對胡孟剛說道：「胡二哥，咱們這訪鏢的事，就算定局了麼？剛才你們幾位，還有什麼別的秘密打算沒有？」

胡孟剛說道：「大致就是那樣，剛才我們是斟酌誰行誰不行，所以背地議論一下，倒沒有別的什麼打算。趕明天早晨，就煩老弟再辛苦一次，這回非得你引路不行，你可以領閔成梁、魏廉、周季龍，由此地徑奔李家集，撲到苦水鋪，把賊人囚你的地方探實，你就趕緊回來報信。千萬別跟他們朝相，更不要動手。這全靠老弟你這一趟了。」

九股煙喬茂把眼翻了翻，看見屋外戴永清、宋海鵬全沒有睡著。他本不願當著人，說出私話，無奈明早就要出發，今晚再不說，更沒有說的機會了。

喬茂先咳了一聲，這才說道：「胡二哥，我可不是脫滑。你是知道我的，這一回差點廢了命，誰教咱哥們不錯來著呢。這可不是我姓喬的誇功，別看他們七嘴八舌的說我訪得不落實；可是我們好幾撥人，直訪了一個多月，還沒有訪出這麼一個不落實的消息呢。這好比摸著一點影子，挨著一點邊，到底有了下手的地方了。

「無奈我的能耐就這麼一點，我可是都擠出來了。我敢說一點沒藏私，還幾乎把命賣了。現在教我再去一趟，我也知道該有這麼一著。可有一節，我教賊人捉了去，把我蒙頭蓋臉的監禁起來，一直囚了二十多天。我是認不得人家，人家可認得我。我這回逃出來，請想放虎歸山，賊人焉有不害怕、不防備的道理？賊人一準說，姓喬的回去勾兵了。」

俞劍平點頭道：「這卻是不假。」

戴永清看著宋海鵬，微微一笑。

宋海鵬說道：「放虎歸山，這話還真不含糊。喬師傅一溜煙走了，賊人準嚇酥了。」

喬茂霍地一轉，衝著兩個人一齜牙，就要大吵。

胡孟剛連忙攔住道：「算了吧，少說兩句吧！你們又好逗，逗急了又真惱，何必呢？……老喬，你說怎麼樣呢？」

喬茂恨恨的說：「我這回九死一生，還不夠給人家墊牙縫的呢！說閒話，算得了什麼？我也夠不上老虎，老虎躺在床上裝著玩呢。有這工夫窮嚼，怎麼那時候不把賊人扣下，幹麼也跟我一樣？」

胡孟剛說道：「得了得了，瞧我吧！咱們還是說正經的。」

九股煙喬茂又哼了兩聲，這才接著說道：「胡二哥，我就衝著你。別人哪，少挑剌！……胡二哥、俞老鏢頭，你二位請想，我這一走，賊人一準驚了。」

胡孟剛說道：「那是一準的，怎樣呢？」

喬茂說道：「你想，咱們這裡是訪著賊蹤，往四下裡安卡子，防備賊人逃走。

賊人們一見我逃出來，他們也必定四下裡埋伏卡子，防備咱們尋來。我這次二回頭再去淌道，我不認得賊，賊可認得我；就好比賊在暗處，我去了，還會有好處麼？」

胡孟剛聽了，說道：「這可是真的。」眼看著俞劍平要主意。

俞劍平卻眼看著喬茂說道：「喬師傅，你的意思是打算不去麼？」

戴、宋躺在床上，兩人齊聲重咳。

九股煙喬茂回頭瞪了一眼，忸怩的說道：「俺，我怎能不去呢？不過我總得把話說明了。」

胡孟剛把大指一挑說道：「喬老弟，咱哥倆心裡有數就是了。你這回賣命似的衛護我，我不是任什麼不懂……」

喬茂說：「胡二哥，你別錯會意思。」

說到這裡，接不下去了。怔了一怔，方才吞吞吐吐的說：「我吃振通鏢局的飯，把命賣給振通，那是該當。不過是賊在暗處，我這次再往苦水鋪、李家集去，賊人這工夫一定不知撒出來多少人呢！他們一看見我，要明目張膽的跟我們動手。我就是死，我也死在明處，也還算值。二哥您想，我要是半路上教賊暗暗殺害了，我死了不算事，可是那鏢還是耽誤了訪不著，我這一條命，可算白饒了！胡二哥，我可是衝著你，你說我這回去得麼？你一定教我去，就是上刀山、下油鍋，我也得算著。不過，你得估量估量！」

十二金錢俞劍平聽出來喬茂是害怕，不敢再去了。他的話東一句，西一句，雖然不靠邊，可是賊人認識他，他不認識賊，這倒有一半對。

俞劍平心中盤算，正要設法激勸；只見胡孟剛臉色一變，用很沉重的語調說道：「喬老弟，你儘管放心，我看這絕不要緊。反正這一回去的不止你一個，還有閔成梁、周季龍、魏廉跟著你呢。那紫旋風閔成梁，雖然年紀不過三十六七，可是他的武功已然盡得他師父八卦掌賈冠南的奧妙。鐵矛周季龍你是曉得的，他是雙義鏢店的台柱子，他師哥趙化龍都不如他。沒影兒魏廉，我跟他不熟；可是俞大哥說過，他輕功絕頂，縱躍如飛，你還看不出來麼？他探訪賊蹤，定有把握，他本是綠林出身，賊人的詭計瞞不過他。

「況且老弟你也不是初邁門檻的人，你也是老江湖了，誰能暗算得著你？你難道怕半路上遇見打劫你的賊人不成？你還怕住賊店、上了當不成？你放心大膽的去。這回並不是請你明訪，仍舊請你暗；也不要你直探賊巢，不過教你摸準地方，得了，摸準了，你就趕緊返回來送信，別的事你全別管。你不挨近賊巢，賊人決不會明目張膽的跑出老遠來，再把你擄回去。就算光天化日之下，他們真敢亂來，你還有三個夥伴呢。就算他們人多，你們小心一點，你們還有腿會走，有嘴會嚷呢！

「你放心！大白天價，賊人不會硬綁票。夜晚算計你，你又是行家。喬老弟，你別作難我了；眼下事事都安排好了。就看你這一手了，你可別打退堂鼓。你要是還較勁，……這屋裡沒外人，我可就給你跪下了。本來打算得好好的，又變卦了，你、你、你真格的還憋拗我麼？」

鐵牌手胡孟剛雙目怒蹙，面帶焦煩。那九股煙喬茂辭又辭不掉，去又真不敢，他臉上的神氣更是難看。不由把脖頸一縮，把頭一扭，口中喃喃的說：「胡鏢頭，你別下跪，我給你先磕一個頭吧。這是怎麼說的，咱們不是商量商量麼？我捨生忘死的跑回來，我又是淨為找彆扭麼！」

十二金錢俞劍平一看兩人又要鬧僵，連忙勸解道：「胡二弟，你失言了。人家喬師傅決不是打退堂鼓，人家說的都是實情。胡二弟你別著急，喬師傅也別為難。我說二弟，喬師傅並不是過慮，咱們總得想個萬無一失的法子，人家自然踴躍前往；盡發急不行，倒耽誤事。喬師傅，這台戲全靠你挑簾唱開場呢。你有什麼高見，怎麼去才穩當。儘管請說出來，咱們大家斟酌。」

喬茂說道：「誰說我不去，我說不去了麼？我說的是我這一去，準教賊給毀了，我賣命總得賣得值……」

俞劍平把手一拍說道：「著啊！喬師傅這話太對了！喬師傅這一趟去，倒是越加小心越妥當。要知道咱們是尋鏢，不是拚命；我說對不對，喬師傅？」再回顧胡孟剛說道：「二弟你別把喬師傅看錯了，人家跟你乃是患難弟兄。喬師傅是一準去，不過……要盤算一個十拿九穩的法子，免得打草驚蛇。」

胡孟剛緩聲說：「喬老弟，我心裡著急，你別介意，我當你不願去呢。你不去，我可是抓瞎啦。喂，你說怎麼去才穩當？」

俞劍平輕輕幾句話，扣定了喬茂不好再推卻。喬茂遲遲的說道：「拿穩的法子……剛才你們說，分四路啦，分八路啦，若教我看，滿用不著。我說，咱們這些人宜合不宜分，給他個一擊而上。你們全跟著我，先奔李家集摸一摸；摸不著，再奔苦水鋪。賊人的垛子窯，反正不出這高良澗一帶；不過方圓百十里地，還用分那些撥幹什麼？

「就是咱們這一堆，直撲上去，一下子準摸著了，咱們就按江湖道的規矩。這可就該你們二位老英雄出頭，簡直遞名帖，拜山討鏢。給了鏢，萬事皆休；不給，咱們就跟賊人招呼起來。把他們的窩挑了，贓還起不出來麼？這多乾脆！還擺什麼八卦陣做什麼？左不過百十來個賊，又不是捉拿楚霸王，十里埋伏，八路兜抄，用得著這麼大舉動麼？」

俞劍平撚鬚含笑說道：「喬師傅，你的功夫、閱歷、眼力勁，我是很佩服，辦這事非你不可。不過分路下卡之計已定，不好再改。我也知道你的顧慮，是怕遭暗算，可是喬師傅，你何不改了裝去？你臉上抹了顏色，身上換了衣服，打扮一個鄉下人，不就行了？或者裝一個算卦賣野藥的，再把口音改一改。閔、周、魏三位也改了裝，暗暗的跟著你。著啊，你們四個人一塊去。但在白天訪下去的時候，你們盡可以分做兩撥；走在路上，誰也別跟誰說話，你們裝不認識。這麼一來，賊人不論多麼能，再也看不破了。

「喬師傅，我說一句話教你放心；這夥賊人乃是遼東口音，決計是外路來的，決非本地土寇。他們人生地不熟，說不定是潛伏在哪裡，跟當地綠林勾結著。你只管放心大膽的訪下去，你們出發以後，我再教一兩個好手隨後跟著你。你們只要在前途遇見風吹草動的情形不好，你就發暗號，我只一得信，立刻趕了去接應你。」

俞劍平拿好話擠，擠得喬茂不好再說不去的話了；可是他想挾著大家一同出發，他自然穩當了，不過這法子不行。

俞劍平不好明白的攔駁喬茂，眼望鐵牌手胡孟剛說道：「喬師傅這話非常的對，實在說起來，這分路下卡子的法子，也顯得太迂了。不過……」

轉臉來對喬茂道：「喬師傅你剛才說的很好。你一逃出來，不亞如縱虎歸山，賊人這工夫不知怎樣的騷擾哩。你這一走，不啻是先贏了他們一招。他們一發慌，喬師傅，咱們真得防備他們溜了。你辛辛苦苦訪得賊人的蹤跡，咱們在前邊搜，他們往旁邊溜，末了咱們趕去了，卻撲一個空，豈不是一番苦心，白費事了？」

俞劍平又轉臉對胡孟剛說道：「不過，只教喬師傅一個人去淌道，那也太懸虛。喬師傅斷不是怕事的人，人家乃是小心，怕誤了事；好在有三位跟著喬師傅一路訪，那就穩當多了。喬師傅你要是嫌人少，咱們多派幾個人跟著你；你覺得哪位跟著你順手，你就挑哪一位。

「不過話又說回來了，這回本是暗訪，人去多了，更扎眼。況且咱們就是全去，不過才五十六七個人，賊人全夥卻有百十多個。所以，還是少去人好，少去人不顯眼。著哇！少去人對極了。就是你們四位辛苦一趟，頂好頂好！」

當下，俞劍平、胡孟剛百般激勵，九股煙喬茂百般的推辭。到底事情擠在這裡，他不去是不行的；這才要約了許多話，俞、胡二人都答應了他；他無可奈何，方才答應。胡孟剛聽了，這才把臉上的怒氣平消下去；又和俞劍平斟酌了一會，方才睡了。

到了次日，群雄紛紛出發。

沈明誼等仍去分頭送信邀人；綿掌紀晉光、霹靂手童冠英、少林寺靜虛僧和霍氏雙傑等人分四路布卡。白彥倫與鐵掌黑鷹程岳、楚占熊等奔火雲莊，拜訪子母神梭武勝文。喬茂和紫旋風閔成梁、沒影兒魏廉、鐵矛周季龍等四人就先奔李家集。

俞劍平、胡孟剛便和姜羽沖、竇煥如等，暫時在寶應縣義成鏢店，一面候人，一面聽信；準備哪一路有了消息，便馳往接應。人數雖不多，安排得井井有條。

這些人依照計畫出發，俱都踴躍而前，面無難色。只有九股煙喬茂和上刀山一樣。同行的三個人中，他和紫旋風閔成梁不熟，鐵矛周季龍又有點瞧不起他。只有沒影兒魏廉，是俞鏢頭的晚輩，又受俞、胡的密囑，對喬茂倒很客氣。

臨行時，喬茂便請大家一律改裝。閔成梁、周季龍夷然不屑，兩人只將鏢客的服裝換去，穿上便鞋，披上過膝的長衫。

喬茂無法，又找到俞、胡二人，嘀咕了一陣。俞、胡暗勸數語，閔、周二人這才笑了笑，扮做兩個小買賣人；但兩人體格魁梧，改裝起來也不很像。

九股煙喬茂和沒影兒魏廉，都是身材輕捷的人，商量著扮做扛活小工。二人穿短打，用根木棒挑著小小的鋪蓋卷，內中暗藏兵刃。四人又約好了互打招呼的暗號。這才向眾人告別，雄赳赳的徑奔高良澗、李家集。

跟著，白彥倫備好了名帖禮物，便和程岳、楚占熊、雲從龍等，穿著長衣服，騎著馬，前去投刺拜訪武勝文。

俞劍平、胡孟剛送走眾人，便和姜羽沖、竇煥如，留在寶應縣城，暫且聽信。預料至多三四天，定有回報。不想就在眾人陸續出發的當天下晚，義成鏢局櫃房上，就遇見了一件怪事。一個鄉下模樣的人，拿著一個小包，先在鏢局門口張望了一會，忽然進了櫃房，說是：「由海州來的，給十二金錢俞三勝俞鏢頭，帶來一包藥。」

有櫃房中人便要往裡讓。這個人說道：「俞鏢頭在裡面沒有？」

鏢局櫃房道：「在！」

轉身要去請，那人連連搖手道：「這是俞鏢頭的鄉親托買的，大遠的煩我捎來。我的事情很忙，我也不認識姓俞的，你把包兒交給他就完了。」

櫃房道：「哦！你等一等，我請本人去。」

那人笑道：「你們這字號還有錯麼？我交給你們轉給他就行了。」竟轉身走出，順大街入小巷，徜徉不見了。

那櫃房先生一拿著這小包裹，覺得這也是常事，剛剛邁步往裡走，義成鏢店的總鏢頭竇煥如恰從後面來到櫃房，問：「是什麼事？又有人托寄包裹麼！」

櫃房道：「倒不是煩咱們捎帶的，是俞鏢頭的鄉親煩人給俞鏢頭帶來的。」

竇煥如驚訝道：「什麼？」急接過小包來，就桌上打開，且解且盤問道：「那個捎包裹的人哩？」

櫃房道：「剛走。」

竇煥如道：「怎麼個模樣？像哪裡人？」

櫃房道：「是個鄉下人，三十多歲，好像是北方人……」

竇煥如已將包兒打開，裡面竟是一包包的刀傷藥，一共百十多小包。小藥包之外，還有一幅紙，畫著一個劉海灑金錢、金錢落地的畫兒；旁邊畫著一個插翅膀的豹子，作側首旁睨之狀。

竇煥如猛然省悟，罵道：「娘賣皮的，搗鬼？送包的人呢？」颼地竄出櫃房，急撲到門口，往外一望；又喝問櫃房：「你快出來，你看是這個人不是？」用手一指街上。

街上一個精壯的漢子手拿紙扇，敞胸露臂，披著短衫，剛剛從鏢局門口走過。那櫃房跟出來一看道：「不是這個人。」

這個人回頭往鏢局瞥了一眼，停了一停，卻又閑然走去。

竇煥如向櫃房叫道：「黃先生，到底哪個是送包的人？你怎麼把他放走了，也不回一聲？」

問得櫃房黃先生啞口無言，道：「我尋思著……」

竇煥如忿然說道：「你尋思什麼？告訴你，往後無論有找誰的，給誰送東西，甚至於攬買賣走鏢的；從今天起，你千萬告訴一聲，別再把人放走了。你不知道，這是個奸細！他就是劫取鹽鏢的探子，特意來向俞鏢頭賣弄一手花活的。真是，你們真誤事！」一頓吵嚷，鬧得後面也知道了。

俞劍平、姜羽沖忙出來詢問。

竇煥如道：「俞大哥，你瞧！我們這黃先生多麼糊塗，這是剛收到的！」一指桌上的包裹，百十包刀傷藥漫散在桌上，最刺目的自然是那金錢落地的圖畫。

俞鏢頭說道：「呀，那送信人現在哪裡？」

竇煥如道：「我這不是正說著哩！他們竟把人放走了。」

姜羽沖伸手拿起那畫來，俞劍平就仔細搜檢那一個個的藥包。

姜羽沖忽然笑道：「哈哈！」

俞劍平抬頭道：「怎麼樣？」

原來姜羽沖正翻著這張畫的背面，背面卻寫著字：

書寄金錢客，速來寶應湖；鹽課二十萬，憑劍問有無。

俞劍平嘻嘻的冷笑道：「好賊，他倒先找起我來了！」

姜羽沖看了看俞劍平的神色，勸道：「俞大哥，他們是激將計，大哥不要答理他們。」但是俞劍平非常氣惱。姜羽沖向櫃房問明了送包人的年貌，立將鏢局的人派出一多半，去到各處窮搜了一遍。這當然搜不著，姜羽沖卻也曉得，但是不能不這麼做。

光陰迅速，又過了一天。

到傍晚，趙化龍老鏢頭忽從海州派專人，送來一封信，是送給俞、胡二人的，拆開一看，首先觸目的，竟也是一幅金錢落地、飛豹旁睨之圖；另外才是兩頁信。

信上說，俞、胡二人報告尋獲賊蹤的信，已經接到了，展限的事正在托人辦理。既已覓得賊巢的大概地點，請二人火速設法討鏢。能不用武力更好，因用武力恐怕難免遲誤，仍以情討為是。又說此幅畫乃胡孟剛的振通鏢局收到的，由蘇先生給趙化龍送去，趙化龍特意派遣急足送來。

至於這幅畫是怎麼收來的，何時接到的，信上草草一說，竟忘提及。

俞、胡二人和姜羽沖、竇煥如，讀信的讀信，看圖的看圖。

這張圖的背面巧得很，也題著二十個字，是：

書寄金錢客，速來大縱湖，鹽課二十萬，憑拳問有無。

竇煥如一拍屁股，罵道：「搗鬼！一個樣的把戲，沒出息的賊，沒出息的賊！」

胡孟剛道：「一樣的詞，兩處送，這有什麼勁！」

但是姜羽沖道：「怎麼是一個詞？你不看這是兩個地名麼？」

胡孟剛道：「唔，這是大縱湖。」

俞劍平這時候默然不語，雙眉一挑，面橫殺氣，半晌才道：「這惡賊戲我太甚，咱們走著看！」

但是，事情越逼越緊，俞劍平離家之後，丁雲秀和留下的小徒弟陸嗣清，整日指撥著練拳，倒也平安無事。

忽一夜，聽外院「啪嗟」的一響，丁雲秀霍地躥起來，到院中一看，只見一條人影，箭似的越房逃走。

丁雲秀仗劍急追，趕出院外。忽一想，恐中了賊人調虎離山之計，忙又返回來；招呼長工起來，點燈尋照。

這才在外院，倒座屋門門框上，看見插著一支鋼鏢，鏢上掛著一個小小的錦囊。打開錦囊一看，便發現這幅怪畫。

丁雲秀不是外行，從此家中戒備起來。又一想，恐怕丈夫不知，才又派人給俞劍平送來。

俞劍平拆開家書細看，這幅圖畫也題著二十個字：

書寄金錢客，速來洪澤湖，鹽課二十萬，憑鏢問有無。

幾天中，連接了三張畫，竟邀定三個地點，一、寶應湖，二、大縱湖，三、洪澤湖；卻也湊巧，全在江北地方。

胡孟剛竟未看出詞句似同而大異，俞劍平和姜羽沖卻已看出；不但地名是三個，第一憑劍問有無，第二憑拳問有無，第三憑鏢問有無。分明指示著俞劍平三絕技，一劍、雙拳、三錢鏢，劫鏢的賊人都要會會。

俞劍平勃然大怒，立刻與姜羽沖商議，要派人分到寶應湖、大縱湖、洪澤湖三個地方，去尋訪這飛豹為號的仇敵。

姜羽沖道：「但是，賊人如果是藏頭露尾的戲弄你，他並不在邀定的地點等你呢？」

俞劍平道：「我有法子！我此行恰巧把金錢鏢旗帶來一杆，我就打著鏢旗走，賊人要是有志氣的，我看他敢不敢動我的金錢鏢旗，而且，他會畫畫兒戲弄我，我就不會掛幌子找尋他？我一定這麼辦！」

俞劍平怒氣沖沖的吩咐手下人，快買一匹白布來。他要在白布上親題文字，指名要會這個藏頭露尾的插翅豹子，他要教人打著這一丈二尺長的白布幌子，幌子上寫著「十二金錢尋訪插翅豹」。就這麼遊遍寶應、大縱、洪澤三湖。他要公然叫陣，看看賊人有沒有膽量來答話。

姜羽沖道：「萬一他不出來答話呢？」

胡孟剛緊握雙拳道：「那他就栽個死跟頭，還是怕人家十二金錢……」這個主意，立刻就這樣打定。

第卅二章　尋訪秘窟

十二金錢俞劍平怒欲歷遊三湖，尋仇挑戰。姜羽沖勸他不要受了賊人的激誘。俞劍平已經忍耐不住。

卻是正當俞劍平準備動身、還未起程的時候，那阜寧店主白彥倫已遣人奔回送信。說是身到火雲莊子母神梭武勝文家，投帖拜訪的結果，武勝文辭色可怪，顯然與賊黨通氣。現已弄得雙方失和，業經變顏詰明，立下誓約，催請十二金錢俞鏢頭本人到場。人家武勝文不要俞劍平的名帖、禮物和慕名致候的八行書，卻單要領教俞劍平的三樣禮物：一劍、雙拳、三錢鏢。人家也備了還席，那是一槽子母神梭和一對鐵掌。

俞劍平一聽這話，怒氣更增，哈哈大笑道：「好好好！俞某末學微技，不承望武大爺如此抬愛，我當然要登門獻拙！」

俞劍平含嗔改計，正要策馬先奔火雲莊，偏偏這時候，九股煙喬茂已垂頭喪氣，從李家集奔回來了，照舊又弄得一身輕重的創傷。不用說，又吃了大虧了。

據那喬茂喘吁吁的說，已經和賊黨碰上，而且交了手，過了話，尋著他那一度被囚的古堡。只是賊黨凶惡，公然以鄉團自居，倒把紫旋風、九股煙等當賊看待，動起手來。賊人勢眾，四個人幾乎全折在那裡。

俞、胡二鏢頭更問起同行的紫旋風閔成梁、沒影兒魏廉、鐵矛周季龍三人。喬茂拭著汗說：「還在那附近潛伏著呢，恐怕賊人見機遷場，所以必須監視他們。」說罷，又道是事情緊急，請俞、胡二位趕快先顧這一頭，不然就遲則生變了。

十二金錢俞劍平和鐵牌手胡孟剛，兩個人氣得面面相覷，說不出話來。九股煙喬茂坐在一邊，揮汗喘氣。半晌，還是由姜羽沖發話道：「俞大哥不要生氣。教我看，咱們還是依著喬師傅的話，先到李家集去一趟要緊。賊人留柬所說的什麼大縱湖、寶應湖、洪澤湖那一定是虛幌子。他們的舵主準不在那兒。武勝文有家有業，咱們也不怕他跑了，這緩一步都行。只有喬師傅訪的這個荒堡，我們必須趕早過去盯住了。」

俞劍平一跺腳站起來，道：「對！咱們就先奔李家集，可是火雲莊那裡，也不能擱著；這可怎麼辦呢？」

漢陽武術名家郝穎先應邀剛到，謙然接話道：「若是沒人去答對這位武勝文武莊主，小弟不才，還可以替俞大哥走一遭。」

姜羽沖未等俞劍平開口，就忙答道：「郝師傅肯去，那太好了！」就請後到的幾位武師，相伴著郝穎先，同奔火雲莊。欲煩竇煥如鏢頭就近留守寶應縣；姜羽沖親陪俞、胡二人徑奔高良澗、李家集。這樣分派，總算面面顧到了。

一路上，姜羽沖細問喬茂。喬茂才將他們數日來訪鏢的經過，重說了一遍。

原來九股煙喬茂和沒影兒魏廉、紫旋風閔成梁、鐵矛周季龍四人，分做兩撥，改裝私訪，當天走了一站。次日走到過午時候，遠遠望見一個小村落。沒影兒魏廉向喬茂問道：「喂，我說當家子，這一早走出三四十里地，越走越荒涼，總沒碰見大鎮甸。離著高良澗還有多麼遠？這是什麼地方？」

九股煙喬茂本與眾人約好，千萬別管他叫喬師傅、喬二哥；只管叫他趙二哥。魏廉便開玩笑的說：「我也姓趙，我管你叫當家子。」就這麼當家子長、當家子短，整整叫了一路；說是叫順了口，省得到地方，叫錯了。

當下喬茂把前後地勢看了一轉，四顧無人，這才說道：「我從高良澗逃出來，是奔東北走的。咱們現在是往西走，這裡的路我沒走過，我也不知道距離高良澗還有多遠。問問梁大哥吧。」

梁大哥就是閔成粱，他已走在前邊，魏廉趕上去問。閔成粱止步回頭道：「我從前在李家集住過幾天，高良澗一帶也走過；不過那時我是從盱眙奔淮安辦事，走的是正路，這裡的地理也不很熟。不過看這光景，大概離李家集不遠了，估摸也就是還有幾十里路。苦水鋪我卻沒到過。」

閔成粱轉而問喬茂。喬茂把一雙醉眼翻了幾翻，末了說：「等個過路人，咱們問問吧。」鐵矛周季龍卻不言語，雙目一尋，看見前面有道高坡，遂搶步走上去；向南北西三面一望，走下來說：「靠西南好像有個鎮甸，也許是個大村子。咱們何不投過去，連打尖帶問路？」眾人稱是，遂又繞著路，直奔西南。

走出八九里地，沒影兒魏廉忽然若有所悟的說：「這裡好像離苦水鋪不遠了。」

閔成粱道：「怎見得呢？」

魏廉道：「你看這裡的土地都生了鹼，這裡的水又很苦，一定是苦水鋪無疑了。當家子，你看像不像？」

喬茂又復東張西望的看了一晌，還是不能斷定。鐵矛周季龍道：「不用猜了，咱們到前邊打聽去吧！」

四個人又走了一程，已到那村舍密集之處。走到切近處一看，這裡還夠不上一個小鎮甸，只可算是稍大的村子罷了。進入路口，街道兩邊茅茨土屋，百十多戶人家，橫穿著很直的一道街。從這頭一眼望到那頭；哪有什麼買賣，只不過寥寥三五家小鋪罷了。靠街南一家門口，挑出來一支笊籬，上綴紅布條，石灰牆上寫著四個大字：「汪家老店」；字跡已然模糊不清了。

四個人本分兩撥，到了這時，不覺湊到一處，東尋西覓，要找個打尖的飯鋪茶館；卻沒有找到。在汪家老店對面路旁，倒看見一家老虎灶，帶賣米酒。喬茂湊過去問道：「借光二哥，苦水鋪離這裡有多遠？」

賣酒的抬頭看了看喬茂道：「由這裡奔西北，還有五十多里哩。」

魏廉又問：「大哥費心，這裡有小飯鋪沒有？」

賣酒的用手向西邊一指，四個人順著方向尋過去，原來就是那個汪家老店。四個人雖然嫌髒，也是沒法；相偕著才走進店門，立刻「哄」的一聲，飛起一群蒼蠅來，更有一陣馬糞氣味，衝入鼻端。裡面走出一個像害黃病的店夥，問客人是住店，還是吃飯？周季龍等全不願在這裡落店，就說是打尖吃飯。

店夥把四人讓到飯座上。天氣正熱，又挨著廚灶，熱氣撲面，令人喘不過氣來。閔成粱很胖，頭一個受不住，就問：「有單間沒有？給我們開一個。」

店夥說：「有。」又把四人殷殷的領到一個單間屋內。這屋又潮又暗，只有一張桌、兩個凳，一架木床支著破蚊帳，七穿八洞，很有年代了。紫旋風閔成粱催店夥打洗臉水沏茶，一面吃茶，一面要菜，這裡的鮮魚很現成；四個人要了兩大盤煎魚和炒筍、鹽蛋、鹽豆等物。跟蒼蠅打著架，胡亂吃了一飽。

鐵矛周季龍喝著酒，向店夥打聽附近的地名。店夥說：「這裡叫馮家塘。李家集離這裡只有十八里。苦水鋪距此較遠，還有四五十里，須經過風翅崗、藥王廟、盧家橋、鬼門關等地。」喬茂一聽「鬼門關」三個字，心中一動，睜著醉眼，把店夥盯了半晌，倒把店夥看毛了。

喬茂道：「好難聽的地名，卻是為何叫鬼門關呢？莫非是常鬧鬼麼？」

店夥笑道：「鬼門關這個地方，倒從來沒鬧過鬼。不過那裡是個高土坡，又挨著個泥塘；牲口、車輛走到那裡，一個不小心就溜下來，陷入泥塘裡了。因此人們管它叫鬼門關，無非是說那裡很難走罷了。有一年，一頭水牛驚了，竟奔陷在泥塘裡；越掙越陷，那牛瞪著眼『哞哞』的直叫，人們也不敢下去救。等到牛的主人向鄰近人家借來板子，設法搭救，時間已經晚了，活活一條牛陷死在泥塘裡面了。這泥塘又是個臭坑，又是個要道，上面只架著一個小竹橋，很不好走，所以人們就管它叫鬼門關。」

喬茂打聽了一回，看看天色不早，可是都不願在這裡住下。算還飯帳，四個一商量，還是趕到李家集再落店。四個人出離汪家店，走出村口沒多遠，忽然聽見背後一陣馬蹄聲。

四人急急的回頭一看，只見從岔路上奔來一匹馬。馬上的乘客是一個中年人，穿一身土布短衣服，手裡擎著馬棒，背上背著一個黃包裹，風馳電掣的奔來。到了四人身邊，便把韁繩一勒，牲口放緩了，竟從四人旁邊走過去；卻又回頭把四人打量了一眼，又打量了一眼。然後這人把馬韁一抖，馬棒一揮，策馬飛跑起來。一霎時抹過莊稼地，奔西北走下去了。

訪鏢的四個人相顧愕然。這樣一個荒村野鎮，又不是正路，不會有驛卒走過的。這個騎馬的人神情很昂藏，令人一望而知是江湖上的人物。而且奇怪的是這人走過去好遠了，還是扭著頭往回看。這個人是做什麼的呢？幾個人都把眼神直送過去；唯有九股煙喬茂，一看見這匹馬，立刻將手中拿著做扇子用的破草帽，往頭上一扣，把上半邊臉遮住，又把頭扭到一邊去。

等到騎馬的人馳過去，沒影兒魏廉湊過來道：「有點門兒，這東西就許是老合？」

閔成梁向四面一看道：「趕下去！」

魏廉應聲道：「好！走，咱就趕上去。」這兩人便要施展陸地飛縱術，憑四人的足力，追趕奔馬。

鐵矛周季龍笑了笑，問喬茂道：「喬師傅，你看剛才那個人怎麼樣？咱們追不追？」

九股煙喬茂疑思過了半晌才說：「大白天，咱們四個人在這曠野地拚命一跑，有點太扎眼了。梁大哥，咱們還是徑奔李家集好不好？你看這個騎馬的，也是奔李家集去了。」

閔成梁把長衫放下來說道：「隨你的便，我看是追好，再不然咱們四個人，分出二個人追下去，留兩位奔李家集。」

喬茂最怕拆開幫，還是不甚願意，說道：「閔大哥，咱們加緊走得了。我看這個騎馬的，若不是過路的江湖人物，就一準是賊人放哨的，咱們到李家集看吧。」

這麼望風捕影的，拿兩條腿的人追四條腿的牲口，太不上算了。」閔成梁和魏廉都笑了。

四個人腳下加緊，一口氣奔到李家集，天色已經很晚，太陽落下去了。一進街裡，未容打聽，九股煙喬茂便已頓時記起這個地方，確是李家集無疑。他從匪窟逃脫出來，在泥塘荒崗邊，路逢女俠柳研青，扯謊挨打之後，曾經柳研青詢明情由，把他放走。臨行時還贈給他十兩銀子做路費，他便一直逃到此處。就在這街西茂隆客棧住了一夜，還在此地小鞋鋪買了一雙鞋，又打聽了一些情形；第二天就由此處動身，一直北上送信。

九股煙喬茂遂同沒影兒魏廉在前，紫旋風閔成梁、鐵矛周季龍相隨在後，仍舊投到那個茂隆客棧住下。四個人本想分住兩個房間，可是商量事情又很不便。結果還是住在一塊，占了一明一暗兩間房。

到了起更以後，沒影兒魏廉悄問喬茂道：「現在到了地方，今天晚上咱們出去淌一淌不?喬師傅你估摸你被囚的地方，離這裡有多遠?那個荒堡是衝哪一面?可是地勢很高麼?大約一共有多少間房?」

紫旋風閔成梁也道：「咱們四個人白天在一起淌道，究竟有點扎眼。魏兄說得很不錯，咱們今天晚上就出去一趟；就按夜行人的規矩，兩個人摸底，兩個人巡風，先去扎一下子。」

九股煙喬茂簡直嚇破了膽子，臨上陣還是挨磨一刻是一刻，抓耳搔腮的耗過一會；見三個人都拿眼瞪著他，他這才囁囁道：「三位這麼捧場，總是為我們振通鏢局，小弟實在心上感激。不過這有一層難處，不瞞三位說，我教賊人囚了二十多天，矇頭轉向。那個荒堡到底靠李家集哪一邊，我也說不上來，反正覺得不很遠罷了。

「那天我仗著一根鏽釘子，斬關脫鎖，逃出虎口來。後有追兵，外無救援，我只顧往黑影裡一陣亂鑽，拚命似的瞎跑，實在連東西南北也不知道。況且又在半夜裡，又心慌意亂，一路上的情形，也沒顧得留神。我打算明天一清早，煩你們哥兒三個跟我辛苦一趟，白天到底好琢磨一點。」

鐵矛周季龍微微笑了，前天當眾報告時，喬茂沒肯說出這些洩底的話，他還端著勁呢！現在事到臨頭，他方把實底端出來；可是這一來又不亞如大海撈針一樣了。賊窟究在何處，還是沒譜。

閔成梁眉峰一皺，道：「鬧了半天，咱們連個準方向、準地方也摸不清啊！」

喬茂臉一紅道：「雖然摸不十分清，可是多少還有點影子。賊人的垛子窯至多不出二十里，總算是圈住了。咱們就拿李家集、苦水鋪兩個地方做起點，我記得那地方是有個高坡和泥塘的。那個荒堡也有點特別，地勢比近處都高。」

四個人接著商量，周季龍兩眼盯著喬茂道：「喬師傅，我看今天晚上出去一趟最好。你的意思，是怕晚上看不清楚；但是你逃出來也是在晚間，現在乘夜去重勘，豈不更好！夜景對夜景，倒容易辨認。」

喬茂無言辯駁，就說道：「要不然，明天白天先一回，到明天夜間，再重淌一下。今天晚上，我實在去不得了；也不知怎的，我腦瓜子直暈。」閔成梁、周季龍相視而笑，也就不便勉強他了。

喬茂搭訕著，向魏廉說道：「魏老兄，你瞧咱們路上遇見的那個騎馬的，可有點怪。咱們進了李家集，就沒碰見他。」

閔成梁霍地站立起來說道：「對呀！既然晚上不出去，咱們何不出店，到街上遛遛，先把鎮甸以裡的情形察看察看，怎麼樣？」說罷，不容喬茂答應，竟自穿著小衫，邀同鐵矛周季龍出去了。

沒影兒魏廉起來說道：「一塊走！」也要跟出去。

九股煙喬茂連忙攔住道：「魏老兄得了，你同我做伴吧！這不是鬧著玩的；剛才那個騎馬的，我提心吊膽的，總疑心他是賊人的探子。我怕他認得我，他們或許成幫的來找尋我。」

沒影兒魏廉想不到喬茂也是一個鏢師，竟如此膽怯。他哪裡想到，喬茂曾吃過大虧，至今談虎變色！魏廉嘻嘻的笑著，只好不走了。過了一會，他對喬茂說：「屋子裡悶熱，我可要到院子裡涼快涼快去了。」

喬茂眼珠一轉，心想：他也許要溜？忙說道：「可不是，真熱！咱倆一塊兒涼快去。」

喬茂摽住了魏廉，殷殷勤勤的搶著把茶壺端到院中，又搬來一個長凳和魏廉一同乘涼。此時晝暑猶熱，院中納涼的人竟有好幾個，在月影下喝茶閒談。喬茂低聲跟魏廉說話。因魏廉對他不錯，遂將自己訪鏢遇險的事，都對魏廉說了，只沒說柳研青打他嘴巴的話。他又對魏廉說，自己逃出匪窯後，賊人曾放出八九條惡狗追趕他，這些狗比人還凶。他又悄悄的告訴魏廉：「我們尋訪賊窟，可以專打聽養狗最多的人家。」

閔、周二人到李家集街上蹓躂，魏、喬二人在店中乘涼。約到二更時分，喬茂倦眼迷離。自歷凶險，喬茂的精神總還沒有恢復過來。那沒影兒魏廉連喝了幾碗茶，仰面看了看天色，忽然對喬茂說：「當家子，你頭暈好點了麼？」

喬茂把手一摸額角道：「這一涼快，覺得好多了。」

沒影兒魏廉道：「嘿嘿，你好多了，我可肚子疼起來了。我知道我是在路上吃甜瓜吃的。不行！我得泄一泄。」魏廉遂到房間內，找了兩張手紙，奔店後院廁所去了。

九股煙喬茂仰面看著星河，尋思明日之事。白天道，就是遇見了賊人，在這人煙稠密的村鎮中，他們也不會硬捆人，還是白天尋訪穩當。又見店中人閒談，喬茂就想湊過去，也跟他們談談，也許能夠探出一點什麼情形來。

喬茂又想，不要向人亂打聽，只打聽養著八九條狗的人家就行了。如果問得出來，就算探出賊人囚禁自己的地方了。不過，看那荒堡情形，未必就是賊人的垛子窯；也許是他們囚禁肉票之處。但是他們的老巢，也必相距古堡不遠。

喬茂湊合著，跟店中客人閒談。沒想到他只問了幾句話，閒談中的兩個壯年人，忽然問起他的名姓來，又問他從哪裡來的？喬茂心中一驚，信口胡謅，答對過去。那兩個客人反湊合著跟喬茂攀談，又問喬茂：「你們那幾個同伴呢？」又問：

「客人，我聽你說話的口音，很像北方人，不是江北土著吧？」越問喬茂越發毛。

喬茂閃眼四顧，閔、周二人全未回來；魏廉上廁所，也一去沒回頭。這可糟！喬茂不是傻子，是行家！張望四顧，面呈可憐之色；可是又慌不得，只可提心吊膽的支吾著。

那兩個客人卻也怪，竟不與別人閒談了，一邊一個，挨到喬茂身邊。先是一口一個「客人」叫著，後來竟改口叫起「相好的」來了。

其中一個說道：「相好的，你是幹什麼的？扛活的，不像呀！我看您倒像個在江湖上跑腿的，對不對？別看月亮地，認不清面貌；我就只聽你的口音，我就知道你是幹什麼的。……相好的，可是由打北邊來的吧！你貴姓？姓趙，怪呀，巧極啦，我也姓趙，趙錢孫李頭一個姓嘛！一張嘴就來。相好的，姓趙的可太多了，張王李趙是熟姓。相好的，我也姓趙，咱們是當家子，你也會姓趙？」

九股煙喬茂久走江湖，月影中忙辨這兩個人的面貌，兩人背著月影坐著，竟看不甚清。可是聽口音，也聽出來不是本地人，是外鄉人。尤其教人懸著個心的，他們也是北方口音，而且身軀雄健；敞著懷，拿著大扇子，已經不熱了，卻仍忽搧忽搧的搧著。更令人不寒而慄的，兩個人無緣無故，忽然揚聲狂笑。

九股喬茂恨不得站起來躲開，卻又覺得不妥，未免太示弱了。這兩人好像故意開玩笑，把喬茂問了一個夠，隨後兩人又自己閒談起來。談的話卻又似有意，似無意；忽然講起出門在外的事。從車船店腳牙，說到綠林劫盜，又由綠林劫盜扯到江湖上醫卜星相、賣藝保鏢，和看宅護院。內中那個胖子笑著說：「行行出狀元，哪一行不是人幹的？就只有文的教書行醫，武的保鏢護院，不是人幹的。教書害人子弟，行醫誤人性命，弄不好都損陰喪德。護院保鏢的比這個更不如！」

那一個瘦一些的同伴就笑著問：「這話怎麼講？」

胖子答道：「你想，護院的跟財主當奴才，保鏢的跟富商當奴才，賣命給人看家護財；就好比看家狗一樣，但再有點人氣，也不幹這個。我說這話可有點傷眾；卻是巧啦，咱們這裡沒有一個保鏢的。」把頭一轉，衝著乘涼的人說：「我說喂，咱們這裡頭，哪一位是保鏢的，可別挑眼。我說的話冒失一點，可也跟罵我自己一樣，我家裡就有保鏢的。」

那瘦同伴就問：「是你什麼人？」

那人嘻嘻的笑道：「就是我的二侄子，他現在就吃鏢行的飯。新近丟了鏢，憋得孩子成了孫子啦！滿處亂撞，求爺爺、告奶奶的找鏢。」

這一席話把喬茂罵得背如負芒；暗中端詳兩人的體格，又很猛壯。他心上又是疑懼，又是驚喜，心想：「這兩塊料，不用說，什九是賊人的探子。他們必是瞧出我可疑來，故意使詐語，罵賊話給我聽，要瞧瞧我的動靜。我還是不接這個碴；你會罵，我也會罵，我罵臭賊！……」但是轉念一想，又罵不得：「這兩塊料不是賊，我就白罵。要真是賊，就許罵翻了腔，當下給我苦子吃。」

這麼一算計，喬茂只得忍辱裝傻，也不敢再套問這兩人；他只一開口，就被這兩人給幾句冷譏熱嘲。這兩人又是一邊一個，緊挨著喬茂。喬茂實在懸著個心。挨到三更將盡，乘涼的人陸續歸寢，喬茂也站起來要回房間。這兩個人突然也站起來，把喬茂一拍道：「相好的，別走。」

喬茂嚇得一哆嗦，失聲道：「幹，幹什麼？」

兩人笑嘻嘻的說：「再涼快一會呀！相好的，千里有緣來相會，咱們多談一會啊！」

喬茂窘得一顆心突突的直跳，怯怯的一閃身，把那人的手撥開道：「不行，我睏了。」一扭頭就往屋內走。那兩人嘻嘻哈哈的笑著又坐下來，竟沒有用強。

第卅三章　金蟬脫殼

喬茂像鬼趕似的進了房，暗恨閔、周二人不該任意出去，更恨魏廉不該借屎遁溜了，連一個仗膽的人也沒有。他心想：「只剩下自己一個，萬一這兩人半夜來動我的手，可怎麼好？」

喬茂提心吊膽，背燈亮坐在屋隅，睡也不敢睡，溜又不好溜。試向外面一探頭，那兩壯漢守著一壺茶，還在院中乘涼呢！喬茂自知落在人家掌握中了，心想：「難道他們半夜真來暗害我，還是綁架我？」又想：「跑是跑不開，我會跑，人家就會綴；還是在店中穩當一點，除非這裡是賊店。」

九股煙喬茂為自衛之計，把兵刃暗摸在手下，挑燈而坐，眼睛看著門窗。忽又想不對，忙把燈撥得小小的，身子藏在暗影裡；似坐困愁城，挨過一刻又一刻。忽然外面有一陣腳步聲和說話聲，喬茂深吁了一口氣，如釋重負；聽出這是紫旋風閔成梁、鐵矛周季龍兩個人回來了。他忙把燈撥亮，站起來迎過去，向二人招呼了一聲，又偷眼向那兩個壯漢瞥了一眼。那兩個壯漢並不在意，還在乘涼閒談。

閔、周二人進了房間，率爾問道：「喬師傅沒睡，魏老弟呢？」

喬茂忙向兩人施一眼色，悄悄用手一指院中。閔、周問道：「什麼事？」順著喬茂的手往外看，看到乘涼的人，閔、周二人立刻注意。果然這兩個納涼的人體格精強，不同尋常；又看喬茂臉上的神色不寧。二人納悶，便又重問了一句：「什麼事？」又問魏廉上哪裡去了。

喬茂悻悻的說：「誰知道他哪裡去了！他說是上茅廁，你們二位剛走，他就溜了。你們三位都走了，只剩下我一個人，可就遇上……」說到此，把話咽住，低低的問道：「真格的，你們兩位出去這一圈，想必也不錯吧。摸著什麼沒有？」

但是閔成梁、周季龍，卻是白出去一趟，結果只打聽來一點恍惚的消息。兩個人相偕出店，本想繞著李家集一道。只是聽喬茂說過，那個荒堡大概是在高良澗一帶，從這裡尋起，也是白饒，況且又沒有喬茂跟著引道。復又想起，賊巢如果是在高良澗附近，這李家集也算是要道，賊人也許在此伏下底線。

兩人遂假裝查店的官人，把此地幾家小店都走了一遍。問他們：「這裡可有騎馬的一個單身漢投宿沒有？」但是問遍各店，俱都說沒有。旋在一家字號叫雙合店的櫃房上，跟一個饒舌的店主打聽；卻問出來，前幾天有幾個騎馬的客人，曾來打尖。打尖的時候，也是不住的向店家問長問短，情形有點可疑。店主又說，這幾個騎紫馬客人好像隔一兩天，就上李家集一趟，卻不一準住在哪個店；很眼生，自說是跑驛報的，到底也不知是不是。閔、周又問：「附近有匪警沒有？」回答說沒有。

當下二人回來。記得胡孟剛說過，劫鏢的人有幾匹馬都是紫騮駒，雙合店這幾個騎馬的客人，卻是很對景。兩人不由動念，正要回店以後，問問喬茂；不意喬茂神色驚惶，倒先反詰問起二人來。

詰問完了，喬茂這才悄聲的對閔、周兩人說：「你們二位在外面沒有探出什麼來；我在這裡坐等，竟跟賊人的探子朝相了。」遂暗指兩個納涼的人，將適才之事草草說了一遍，道：「這兩個漢子翻來覆去的套問我，問我是幹鏢行的不是。他們打聽過你們二位是幹什麼的，剛才出門幹什麼去了？神情語氣傲慢得很。」只有兩個壯漢罵鏢行的話，喬茂吃了啞巴虧，沒好意思學說出來。

閔、周二人向外瞟了一眼道：「這兩個人倒像是走江湖的，不過就憑幾句要打聽的話，也難做準。人們就有多嘴的，他們也許瞧出喬師傅像個鏢客，所以要問問。」

喬茂搖頭發急說道：「不對不對！哪有那麼問人的？他們還說了好些個別的話呢！（宮注：「個別」天津土語「特殊、譏諷」的意思。）他倆簡直繞著彎子拿話擠我，我只沒上他的當就是了。這兩個東西太可疑了，我管保他倆來路不正，我還保管他倆一定是劫鏢的賊人打發來的底線；若看錯了，你把我的眼珠子挖去。二位費神吧，咱們琢磨琢磨怎樣對付吧！要是放走了這兩個點子，不但丟了機會，我敢說我們往前道，可要寸步難行了。」

喬茂的意思，是要把兩個壯漢看住了，就由兩人身上動手。閔成梁、周季龍卻怕喬茂看走了眼，弄出笑話。喬茂自嫌丟人，又不肯把剛才受窘的情形說出來；因此他著實費了好多唇舌，才慫恿動了閔、周二人。二人說：「這麼辦，就依喬師傅，咱們先摽摽這兩個小子。」

三個人悄悄商計好，再往院中看時，那兩個客人已經回房了。閔、周只顧談話，一時疏神，竟不知兩客進了哪間店房。九股煙毫不放鬆，身在屋中，兩眼不時外窺；看見這兩個客人走進對面西房第二個房間，遂暗向閔、周一指。

閔、周點頭默喻，蹓蹓躂躂出來，假裝小溲，到店院走了一圈，暗暗的將兩個點子的住處，前門後窗俱已看清，這是八號房，和閔、周住的東房十四號遙遙相對，卻是個單間。

紫旋風閔成梁、鐵矛周季龍，向八號房間隔簾張了一眼；只看見兩個客人的背影，正立在燈前，似有所語。周、閔二人更不再看，轉身便回。九股煙忙問：「二位看清了沒有？究竟怎麼樣？」

閔成梁點點頭道：「倒似乎可疑。」他探頭仰望天空道：「這時也不過三更來天，稍微沉一沉，咱們就摸一下子看。周三哥你說怎樣好？」

周季龍道：「可以摸一摸；但是，要看事做事，別冒失。喬師傅雖說招子夠亮的（眼力明），不會看走了；不過咱們要真動手收拾他們，還得先對一對盤（看看面貌）。」

這時候全店客人什九已入睡鄉；各房間只有三兩處還沒熄燈，院內悄然寂靜下來。喬茂又挨了一刻，低問周、閔二人：「咱們該下手了吧。魏師傅一個人溜出去，頂這時候，怎麼還不回頭？……要不然，你們二位在屋裡等一會，我先把合（巡視）一下，看這兩個點子脫條（睡覺）了沒有。」說罷，喬茂把精神一抖，躡足輕行，掩門屋，向外先向全院一照，內外漆黑，又向西一抬頭，不由愕然，只見八號房燈光依然輝煌。

喬茂道：「唔，怎麼這兩個東西還沒脫條呢？」回頭看了看，屋中的閔、周二人無形中給他壯著膽子。九股煙這才提起一口氣，出房門循牆貼壁，由南面溜到西邊。他先附窗傾耳，八號房內聲息不聞，也沒有話聲，也沒有鼾聲。屋門依然大敞，上垂竹簾，燈亮就從簾縫射出來，在甬道上織起一條條的光線。

喬茂心中納悶，又向四面一瞥，然後一伏腰，一點腳，竄到門畔。猛探頭往裡一張，急急縮回來；暗道：「莫非真輸了眼？要是老合（行家），決不會這麼大意呀？」

這八號房不只燈明門敞，而且屋中一張桌、兩鋪床，兩個壯漢各躺在一鋪上，面向外閉眼睡著了，並且睡得很香。兩個人的面貌，隔簾看得分明。莫說江湖道，就是常出門的人，也不會這麼疏忽。就說是空身漢，天熱沒有行李，不怕丟東西；可也沒有住店房，敞了門睡覺的。難道這兩個東西故意擺這陣勢麼？可這又有什麼用呢？暗想著，喬茂又探了探頭，偷覷了一眼。

閔、周二人聽喬茂出去以後，院內一點聲息沒有；兩個人不耐煩，也輕輕探身出來。恰見九股煙在對面房前伸頭打晃，喬茂的影子被隔簾射出來的燈光映照在甬道上，鋪了一條長影。喬茂忽一回頭，看見了閔、周二人，立即將身形一撤，沒入牆根的暗影中。他用彈指傳聲之法，把中指指甲往拇指指甲下一扣，輕輕的連彈了兩聲，是招呼閔、周二人過來。

閔、周二人相視一笑，微訝喬茂這麼老江湖，怎的在窗根下，亂彈起這個來！這扣指傳聲之法，只能掩蓋外行的耳目，道上朋友沒有聽不懂的。喬茂既拿這兩個「點子」當「合子」，怎的又拿「合子」當起「空子」，真也太疏忽了。

兩個人忙溜牆根繞過去，喬茂也溜牆根迎上來。三人相會；喬茂一拍兩人的肩頭，一齊蹲下來。喬茂低聲悄語道：「這兩個合子怪得很，你猜他們幹什麼了？他們竟亮著盤兒，全脫條了，這是什麼意思？」

閔、周二人詫異說道：「睡了，這可是怪事，等我照一照。」立刻兩人一分，一左一右，縱到那號房間之前。周季龍穴窗一探，閔成梁就隔簾一瞥。倏然的，閔成梁一縮身，向鐵矛周季龍一揮手；高大的身軀一旋轉，提氣輕身，腳尖點地，「颼」的連縱，已竄到自己房間門前，直入屋內。

鐵矛周季龍、九股煙喬茂，料到閔成梁一窺而退，定有所得；兩個人也一先一後，縱身飛竄，輕輕退回來，走到屋內。閔成梁向外面一看，回頭將燈撥小了。喬茂問道：「怎麼樣？」

周季龍也問道：「閔賢弟才一過目，立刻抽身，必定確有所見。」

閔成梁說道：「喬師傅所斷不差，就請你費心把合著井子裡（院內）。」

喬茂靠門口一坐，一面往外瞟著，一面聽閔成梁、周季成二人的意見。

閔成梁向周季龍說道：「周三哥，可看出這兩個點子的來路麼？」

周季龍微笑道：「我眼睛拙得很，沒看出什麼來。我只看見他們全暗合著青子（兵刃），一個放在枕頭底下，一個插在右腿上。大概他們故意擺這樣兒，引我們露相。」

閔成梁大指一挑道：「佩服佩服，這兩個東西一定跟咱們合上點，我一看就知道他們是逗咱們上陣。趕到一看出他們暗合著青子，事情就更明了，怪不得喬師傅斷定他們路數不正，你看！咱們在井子裡做活，人家已經覺察出來。靠西牆的那個老合，竟用擊木傳聲的法子，示意給那夥伴。」

周季龍道：「這個我卻沒看出來。」

閔成梁說道：「您是窺窗孔，自然沒看見。我正窺簾子縫，瞧見他那隻搭在板鋪上的手，食指動了三動。咱們人來人往，他們是連人數都知道了。尤其是喬師傅彈指傳聲，人家一定聽出來了，所以我就趕快退下來。咱們得合計一下，要是動他，就別容他扯活了；要是綴他，咱們也該佈置了。」

九股煙喬茂插言說道：「咱們怎麼佈置呢？咱們要是綴著他們，倘如他們真是劫鏢的匪徒，就怕綴不成他，反教他們把咱們誆到窯裡去，上他一個當。咱們要是動他，可是咱們一不在官，二不應役；硬在店中捉人，只怕也使不得。不過我這是拙想；我近來時運顛倒，專碰釘子，我說的不算。閔師傅，周三哥，我聽你二位的。你說咱們該怎麼著？」

閔成粱微微一笑，道：「在下年紀輕，閱歷少，我也不曉得怎麼辦好。家師派我給俞、胡二位鏢頭幫忙，胡、俞二位又教我跟著喬師傅來淌道，我是跟著喬師傅走。喬師傅只管分派，我是唯命是從。」

鐵矛周季龍素來瞧不上喬茂，可是現在眼看閔、喬二人要因言語誤會，只得從中開解道：「閔賢弟、喬師傅，咱們商量正事要緊，千萬別來客氣。都是為朋友幫忙，誰有主意，誰就說出來。」一轉臉來單對閔成粱說道：「說真的，綴下去也許上了他們的當。我們莫如動手捉住他們，逼出他們真情實話來，倒是個法子。不過咱們決不能在店裡動手，咱們可以把這兩個點子誘出店外；找個僻靜地方，憑咱們三個人，只能捉活的。喂，喬師傅，你說好不好？」

喬茂總是疑心人家看不起他；不想他才說了一兩句冷語，閔成梁把臉一沉，一點也不受他的。喬茂不由臉上一紅，氣又餒下來，忙陪笑道：「周三哥說的很對。閔師傅，你說他這著好不好？說實在的，出個主意，料個事，我真不行。」過來作了個揖道：「你可別怪我，我簡直不會說話。」

閔成梁看了周季龍一眼，「嗤」的笑了；這個喬九煙，怪不得人家盡挖苦他，簡直是賤骨頭！閔成梁這才說道：「我可是胡出主意。若教我想，我們應該先把外面的道，探一下子，看好了動手的地方，然後還是由喬師傅出頭，逗他們出窯（離店）。我和周三哥到敬渦子口（野地）一等，再不怕他逃出手去。捉住了，稍微一擠他，我保管問他什麼，他說什麼。喬師傅，你可把合（看）住了，兩個點子大概扎手的。」

他說到這兒，又對鐵矛周季龍道：「咱們哥倆得趕緊把道探好了，天一亮，就沒法子動人家了。」說著立刻的站起來，把衣服收拾俐落，把兵刃也帶好；這就要邀周季龍，一同出去勘道。

九股煙喬茂一看這個勁兒，暗吸一口涼氣道：「好麼！硬往我身上拍！兩個點兒要是老老實實的睡大覺，還好；倘若人家一出窯，我老喬就得伸手招呼兩下；兩個打我一個，饒讓人家毀了，還落個無能。這種好差事，我趁早告饒吧！」

九股煙慌忙一橫身，滿臉陪笑道：「閔師傅，周三哥，二位先等一等。」紫旋風閔成梁怫然站住道：「我也是胡出主意，也忘了請教你了，你若是看著不行……」

九股煙喬茂沒口的說道：「不是不是，我的閔大哥，你老可別價誤會！您這招好極了！不過有一節，咱們都不是外人，我可得有什麼說什麼。」

周季龍皺眉道：「喬師傅，你就一直說吧，別描了。」

喬茂道：「不是別的，這兩個點子一定夠扎手的，我看還是你們二位擰底看椿（留守）。要是教我一個人在這裡把合這兩個點子，萬一他們靈了（睡醒），一想扯活，二位又不在這裡，我一個人是拾不拾？要是拾，我伸手拾不下來，豈不誤了大事？閔師傅武功出眾，掌法無敵，準可以把兩個東西扣得住。要不然，簡直咱們換一個過，我跟周三哥出去淌道，你老在這裡把合。等著我們看好地方趕回來，您再把兩個點子移到外面去取供，這萬無一失。」

「我說這話，可不是我膽小；我是量力而為，怕耽誤了事。這要跟外人說，好像我是吹；賊人在范公堤劫我們的鏢，上上下下六十多個鏢行，淨鏢頭也七八個，沒一個敢綴下去的。只有我姓喬的匹馬單槍直入虎口，兩次被他們捉住，都教我掙脫出來。我絕不是膽小怕事，無奈人各有一長，各有一短，我手底下太頂不住……」

鐵矛周季龍剛要發話，閔成梁連連擺手道：「好啦，好啦，喬師傅不要多心，我焉能往死處照顧好朋友。我不過看透這兩個點兒，就當真跟咱合了點子，他們也不會在店裡明目張膽的動手。留下不過是看住他，決打不起來。既然喬師傅怕他們扎手，拾了（失敗）；索性把這兩個差事交給我……」

喬茂還要分辯，閔成梁一揮手道：「二位趕緊請吧，天實在不早了，咱們辦正事。」

九股煙喬茂見閔成梁正顏厲色的，竟不敢再還言了；轉向周季龍道：「那麼，咱們就別耽誤了，閔師傅多辛苦吧。」

閔成梁搖頭不答，只將手一伸，做了個手勢，催二人快走。九股煙喬茂這才跟鐵矛周季龍，悄手躡腳的掩到店院中；對面那個八號房間，依舊燈光很亮。周、喬兩個人溜到靜僻處，施展輕功，飛身躥上後房，翻出店外。

八卦掌紫旋風閔成梁容得二人走開，便將屋門閉上，又把油燈撥得微小，佈置了一下，然後坐在窗前暗影中，從後窗洞往對面窺伺。估摸著周、喬二人剛剛跨牆出去，那八號房通明的窗扇，忽然黑影一閃，分明是有人起來了。

閔成梁暗暗點頭：「這可得綴住了。」趕緊的站起來，要開門出去；忽又一想，看了看屋內，忙把門閂上，翻身來到後窗前。輕輕一啟窗扇，湧身竄出窗外。他回手把窗扇闔好，一下腰，飛身躥上房頂，伏脊探頭，往八號窗前房後一望，絲毫沒有可異處。他遂又相了相地勢，八號房是西房，自己住的十四房是東房，這須要繞南房奔西南角，比較得勢。遂一飄身，躥下房來，循牆貼壁，奔西南角。西南角兩排交錯，旁有小棚，很是僻暗，足可隱身。

閔成梁先把退身覓好，這才繞過去，就隱身在暗影中。身未臨近，他先凝神側耳，細細聽了聽，八號房內並沒有發出什麼動靜來。又看了看周圍，正要撲奔八號後窗；忽然聽南房後，「啪噠」的響了一聲。「這是問路石子。」閔成梁急急的一縮身，就勢一伏，將身退藏在小棚門旁不動，兩眼注視南房和西房。

緊跟著南房房頂微微一響，閔成梁忙探頭一尋；倏見一條黑影，箭似的從外面竄進來。初疑是自己的同伴沒影兒魏廉回來；但立刻見這條黑影，從院中偏南一掠而過，好像胸有成竹，走熟路似的，身法迅速，竟一直掄奔八號房。看來人穿著打扮，和魏廉、喬茂、周季龍迥乎不同；一身夜行衣，背插短刀，驀然已到八號後窗前，把數枚銅錢投入屋內。

閔成梁藝高人膽大，藏身處看不準八號房後窗全面的情形，竟將身一挪，挪過這邊來，凝眸再看。只見這個夜行人，立身在八號後窗前，也不知怎麼一來，屋中人已然答了話：「起了風吧！」

外面的夜行人輕輕應了一句，卻沒聽清楚說的什麼。但只一問一答，頓時見這夜行人抹轉身，繞奔前面。閔成梁跟著也挪了幾步。這夜行人忽又轉到八號門前站住；回頭瞥了一眼，撩起竹簾子，直走入屋內。屋內燈光忽然間黑暗了。

紫旋風閔成梁潛身暗隅，閃目四顧；這來的自然是老合無疑了，倒也得盯住他，看看他們意欲何為。想罷，立即一伏身，竄奔賊人後窗；側耳傾聽，屋中人喁喁私語，只能辨聲，不詳語意。他心裡要想挖破窗紙，向內偷窺；卻又怕行家遇行家，做這把戲，被人識破太丟臉。正自遲疑著，意欲舉步，轉到前窗，不意竹簾子一響，從八號房間，一先一後走出兩個人來。

這兩個人先行的是屋中兩個客人中的一個，隨著的便是剛來的那個夜行人。這兩個到當院站住，四面一看，忽然一晃身，上了南房。

閔成梁暗道：「不對，要出窯！」正要綴下去，再看這兩個人，原來跟自己一樣的打算，竟從南房繞奔東南角，又躥下來，撲奔閔成梁等人住的那個十四號房間去了。

閔成梁大喜，暗想：「得了，這可對了點兒了。我們偷看他們，他們偷看我們；倒不錯，看看誰鬥得過誰。」他忙從黑影中挪了幾步，匿身牆角，探頭外窺。見這兩人中，一個夜行人留在十四號房前巡風；另一個徑上台階，舐窗往裡窺看。

但是，屋裡的燈早教閔成梁臨出屋時撥小了，什麼也看不見。賊人回身一擺手，那巡風的夜行人立刻跟過來。兩個人低低私語，好像也商量了幾句話；又輕輕的推了推門，竟相偕繞奔十四號房後窗去了。紫旋風暗罵道：「好大膽的賊，他竟敢進屋行刺不成！」

當下，閔成梁勃然動怒，便要上前拿人；又一想，要過去把賊人堵在屋內，教他先栽個跟頭，給自己看。閔成梁才高氣豪，不把敵人放在眼裡。敵人是三個，他是一個人，他竟傲然不懼，從隱身處旱地拔蔥，托地一躍，直躥上南房，徑掩到東南隅。

閔成梁身軀魁梧，舉動卻輕捷，不愧旋風之名；「唰」的像一支脫弦箭，從南房東排一躍，飄落到短牆上。又趁勢一擰身，早躥上了東房；東房一排是五間。閔成梁急伏身蛇行，將近十四號房，施「夜叉探海」式，往下面一望，急又縮回。雖然只一瞥，卻已看見西房客和那夜行人，一個人在外巡風，另一個挨到十四號房後窗前，把手指微沾唾津，將窗紙弄濕，挖了小小一個月牙孔。

這夜行人卻也膽大，明知屋中住的是行家，他仍然窺窗往裡瞧。這一瞧，屋內昏昏沉沉，殘燈微明；明暗兩間房，內間房床上像躺著一個人，卻是聲息不聞。殊不知這床上實在沒有人。

紫旋風臨行時，料到自家去後，恐怕賊人潛伏的同黨多，也許來窺探自己；便將帶來的鋪蓋卷打開，在床上凸凸昂昂的堆成兩個人形。他把枕頭豎作人頭，上面搭著一條手巾；暗影中乍一看，倒像兩個人躺在床上，蒙巾遮面而睡，其實也無非暫掩人一時的耳目。

這夜行人看到床上，心裡覺得奇怪，回頭來低問巡風的夥伴：「喂，並肩子，你不是說，這裡窩著兩個點子，聽動靜好像都出窯了麼？怎的這裡還有兩個脫條？」

巡風的西房客急忙過來，先四面一瞥，小心在意的側耳聽了聽，然後探頭往裡一張。這賊人先用右眼看，又用左眼看，隨後把窗孔扯大了，用兩隻眼細看。看罷回頭，悄聲說：「不對，這是空城計，你瞧床上不像是人吧？」又撕了一個紙孔，兩個人一齊往內看。

巡風的人忽然一笑，伸手把窗戶一推，竟悠悠的推開。回頭來說道：「並肩子，你輸眼了。哪裡是人，這是空屋子。人早離窯了！」

兩個人在房後窗前，竊竊私議。一個就要一直掀窗入室搜檢，一個就說使不得，不要魯莽了。房上的閔成梁卻不禁欲笑：「屋裡沒有，房上可有人。可憐兩個笨賊，連我在房上也聽不出來。值不得在此跟他動手！有本領的人倉猝遇敵，不會喊出來。像這兩個笨貨，擠急了就許炸了；在店裡喧鬧起來，或者反而害了事。」但又一轉念，還是阻止兩賊，不教他進房胡翻的好。

閔成梁頓時想了個打草驚蛇之計，把身上的鵝卵石取到手中一塊；「颼」的一竄，退回短牆，躍到南房上。然後一探身，抖手打出去；不待石落，自己忙一騰身竄開，潛藏起來。那塊鵝卵石「啪噠」一響，掉在東房頂上；咕碌碌的一滾，墜落到平地上，立刻又是「啪噠」的一聲，正掉在二賊跟前。

二賊吃了一驚，叫道：「風緊，昏天裡窩著點兒了！」意思說黑影裡有敵人埋伏。那個夜行人身法也夠快，頓時一煞腰，猛一縱身，已躥上房頂。那個巡風的西房寓客很矜慎，獨往斜刺裡一躥，登上後牆，借房山牆隱身探頭。兩個人急忙四面一打望。約摸石子的來路，疾如電光石火般搜尋過來，又分兩個人斜折東南，搜尋過來。

不意紫旋風閔成梁，石子才發出手，早已看準潛跡之地。這南房過廳上，前後有二尺多長的廈簷探出來，門楣上還橫著一塊匾。閔成梁預有打算，施展輕功，在房上驟將身子一探，由簷上「珍珠倒捲簾」，往簷底一翻，雙手一找簷前的方椽頭，立刻將身一卷，「金蜂臥蕊」、「壁虎遊牆」，頓時懸空轉來。他面向簷外，背貼簷裡，手指扣方椽，腳尖找橫楣。提一口氣，輕輕借力，腳登楣框，胸腹往下塌，全身懸成弓形。閔成梁手腳挺勁，儼然將魁梧的身軀掛在簷底黑影中，紋絲不動，上半身借橫匾遮蔽，只兩腿兩手微伸出來。

這種輕功全憑手勁腳勁，會者不多，見者少有，是最好的隱形法。

兩個賊人前前後後搜了一個遍，不見一個人影，二人似仍不死心，改由一個人在房上，一個人跳下地，一上一下橫搜。又搜了一個圈，卻再想不到簷下黑暗影中會有人懸空。兩個人心知遇見勁敵，將那鵝卵石拾起來，看了又看；只覺得這個敵人神出鬼沒，錯疑他腕力強，也許從店外打來的。店外西面和西南面，恰有幾棵高樹；兩個人對著大樹端詳，又不信人的腕力會打出四五丈遠來。

兩個人正自駭異，目注十四號房，打不定主意。那八號房的同伴卻等耐不得；見兩人一去半晌不回，微聞房上有人奔過，急忙掀竹簾竄出來；口中微打胡哨，把兩個同伴叫過來盤問。

容得兩人進房，又隔過一刻，閔成梁試量著輕輕躍下平地，竟潛行南房過道，倚著門往外探；又慢慢的溜出來，打算自己索性把賊人誘出店外。不想八號房後窗忽開，房中的三個人忽又竄出一個，還是那個夜行人。這夜行人背刀急馳，竟騰身躍牆；向四面瞥一眼，如飛的竄出來，沒入黑影中，繞向西南而走了。

這一番舉動，竟難住了閔成梁；是趕綴這個夜行人呢，還是看住屋中的兩個人呢？是立刻就預備動手擒賊問供呢，還是等候喬、周二人回來再動手呢？閔成梁主意還沒打定，猛聽八號房門扇一響，竹簾子一掀，又竄出一個人。這個人面向著十四號一看，回身轉臉，對著閔成梁潛身的這邊，唇邊微打胡哨，低聲叫道：「相好的露相了，不要藏麻虎了！」

紫旋風心中一動，心想：「他要叫陣，且先不理他。」果然這個使的是詐語。這個人當門發話，後窗卻又一掀動，聲音雖微，閔成粱正在留神，恰已聽到。他暗道：「不好！賊人要分散溜走，這一定是回去送信。」紫旋風更不遲疑，回身一穩背後刀，從過道闖然竄出，向對面人招手道：「相好的，風起了！」

那人聞聲側步，似覺駭異；略微停得一停，只見他一回手，亮出兵刃來，封閉門戶，向閔成粱這邊注目端詳。想是看不清，這賊人口唇微微作響，低問道：「夥計，帶了多少本錢來？」這自然是暗號，閔成粱猝不及答，順口說道：「本錢帶得不多……」

一句話露出破綻，與人家約定的暗號不符了。那人失聲笑道：「唔？朋友，還會蒙事麼？來吧，光棍遇光棍，有什麼說什麼。你是鷹爪、老合，還是托線？」這是問閔成粱究竟是做什麼的，是官面，是江湖道，還是鏢行。

閔成粱不答，微微一笑道：「你瞧我像是幹什麼的，就是幹什麼的。相好的，你是幹什麼的？」

兩個人相隔不過數丈，空費唇舌，誰也不說實話。那人突將手一抬，閔成粱急一閃身；「啪噠」一聲，暗器打在牆上。那人向四面一看，驟轉身，「刷」的一個箭步，退回八號房前。閔成梁道：「不要走！」回手拽一拽背後刀，挺身上前攔截。

那人微微閃身，兩人立刻低聲叫陣。那人說道：「外面寬敞。」閔成梁說道：「龍潭虎穴，隨你的便！」兩人全不願在店中動手。

那人回手一拍八號窗戶，低叫道：「並肩子，我掛著點子出窯，你馬前點，往漩窩裡拈。」意思說他這就誘敵離店，催同伴速到曠野聚齊。說罷一轉身，健步躍奔南牆根。他那同伴卻從八號房窗竄出，躍上了東牆。

閔成梁道：「野地聚齊，就讓你們聚齊。」立刻奮身跟蹤追出。他躍上牆頭，閃目四顧，心中稍有點後悔：「一隻手掩不過天來。三個賊人先放走了一個，這一個跳上南牆，那一個卻跳出東牆；萬一全溜了韁，喬茂回來，我就搪不了他。他一定要說便宜話。」

閔成梁腳上加緊，心想：「這賊人定與劫鏢有關，至少也是附近的匪徒。他就逃到老窯裡去，我也得追上他，把他掏出來。」立刻認定了跳南牆的那個夜行人，追趕下去。

夜行人前行，閔成粱後追。夜行人剛才關照其同伴的切語，本是說到野外聚齊；不想這人逃出店外，竟不奔野外，反而順著鎮甸的後街飛奔。閔成粱覺得奇怪，便一步也不放鬆，緊緊綴著，恐怕賊人別有詭計；不便欺近了，只在六七丈外盯著。

那人掠過後街民房，倏上倏下的急馳，忽然間似乎到了地方，那人竟跳進了一所大院子內。閔成粱跟蹤趕到，見賊人已然到了落腳的地方，又防他鑽小巷逃走；忙飛身上房，往下察看。這才看出，這地方乃是剛才去過的那個雙合店的後門。

閔成粱把全副精神貫注敵人的行蹤。賊人到雙合店後門，騰身上房，越牆而過。閔成粱恰好躍在斜對面一家民房的後脊；看雙合店全院的情形，恰是居高臨下，一覽無遺。

那人恰似輕車熟路，回頭瞥了一眼，立刻跳入店內；拐彎抹角，竟奔到東南一排店房之前，由南數到北，數到第四間房，便站住了。閔成粱也跟著往前挪了挪；再看賊人，略停了一停，也不曉得他在那裡鼓搗什麼。

突然「嗤」的響了一聲，似穿窗投進去一物，跟著那第四號房間裡，「呀」的一聲，門開處，竄出一條人影。兩條人影往前一湊，倏然分開；一左一右，出離了雙合店。二人仍從後門牆隅竄出來，到後街牆根下，交頭接耳說了幾句什麼；立時兩個人又分手，各奔東西。

紫旋風閔成梁在房上，隱約看了個大概，暗自點頭，卻又心驚。料到這雙合店和那茂隆棧，俱都有賊人的黨羽潛伏著，賊人的勢派可見不小。看舉動，這幾個不過是安樁放哨的小頭目，可是身手便已如此矯健，他們的領袖恐怕更不可輕視。而且由此推測，已失的鏢銀分明可從這裡根究出來。

試想這小小一個地方竟有綠林能手出沒，佈置得這麼嚴密，而喬茂又恰是在此處被囚逃出的；鏢銀的下落不在這裡，又在何處呢？這麼一想，閔成梁心中又喜不可支。更見賊人頭也不回的直往北走下去，閔成梁立刻飛身一掠下房，拔步如飛的追下去。閔成梁心想：「在茂隆棧走了兩個賊黨，在雙合店還有一個賊黨。這一個不用說，是往各路卡子送信去的。先捉住他，就好像尋著了亂線頭一樣。」

那賊剛跑出來時，是在街上飛奔；這一回出離了雙合店，卻不走平地，竟登房越脊，沿著街道的鋪面房，往北曲折飛竄。閔成梁為恐失了賊蹤，也就躥上房去急追。又恐賊人若有埋伏，故設誘敵之計，一面趕，一面還得留神下面人。此奔彼逐，相隔三四層院子，眼看就追出鎮甸以外，閔成梁往曠郊瞥了一眼；外面全是一片片田畦和一簇簇濃影。紫旋風暗暗歡喜，在街市多顧忌；這一到野外，就可以縱步急追了。

忽然，那賊人在房上停了一停，似向閔成粱一招手。此時相距約有四五丈，那賊人猛然一躥，由房上落到平地。閔成粱也一縱步躍下來，急忙跟綴過去。眼見這賊竟跳到小巷，鑽弄堂，跳牆頭，彎彎轉轉奔到鎮外去了。

閔成粱倏然掣出刀來，厲聲喝道：「呔，朋友慢走！」曠野無人，但聞犬吠，黑影綽綽，遍地都是青紗帳。

那賊人聞呼回頭，腳上卻加快，一抹改道折向東北而走。東北面正有一大片濃影，橫遮在路前。閔成粱暗道：「不好，要鑽樹林！」「颼颼颼」立刻的施展賽旋風似的身法，疾如電掣的趕過去，要想阻止賊人入林之路，但是相隔十數丈，一步來遲，賊人竟投入前面林中，不見了。

閔成粱大怒，夜行人的大戒，是「逢林莫追」。閔成粱雖然膽豪有智，卻顧忌地理不熟，怕中了人家誘敵深入之計。若非誘敵，自己人單，賊黨勢眾，他們何必散開了逃走？閔成粱不肯大意，按刀從側面近前一看，這不過小小的疏疏的一座矮林罷了，不像有埋伏。閔成粱一聲也不響，「颼」的一竄，為截斷賊人的逃路，抹過側面莊稼地，急急的繞林一轉。東邊雖是葦塘，沒有路徑，賊人跑不出去；忙又兜到南面。

這南面林木叢雜，隱約露出一段矮牆。閔成梁一鼓作氣，飛身躥上矮牆，在牆上只一瞥，便已恍然。這原本是座塋地，可是跟著又爽然若失了；滿心只提防林中有賊人埋伏，誰想這林子倒成了穿堂門！賊人莫非是穿林而出，繞塋地循牆逃走了麼？

閔成梁不信自己腳程這麼快，會放賊逃開。頓時飛似的繞林踏勘了一圈，竟不見賊蹤；忙又伏身傾聽、窺視，林木疏落，黑影掩蔽，又聽不出一點意外的動靜來。紫旋風既恚且慚，像瘋了似的，又像飛也似的，倏然轉身，一躍竄入矮牆以內，矮牆內叢莽亂生，中有數道狹徑，和一堆堆的墳墓。

閔成梁躍上墳頭，縱目四眺。忽見北邊遠隔數箭地以外，似有人影奔馳。閔成梁駭然暗道：「這賊的腳程比我還快麼？怎的一個展眼竟奔出恁遠！」他不由慚愧起來，自己一步沒放鬆，居然會把賊人追丟了，放跑了，自己還叫什麼紫旋風？一想至此，他越發忿怒；立刻一縱身，跳下墳頭，又望著這人影追去。但要追這人影，必先出離塋地，繞過葦塘，躥上高坡，再撲奔小路。

紫旋風閔成梁躍上高坡，再一看那人的趨向，竟是由北往斜刺裡奔西南。閔成梁不由愕然，回頭望了望樹林，心中納悶：「莫非這另是一人麼？怎的往那邊走？不管他，只好先捉住了再說。」相了相賊人的路線，他又是往斜刺裡橫截過來。閔成梁跳下高坡，有青紗帳；橫穿狹徑，前面又是一片青紗帳。

閔成梁算計著，再繞過青紗帳，定可把此人截住；這一回一定跑不了。腳下攢勁，備力一躍。……冷不防從近處青紗帳，相隔兩丈遠近，驟縱起一條黑影。這黑影迅若飄風，突然撲到自己身旁，冷森森一把鋼刀，斜肩帶臂的劈下來，真個是來勢迅猛，猝不及備。

閔成梁吃了一驚，刀鋒已到，急忙的往左一塌腰，左掌往外一穿，用「龍形穿手」掌勢，身隨掌走，右腳尖用力，身軀如箭脫弦，憑地躥出丈餘遠。他立刻將厚背折鐵刀交至右手，封住門戶，才待發招；來人手下更快，頭一刀劈空，霍地騰身而起，刀尖一展，跟蹤撲來。閔成梁還未容身勢轉回，已聞得背後金刃劈風之聲，正是間不容髮。

紫旋風閔成梁幸而利刃在握，施展八卦刀，回身探臂，「蒼龍入海」，左腳往外一滑，右腳尖擦地一旋，厚背折鐵刀已隨擰身迴旋之力，向後面掃去。敵人的刀挾著一點青光遮過來，卻又走了空招，「唰」的撤回。閔成梁更不容情，「腕底翻雲」，往外一展，刀鋒抹過去，正斬敵人的小腹腿根。

這個敵人不但身形快，手法也很快。倏然變招為「跨虎登山」，用力一撤，往下提刀攢，亮刀刃，驟向閔成梁的刀上一掛。「噹」的一聲響，二刃相碰，都是純鋼利刃，頓然激起一溜火花。各自抽招換勢，往回一收。

紫旋風閔成梁吸了一口冷氣，卻未免有點寒心，想不到一個跑腿踩盤子的小賊，居然有這麼硬的功夫。亟將掌中刀一緊，施展開六十四手八卦刀，往前進招，一開手連環四式，那敵人卻用十二路滾手刀法，展開來也是進手的招術；刀法很巧捷賊猾。閔成梁一點也不放鬆，奮力應敵。輾轉數合，抓著一個破綻，暗影中虛領一刀，借勢一攻，喝一聲：「著！」攔腰橫砍，敵人急閃，只斜身一躥，橫縱出一丈多遠，卻一腳登坑，險些滑倒。

那敵人不禁出口罵道：「鬼羔子，太爺今天非得活活捉住你！」

閔成梁聞聲愕然，不由得閃身側目，停刀封住門戶，厲聲喝問道：「喂，你是誰？」

敵人早挺刀揉進，猛攻過來，閔成梁揮刃接架。那人忽又撤回去，他側著頭往這邊窺看，喝問道：「你是誰？……哎呀，原來是你！」

閔成梁也聽出來了，不禁失聲驚呼道：「咦，你是魏仁兄！你上哪裡去了？剛才不是你呀！你怎麼一聲不響，就給我一刀！」

沒影兒魏廉收刀頓足道：「呵，糟透了！閔大哥，我太對不住，我再也想不到是你。你不是同周師傅一塊出去的麼？周師傅呢？」

兩個人湊過來互相詢問。才曉得魏廉隻身緝賊，轉了一個更次，也是追趕兩個夜行人，到這一帶不見了。因瞥見閔成梁從塋地飛竄出來，魏廉這才埋伏在青紗帳裡，滿想伏隅暗襲，定可刺倒賊人，捉個活的來問問；不想陰錯陽差的，和自己人打起來。又覺得可笑，又覺得可愧。魏廉不住向閔成梁道歉，說：「小弟實在太冒失了，我只想你同周師傅一塊出去的，決不會落了單，這是怎麼說的！」言下很覺對不住。

閔成梁笑道：「這沒什麼，魏兄千萬別過意。早知道是自己人，怎麼也得問一聲，誰想咱們竟啞打起來。」閔成梁遂將店中之事對魏廉說了，又道：「我是在店中把合著三個點兒，竟全給放跑了。現在喬、周二人出去勘道，這工夫也許回來了。費了很大的事，三個賊跑到三下裡，我一雙手拾擄不過來，只得認準了一個追。追到這裡，竟教他溜出手心，你說多麼丟人？」又問魏廉，獨自訪得怎麼樣？

魏廉道：「唉！我本來是出去瞎撞，東撲一頭，西撲一頭，倒是沒白忙。在道上遇著一個夜行人，也不曉得跟鏢銀有關沒有。我也是追了一程，追丟了；回頭就瞧見你從那邊塋地跑來……」

閔成梁聳然道：「哦，你也遇見夜行人，在什麼地方？」魏廉一指北邊高地，黑影隱約，是個小村落。閔成梁往四周看了看，也用手一指叢林塋地，道：「我是追到這裡，把人追丟了。又望見那邊有條人影，往這裡跑，我這才斜截過來。照這情形看，他們也許都是一夥。」

閔成梁停了一停，又笑道：「不管他，我只納悶，這座塋地，孤零零的，賊人是怎的會溜了？魏仁兄，你我正好是一樣，都是丟了人。咱們合起來，再搜搜吧。真格的空手回去，一定要聽那位九股煙喬師傅的閒話了。」

兩個人立刻結伴重到叢林塋地查勘，哪裡還有人影？他們又登上高坡，往四面望；一片片的青紗帳，到處都容易潛藏人蹤。閔、魏二人都很不樂，正要下坡，忽見李家集街裡，又竄出兩個人影，東張西望，竟往這邊奔尋過來。沒影兒魏廉道：「閔大哥你看，這兩個東西鬼鬼祟祟的，保管又是兩個夜行人。」

閔成梁道：「倒像是道上的朋友，好歹捉住，就可以追究出真情來了。咱們迎上去！」

魏廉道：「還是埋伏起來的好。」

兩人站在高坡上，眼見兩個黑影越走越近，這才溜下坡來。再看兩個人影，竟也似看見閔、魏二人了；兩影頓時湊在一處，似在商量什麼話。忽然兩人一分，一左一右，竟直向高坡撲來。魏廉大喜道：「有門道，你看他們這不是搜過來了，快藏起來。」

閔成梁一笑，跟魏廉到後坡，一同潛藏在高粱地內。魏廉將刀拿在手內，靜等敵到，就猝然襲擊。閔成梁目注前方，忽然說道：「且慢！魏仁兄，你可留點神；不要冒冒失失的，再傷著自己人。我越瞧這兩個人，越像是周師傅和九股煙。」

魏廉道：「是麼？」又看了看道：「倒是一高一矮。」當下，只見那兩個人影，箭似的馳到坡前，忽然站住；目望青紗帳，似又低聲密議。兩個人影倏復分開，一個直搶土坡，一個繞奔側面。魏廉暗笑道：「他們還想兜抄咱們呢！」

忽然那高身量的人先搶上高坡；那矮身量的繞向後坡，巡了一圈，也躥上坡去。兩個人影背對背，往四面張望，立刻發出疑訝之聲。一個尖嗓子的人說道：

「又撲空了，簡直是活鬧鬼！」那個高身量的答道：「準是鑽了高粱地了。」

閔、魏二人一聽這話，互推了一把。聽口音這兩個人影分明是自己人，一個像是喬茂，一個像是周季龍。閔、魏二人失聲笑道：「你瞧這事！」

這一句話又教喬茂聽見，也是一推周季龍道：「那裡有人！」周、喬二人立刻亮出兵刃，撲下土坡。這一邊，閔成梁連忙竄出來，鼓掌招呼魏廉；魏廉應聲也鑽了出來。

請續看《十二金錢鏢》五 狹路逢敵

近代武俠經典復刻版

十二金錢鏢（四）步步凶險

作者：白羽
發行人：陳曉林
出版所：風雲時代出版股份有限公司
地址：10576台北市民生東路五段178號7樓之3
電話：(02) 2756-0949
傳真：(02) 2765-3799
執行主編：劉宇青
美術設計：吳宗潔
業務總監：張瑋鳳

出版日期：2023年11月
ISBN：978-626-7303-97-9
風雲書網：http://www.eastbooks.com.tw
官方部落格：http://eastbooks.pixnet.net/blog
Facebook：http://www.facebook.com/h7560949
E-mail：h7560949@ms15.hinet.net
劃撥帳號：12043291
戶名：風雲時代出版股份有限公司

風雲發行所：33373桃園市龜山區公西村2鄰復興街304巷96號
電話：(03) 318-1378
傳真：(03) 318-1378
法律顧問：永然法律事務所 李永然律師
　　　　　北辰著作權事務所 蕭雄淋律師

行政院新聞局局版台業字第3595號 營利事業統一編號22759935

定價：320元

國家圖書館出版品預行編目資料

十二金錢鏢 / 白羽著. -- 臺北市：風雲時代出版股份有限公司, 2023.08　冊；公分

近代武俠經典復刻版
ISBN 978-626-7303-94-8(第1冊：平裝). --　ISBN 978-626-7303-95-5(第2冊：平裝). --
ISBN 978-626-7303-96-2(第3冊：平裝). --　ISBN 978-626-7303-97-9(第4冊：平裝). --
ISBN 978-626-7303-98-6(第5冊：平裝). --　ISBN 978-626-7303-99-3(第6冊：平裝). --
ISBN 978-626-7369-00-5(第7冊：平裝). --　ISBN 978-626-7369-01-2(第8冊：平裝). --

857.9　112012216